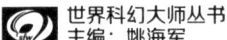
世界科幻大师丛书
主编：姚海军

基里尼亚加

［美］迈克·雷斯尼克 著　汪梅子 译

四川科学技术出版社

KIRINYAGA: A FABLE OF UTOPIA
Copyright: © 1998 by Mike Resnick
This edition arranged with THE SPECTRUM LITERARY AGENCY
Through BIG APPLE AGENCY, INC., LABUAN, MALAYSIA.
Simplified Chinese edition copyright:
2015 Science Fiction World

图书在版编目(CIP)数据

基里尼亚加 / [美]雷斯尼克 著；汪梅子 译.
成都：四川科学技术出版社， 2015.8
（世界科幻大师丛书）
ISBN 978-7-5364-8142-8

Ⅰ.基… Ⅱ.①雷… ②汪… Ⅲ.科学幻想小说-美国-现代 Ⅳ.I712.45

中国版本图书馆CIP数据核字(2015)第174601号
图进字2012-125号

世界科幻大师丛书
基里尼亚加

出 品 人	钱丹凝
丛书主编	姚海军
著 者	[美]迈克·雷斯尼克
译 者	汪梅子
责任编辑	宋 齐
特邀编辑	万 洁
封面设计	杨 爽
版面设计	杨 爽
责任出版	欧晓春
出版发行	四川科学技术出版社
	成都市三洞桥路12号 邮政编码：610031
成品尺寸	140mm×203mm
印 张	9.875
字 数	180千
插 页	2
印 刷	四川省南方印务有限公司
版 次	2015年8月成都第一版
印 次	2015年8月成都第一次印刷
定 价	28.00元

ISBN 978-7-5364-8142-8

中文版序言

————————

　　1986年，奥森·斯科特·卡德的第一本畅销书《安德的游戏》和我的第一本畅销书《圣地亚哥》前后相隔几个月由同一出版社（Tor）出版。我们在电子邮件中互相称赞，随后奥森邀请我参加一个科幻大会，大会召开地点离我家只有两小时车程。他提议我们见面，一起吃个饭……而且他还有个工作上的想法想和我讨论。

　　于是我去了，我们对彼此的印象都很好（并就此开始了一段持续二十九年的友谊），然后他告诉我，他正在编辑一本名为《乌托邦》的选集，想让我给这本选集写个故事。

　　我问他选集的主题是什么。

　　他说，在接下来的一两个世纪，一个名为乌托邦委员会的富人团体建造了若干颗人工小行星，提供给个人，让他们在这些小行星上依据自己的想法尝试建立乌托邦。他已经分配出去了几颗小行星，其中包括一颗共产主义小行星，一颗由能思考、会说话的海豚殖民的小行星。

　　他提了两个条件，使这个邀约变得很有挑战：第一，故事必须由小行星上某位笃信该乌托邦的居民讲述，不能是外来人走马观花之后讲述的流水账；第二，每颗小行星上都有一片名为"庇护港"的区域，任何人想要离开，只需到这里等待，很快就会有飞船将其接走，也就是说，小行星上不会出现反对政府腐败无能的暴动。如果你不喜欢这地方，只要去"庇护港"就能马上离开。这两个条件让这个命题故事变得很有趣，也很有挑战，于是我答应了。

他问我打算写什么样的一群人。

答案很简单。长期以来我对非洲一直很着迷，不久之前也去过几次（在我写完《基里尼亚加》之前还会去几次），非洲大陆上我最喜欢的地方是肯尼亚，特别是基库尤部落居住的那片地区。我一生中大部分时间都在研究非洲的历史、文化和动物，我的斯瓦西里语说得也相当流利。所以我对他说，我要写个基库尤人的乌托邦。他同意了。于是我便动笔开写。

我需要给故事找个冲突，这可得好好想一想。乌托邦能有什么冲突呢？最后我决定，冲突应当存在于小行星上的基库尤居民和乌托邦委员会之间。我又做了点深入思考：我已经将这颗小行星命名为基里尼亚加，这原本是（根据基库尤人的传统）他们的神居住的山名。蒙杜木古，也就是巫医，是这个社会中的权威，他是个彻头彻尾的传统主义者，认为与欧洲文明的接触导致了基库尤社会持续堕落。故事有了：我要让这个传统主义者全力维护据我所知基库尤人最令人反感的一个传统——而且他的维护工作做得很好，很合理，以至于乌托邦委员会无法将他们的意愿（和伦理）加诸于他。

我写完故事之后给我的妻子卡萝尔看了，她是我所有故事的第一读者。她的评价：想法很有意思，但我是用婴儿的父亲的第一人称写的，可她觉得最有意思的人物是巫医，而他只有四五页的篇幅。于是，我以蒙杜木古柯里巴的视角重写了这个故事——他后来成为了我创造的人物中最受欢迎的一个。1987年8月末，我把这个故事带到了在英格兰举办的世界科幻大会，把它交给了奥森。在科幻大会度过三天之后，卡萝尔和我又去肯尼亚待了一个月。

写《基里尼亚加》期间，我本以为它会是一个独立存在的故事。可是，大概是因为我写完它没有几天，这个故事还清晰地留在我脑海中，我觉得视线所及之处都赋予我有关基里尼亚加更多的故事灵感。我看到女人背负着四五十磅①重的柴火，她们的丈夫却两手空空，专横地走在她们前面。我听到"玛娜穆吉"这个词，问了它的意思，就又有了一个故事的素材。我和老人聊天，他们还记得肯尼亚独立以前的样子（那时政府办事效率更高，但他们憎恶那时的肯尼亚）。我又和年轻人聊天，他们期待肯尼亚解决眼前的烂摊子之后会有更多可能性，等到我们回家时，我的故事素材已经写满了一整个记事本。

但我还是只写了一个故事，那个题目为《基里尼亚加》的故事。我把它交给奥森的时候，丝毫没想到它将为我的职业生涯带来多少成就，我问他能否允许我把这个故事转手，也就是说，在选集出来之前把它卖给某本知名科幻杂志。他慷慨地同意了。

迄今为止，我都无法想象如果他拒绝我，那我的职业生涯会是什么样子。

为什么呢？

因为，就在我写下这篇序言之际，《乌托邦》仍然没有出版，已经过去29年了。如果奥森没有允许我把它卖给杂志，它就仍然不为人知，科幻史上获奖最多的书也就无从谈起了。

不管怎么说，《基里尼亚加》在1988年末发表了。1989年它为

————————————

①1磅约等于0.45千克。

我赢得了第一个雨果奖。第三个故事，也是我自己最喜欢的一个，《因为我已触碰过天空》，获得了雨果奖提名，第五个故事《玛娜穆吉》又得了一个雨果奖。还有六个故事获得过雨果奖提名。所有获奖和提名的完整名单可以参见后记。

《基里尼亚加》广受好评，以至于几年后我接受委托，又写了一个题为《乞力马扎罗》的故事，讲述马赛人希望吸取柯里巴的教训，试图建立他们自己的乌托邦世界。

最让我自豪的事之一便是，如今我仍然会时不时收到基库尤部落的读者来信，告诉我终于有一个美国人理解了他们的文化。

自1987年那次肯尼亚之旅起，我一直都清楚自己想把这些故事编到一本小说集中，最终达到高潮（《当旧神皆逝》）和尾声（《伊甸之东》）。1998年，我终于写完了10个故事，它们构成了《基里尼亚加》的序幕、各个章节和尾声。

我要对奥森·斯科特·卡德表示感谢，因为如果没有他关于《乌托邦》选集的提议，就不会有这本有史以来获得荣誉最多的科幻小说集——《基里尼亚加》。

这便是《基里尼亚加》，我希望你们喜欢它。

迈克·雷斯尼克
2015年1月

释义表

原文中包含基库尤人常用的一些非英语词汇及语句，有些来源于斯瓦西里语，有些则来源于阿拉伯语。为保留原作风格起见，译者采用了音译。为便于读者理解，此处特给出相应释义。

Asante sana	阿桑特-萨那	谢谢
Boma	博玛	帐篷
Fisi	菲西	鬣狗
Githani	吉萨尼	基库尤人的一种传统的测谎方式，用烧红的刀子在被测者舌头上比划，说真话者毫发无伤，说假话者舌头会被烫伤
Jambo	占波	你好
Kata hi ya tumbo	卡塔-西-雅-图姆波	从这里把肚子切开
Kehee	柯西	未受割礼的男孩
Kiri	基里	山

Kwaheri	柯瓦西里	再见
Manamouki	玛娜穆吉	阴性的财产
Mbogo	穆博古	水牛
Memsaab	梅撒布	对有一定地位的女性或男性掌权者的妻子的称呼
Mundumugu	蒙杜木古	巫医
Mwalimu	莫瓦里穆	老师
Mzee	姆吉	对睿智长者的敬称
Njoo	恩卓	过来
Nyaga	尼亚加	光
Shamba	沙姆巴	供人种植庄稼、果树的一小块地，也包括这块地上的房屋和居民
Tembo	坦波	大象
Thahu	萨胡	诅咒

目　录

CONTENTS

这是我最好的作品

我要将它献给卡萝尔——我最好的朋友

序 幕

遇见胡狼的完美早晨

（2123年4月19日）

恩迦是万物之主。他创造了狮子和大象，创造了广阔的草原和高耸的群山，也创造了基库尤人、马赛人和瓦坎巴人。

因此，我父亲的父亲和他父亲的父亲自然会认为恩迦是无所不能的。后来，欧洲人来了，所有动物都被他们杀光，草原被他们的工厂覆盖，群山被他们的城市侵占，马萨人和瓦坎巴人也被他们同化。于是，突然有一天，恩迦的造物就只剩下基库尤人了。

恩迦便通过基库尤人与欧洲人的神展开了最后一战。

我从前的儿子踏进我的小屋，他低下头。

"占波，父亲。"他说道。和平常一样，他在幽闭的圆形房屋里看起来有些不适。

"占波，爱德华。"我答道。

他站在我面前，手不知道放哪里好。最后，他把手放在了剪裁合体的丝绸西装口袋里。

1

"我是来接你去太空港的。"他终于又开口了。

我点点头，慢慢站起来，"到时间了。"

"你的行李呢?"他问道。

"我穿着呢。"我边说，边指了指身上的暗红色基科伊筒裙①。

"你不带别的东西了?"他惊讶地说。

"我没有什么别的东西非带不可。"我答道。

他顿了一下，不自在地在双脚之间来回换着重心。他在我面前一直这样。"我们出去吧?"他最后建议道，朝我的小屋门口走去，"这里很热，而且苍蝇太猖獗了。"

"你必须学会忽略它们。"

"我不用非得忽略它们。"他反驳道，"我住的地方没有苍蝇。"

"我知道。它们都被杀光了。"

"你说得好像犯罪一样，这可是好事。"

我耸耸肩，跟着他走了出去。我养的两只鸡正勤快地啄着干涸的红土。

"今天早上天气不错，是不是?"他说，"我本来还担心会像昨天一样热呢。"

我朝宽广的草原望去，它已经变成了农田。小麦和玉米在晨曦中隐隐闪着光。

"一个完美的早晨。"我表示同意。一转头，我看到大约三十米开外停着一辆漂亮的汽车，雪白的流线形镀铬车身，闪着耀眼的光芒。

"新车?"我指了指车子，问道。

他自豪地点点头，"我上周买的。"

"德国车?"

---

①肯尼亚等东非国家流行甚广的传统服装，是用一种条纹棉布做成的筒裙。

"英国的。"

"唔,可不是嘛。"我说。

自豪感没了踪影,他又不自在起来,"你准备好了吗?"

"我已经准备好很久了。"我回答着打开车门,坐进副驾驶的位置。

"我以前从来没见过你这么做。"他说着上了车,启动了引擎。

"做什么?"

"系安全带。"

"以前要是出了车祸,可没这些玩意儿拦着我死。"我答道。

他挤出一个微笑,又开口说道:"我为你准备了一个惊喜。"车子启动了,我回过头,最后一次看了看我的博玛。

"哦?"

他点点头,"在去太空港的路上我们就能看到它了。"

"是什么?"我问道。

"如果我告诉你,那就不是惊喜了。"

我耸耸肩,没说话。

"要看这个惊喜,还得绕点小路。"他说道,"你在路上可以最后看一眼你的家乡。"

"这不是我的家乡。"

"你不是又要讲那一套了吧?"

"我的家乡充满生机。"我固执地说,"这地方全是钢筋混凝土,让人喘不过气来,要不就是一排排的欧洲庄稼。"

"父亲,"我们正驶过一大片麦田,他疲惫地说,"最后的大象和狮子在你出生之前就被杀绝了。你也从来没见过遍布野生动物的那个肯尼亚。"

"我见过。"我答道。

"什么时候?"

我指指自己的头,"在这里。"

"这没有任何意义。"他说。我看得出他正在努力压抑自己的情绪。

"什么没有意义?"

"你抛弃肯尼亚,去某个改造成类似地球环境的小行星生活,就为了清早醒来可以看到一群动物在吃草。"

"我没有抛弃肯尼亚,爱德华。"我耐心地说,"是肯尼亚抛弃了我们。"

"根本不是这么回事。"他说,"总统和内阁大部分成员都是基库尤人,你知道的。"

"他们自称而已,"我说,"这并不表示他们就是基库尤人。"

"他们就是基库尤人啊!"他坚持道。

"基库尤人不会住在欧洲人建的城市里,"我说,"不会穿欧洲人的衣服,不会崇拜欧洲人的神,也不会使用欧洲人的机器。"我特意加了这么一句,"你那个自负的总统还是个'柯西'——还没施过割礼的小毛孩子。"

"按你的说法,他是个五十七岁的小毛孩子了。"

"年龄不重要。"

"但他的功绩很重要。他修建了图尔卡纳输水管道,整个北部边陲地区因此得以灌溉。"

"他是个给图尔卡纳人、伦迪尔人和桑布鲁人带来了水的柯西。"我对他的话表示同意,"可这对基库尤人有什么用?"

"你为什么一定要像无知的旧时代智者一样讲话?"他恼火地问,"你在欧洲和美国念过书。你知道我们的总统有什么功绩。"

"我这样说,就是因为我在欧洲和美国念过书。我看着内罗毕变成了第二个伦敦,一样堵塞的交通,一样严重的污染;也看着蒙巴萨变成了另一个迈阿密,治安极差,疾病肆虐。我看着我们的人民忘记了身为基库尤人的意义,自豪地说自己是肯尼亚人,就好像肯尼亚不只是欧洲地图上随便画的几条线似的。"

"那些线已经存在将近三个世纪了。"他说。

我叹了口气,"你虽然认识我这么久,但是你一直不了解我,爱德华。"

"了解是双向的。"他突然苦涩地说,"你又什么时候尝试过了解我?"

"是我把你养大的。"

"可直到今天,你也不了解我。"他说着,车子在颠簸的路上开得飞快,"咱们有像父子一样好好谈过吗? 你和我讨论过基库尤人之外的话题吗?"他过了一会儿又开口道,"我是国家篮球队的唯一一个基库尤人,但你从来没看过我比赛。"

"篮球是欧洲人的运动。"

"它其实是美国人的运动。"

我耸耸肩,"都一样。"

"现在它也是非洲人的运动了。我们是唯一打败过美国人的肯尼亚队。我本希望你会因此为我感到骄傲,但你连提都没提过。"

"有个叫爱德华·基曼特的人在肯尼亚队打败欧洲人和美国人的事,我听说了很多。"我说,"但我知道这不可能是我的儿子,因为我给我儿子起的名字是柯里巴。"

"我母亲给我起的中间名是爱德华。"他说,"既然她和我聊天,与我分担,而你没有,我就用了她给我起的名字。"

"这是你的权利。"

"我不在乎什么该死的权利!"他停了一下,"事情并不非得是这个样子。"

"我忠于我自己的信念,"我说,"而你却更想成为一个肯尼亚人,而不是基库尤人。"

"我就是肯尼亚人。"他说,"我住在这里,工作在这里。我爱我的家乡,爱它的一切,而不只是一小部分。"

我深深地叹了口气,"你的确是你母亲的儿子。"

"你从来没问过她怎么样。"他说。

"如果她过得不好,你会告诉我的。"

"你就这么对待一个和您一起生活了十七年的女人?"他问道。

"是她离开这里,去欧洲人的城市生活的,不是我。"我说。

他苦笑着说:"纳库鲁不是欧洲城市,它有两百万肯尼亚人,白人还不到两万。"

"从定义上讲,任何城市都是欧洲的。基库尤人不住在城市里。"

"看看你周围,"他恼火地说,"超过百分之九十五的基库尤人的确都住在城市里。"

"那他们就不再是基库尤人了。"我平静地说。

他紧紧攥着方向盘,指关节都发白了。

"我不想和你吵架。"他努力控制着情绪,"可咱们似乎除了吵架就没别的事可做了。你是我父亲,不管我们关系如何,我爱你——我一直希望今天能跟你和解,因为以后咱们再也不会见面了。"

"我不反对。"我说,"我不喜欢吵架。"

"对于一个不喜欢吵架的人,你和政府足足吵了十二年,就为了给你的这个新世界争取赞助。"

"我不喜欢吵架,只喜欢结果。"我答道。

"他们决定给它起什么名字了吗?"

"基里尼亚加①。"

"基里尼亚加?"他惊讶地重复道。

我点点头,"恩迦的金色宝座不是在基里尼亚加山顶吗?"

"肯尼亚山顶只有一座城市,没有别的。"

"你看吧,"我微笑着说,"就连这座神山的名字都被欧洲人玷污了。是时候给恩迦一座新的基里尼亚加山了,这样他才好统治宇宙。"

"这么说来,这个名字可能的确很合适。"他说,"今天的肯尼亚没给恩迦留下多少空间。"

他突然开始减速,过了一会儿,我们拐下大路,穿过一片刚收割不久的农田,他开得很小心,以免损坏他的新车。

"我们这是去哪里?"我问道。

"我告诉过你了,我有个惊喜要给你。"

"空荡荡的农田里能有什么惊喜?"我问。

"你看了就知道了。"

他突然在距离一丛荆棘大概二十码②的地方停了下来,熄了火。

"仔细看。"他低语。

我盯着荆棘丛看了一会儿,什么也没看到。突然,荆棘丛动了一下,我意识到是怎么回事了,荆棘丛后面有两只胡狼,正胆怯地看着我们。

"这里已经有二十多年没有过动物了。"我低声说道。

"它们似乎是上一场雨之后过来的。"他柔声说道,"我估计它们是以老鼠和鸟为生的。"

---

①非洲第二高峰肯尼亚山的主峰,位于肯尼亚中部,赤道附近。峰顶终年积雪,海拔5199米。

②1码＝0.9144米

"你是怎么发现它们的?"

"不是我。"他答道,"我有个朋友在野生动物部,他告诉我的。"他有一会儿没有说话,"它们下周会被抓起来,送到一个野生动物公园去,以免给社会造成持久性的破坏。"

它们在巨大的脱粒机和收割机留下的轮辙之间捕猎,看起来格格不入。它们寻觅着已经消失一百多年的草原的庇护,躲避汽车而非其他天敌。我觉得自己和它们有某种亲近感。

我们不再说话,静静地看着它们,足足有五分钟。然后爱德华看了看表,我们得继续赶往太空港了。

"你喜欢吗?"我们开回到道路上时,他问道。

"非常喜欢。"我说。

"我就希望会喜欢来着。"

"你说它们要被挪到一个野生动物公园去?"

他点点头,"往北几百里地的地方,我记得是。"

"在农民来到这里很久以前,胡狼就在这片土地上游荡了。"我说。

"但它们已经不合时宜了。"他说,"它们不再属于这里了。"

我点点头,"这样很好。"

"你是说把胡狼送到野生动物公园?"他问。

"我指的是先于肯尼亚人生活在这里的基库尤人到一个新世界去。"我说,"因为我们也不合时宜了,不再属于这里了。"

他加了速,我们很快就穿过大片农田,进入内罗毕的外围。

"你在基里尼亚加打算做什么?"他的问题打破了长久的寂静。

"我们会按照基库尤人应有的方式生活。"

"我是说你自己。"

我微笑起来,猜测着他的反应,"我要做蒙杜木古!"

"巫医?"他难以置信地重复道。

"是这样。"

"难以置信!"他说,"你是受过教育的人,怎么会盘腿坐在土里,掷骨头算卦呢?"

"蒙杜木古也是老师,以及部落习俗的守护人。"我说,"这是一个崇高的职业。"

他难以置信地摇摇头,"所以我得告诉别人,我父亲成了巫医。"

"没什么不好意思的。"我说,"你只用告诉他们,基里尼亚加的蒙杜木古叫柯里巴。"

"那是我的名字!"

"在新世界就要有新名字。"我说,"你抛弃了它,用了欧洲人的名字。现在我要把它收回来,好好利用它。"

"看来你是认真的了?"他问道。我们进入了太空港。

"从今天开始,我的名字是柯里巴。"

车子停下了。

"我希望你会比我赋予它更多荣耀,我的父亲。"他说道,最后一次表达了和解的意愿。

"你为你自己选择的名字带来了荣耀。"我说,"这对于你这一辈子来说已经足够了。"

"你真这么想?"他问道。

"当然。"

"那你为什么之前从来没有这样说过?"

"我没有吗?"我讶异地问道。

我们下了车,他陪我走到出发区域。最后,他停了下来。

"我只能到这里了。"

"谢谢你开车送我来。"我说。

他点点头。

"还有胡狼。"我补充道,"这的确是一个完美的早晨。"

"我会想念你的,父亲。"他说。

"我知道。"

他似乎期待着我再说点什么,但我想不出还有什么要说的了。

有那么一会儿,我以为他要伸出胳膊拥抱我。可他只是伸手和我握了握,又和我低声告别了一次,然后转身走了。

我以为他会径直走向车子,但我从开往基里尼亚加的飞船舷窗向外看去时,发现他站在巨大的玻璃窗前,挥着手;另一只手攥着一块手帕。

这便是我在起飞前看到的最后一幕。但我脑海中的画面定格在那两只胡狼身上,它们打量着周遭已然陌生的景象,这片土地本身对于它们也已变得陌生。我希望它们能适应为它们人工打造的野生动物公园的新生活。

脑海中有个声音告诉我,我很快就会知道的。

1

基里尼亚加

（2129年8月）

　　原初之时，恩迦独自居住在名为基里尼亚加的山顶上。时机成熟，他便造了三个子嗣，他们分别成为了马赛人、瓦坎巴人和基库尤人的祖先。他给了三个儿子一杆长矛、一把弓和一根挖掘棒。马赛人选了长矛，恩迦便让他去大草原上放牧畜群。瓦坎巴人选了弓，恩迦便让他去密林里捕猎野兽。但基库尤人的始祖，吉库尤，他知道恩迦热爱土地和四季，便选了挖掘棒。为了奖励他，恩迦不仅教给他种子和收获的秘密，还把基里尼亚加及其神圣的无花果树和丰饶的土地赐给了他。

　　吉库尤的儿女一直生活在基里尼亚加，直到白人到来，夺走了他们的土地。但白人被赶走之后，他们并没有回来，而是选择留在城市里，穿着西方人的衣服，用着西方人的机器，过着西方人的生活。就连我这个蒙杜木古——巫医——也是在城市里出生的。我从未见过狮子、大象或是犀牛，它们在我出生之前就全都灭绝了。我也没见过恩迦所希望的那个基里尼亚加的样子，现在它的山坡被一座拥有三百万居民的城市所覆盖,喧闹而拥挤,而且城市每年都向位于山顶的恩迦宝座不断扩张。就连基库尤人也遗忘了它真正的名字,现在大家只称它为肯尼亚山。

像基督教里的亚当夏娃一样被赶出极乐世界是一种厄运,但这样的厄运也比不上住在衰败的极乐世界边上。我常常想到吉库尤的后代,他们忘记了自己的源头,忘记了自己的传统,现在只得沦为肯尼亚人。我不知道在我们建立基里尼亚加的乌托邦时,他们当中为什么没有更多的人加入我们。

的确,这里的生活很严酷,因为恩迦从未打算让生活变得轻松。但它也让人知足。我们与自然和谐相处,当恩迦悲悯的眼泪落到我们的田地里,为我们的庄稼带来养分时,我们便献上祭品,宰杀一头山羊,感谢他带给我们的收获。

我们的快乐很简单:喝上一瓢小米酿的彭贝酒,享受日落后博玛的温暖,聆听新生儿的啼哭,观看赛跑和掷矛比赛,晚上唱歌跳舞。

维护部谨慎地看守着基里尼亚加,在必要的时候对轨道进行微调,确保我们一直是热带气候。他们会时不时暗示我们可能需要他们的医疗知识,或让我们的孩子使用他们的教育设施,不过他们每次都颇有尊严地接受了我们的拒绝,从未表示想要干涉我们的事务。

直到我扼死了那个婴儿。

没过一个小时,我们的大酋长柯因纳格就来找我了。

"你这件事做得可不明智,柯里巴。"他阴郁地说。

"这事没有商量余地。"我答道,"你很清楚。"

"当然有。"他说,"你本可以让那个婴儿活下来的。"他顿了一下,试图控制住自己的怒火与恐惧,"维护部以前从没踏足基里尼亚加,但现在他们要来了。"

"让他们来吧。"我耸耸肩,"这事没有违反任何法律。"

"我们杀了个婴儿。"他说,"他们会来的,而且还会撤销我们的许可证!"

我摇摇头,"谁也不会撤销我们的许可证。"

"别说得太有把握,柯里巴。"他警告我道,"你可以活埋山羊,他们只会监视着我们,在内部轻蔑地谈论我们的宗教。你也可以把老人和弱者送去做鬣狗的晚餐,他们只不过会瞧不起我们,说我们是不信上帝的异教徒。但我告诉你,杀新生儿可另当别论。他们不会袖手旁观,他们一定会来的。"

"如果他们来了,我会给他们解释杀掉婴儿的理由。"我冷静地回答。

"他们不会接受你的解释的。"柯因纳格说,"他们不会明白的。"

"他们只能接受我的说法。"我说,"这里是基里尼亚加,他们不得干涉。"

"他们会想办法干涉的。"他非常肯定,"我们必须道歉,告诉他们不会再发生这种事了。"

"我们不道歉。"我坚决地说,"我们也不能保证不会再发生这种事。"

"那么,作为大酋长,我来道歉。"

我盯着他看了许久,耸了耸肩,"你非要这样的话,随你便。"我说。

我突然看到了他眼中的恐惧。

"你要对我怎么样?"他害怕地问。

"我?不怎么样。"我说,"你不是我的酋长吗?"他如释重负。

我又加了一句,"但如果我是你,我会小心虫子。"

"虫子?"他重复道,"为什么?"

"因为下一次虫子咬你的时候,不管是蜘蛛、蚊子还是苍蝇,它一定会要你的命。"我说,"你的血液会在体内沸腾,你的骨头会融化。你会因为剧痛而尖叫,却一点儿声音也发不出来。"我顿了一下,"我可不希望朋友遭遇这种死法。"我严肃地补充道。

"咱们不是朋友吗,柯里巴?"他说道,乌木般的面孔一片死灰。

"我本以为如此。"我说,"但我的朋友会尊重我们的传统,他们不会因为这些传统向白人道歉。"

"我不会道歉的!"他使劲保证,还在双手上吐了口唾沫。这是表示真诚的意思。

我打开腰间的一个小袋,拿出一颗来自附近河岸的小鹅卵石。"把这个挂在脖子上,"我边说边把石头递给他,"它会保护你不被虫子叮咬。"

"谢谢,柯里巴!"他诚挚地向我道谢。又一个危机化解了。

我们又聊了聊村里的事,然后他走了。我让人把婴儿的母亲玛利叫来,为她做了净化仪式,这样她就可以再生育了。我还给了她一种油膏,可以缓解她盈满乳汁的乳房的胀痛感。随后我在博玛前的火堆边坐下,倾听我的人民的心声,解决家畜所有权的争执,提供抵抗魔鬼的护身符,沿袭祖先的方式教导他们。

到了晚餐时刻,没有人再想着那个死去的婴儿了。我一个人在博玛里吃饭,这符合我的身份,因为蒙杜木古的起居饮食都是与他的人民隔离开来的。饭后,我用毯子裹住身体御寒,然后沿着土路前往其他博玛聚集之处。牛、羊、鸡都已经回圈过夜,我的人民宰杀了一头牛,已经吃完,现在正在唱歌跳舞,畅饮彭贝。他们为我让出路来,我走向大锅,饮了一瓢彭贝,然后,我在坎加拉的要求下宰了一头山羊,用羊肠占卜,发现他最年轻的妻子快要怀孕了,大家更有理由庆祝了。最后,孩子们要我给他们讲个故事。

"不过别讲地球的故事。"一个比较高的男孩说,"我们听了太多地球的故事了。这次要讲个基里尼亚加的故事。"

"好吧。"我说,"你们都聚过来,我给你们讲个基里尼亚加的故事。"小孩们都凑过来。"这个故事,"我说,"讲的是狮子和兔子。"我停了下来,直到确定所有人都在听我讲话,特别是成年人们。"一只兔子被它的同胞们选为献给狮子的祭品,这样狮子就不会给它们的村子带来灾难了。兔子本可以逃跑,但它知道狮子早晚会抓住它,于是它主动去找狮子,径直走到狮子面前。狮子正要开口吞掉兔子的时候,兔子说:'我向您道歉,伟大的狮子。'

"'为什么?'狮子纳闷地问。

"'因为我还不够塞您的牙缝。'兔子说,'所以,我还给您带了蜂蜜。'

"'我怎么没看见蜂蜜?'狮子说。

"'所以我才向您道歉。'兔子说,'另外一头狮子把蜂蜜从我这里偷走了。它非常凶猛,而且它还说它不怕您。'

"狮子站了起来。'另外那头狮子在哪儿呢?'它怒吼道。

"兔子指了指地上的一个洞,'在那里。'它说,'但是它不会把蜂蜜还给您的。'

"'那就让它看看我的厉害!'狮子咆哮道。

"它愤怒地大吼着,跳进了那个洞,就再也没有出来,因为兔子选了一个非常深的洞。随后兔子回到家,告诉同胞们狮子再也不会来生事了。"

大多数小孩都笑了起来,高兴地拍着手,但那个男孩又发出了反对的声音。

"这不是基里尼亚加的故事。"他轻蔑地说,"我们这里没有狮子。"

"是基里尼亚加的故事。"我说,"这个故事的重点不是狮子和兔子,而是它告诉我们的道理:弱者如果运用智慧,也可以战胜强者。"

"这跟基里尼亚加有什么关系?"男孩问道。

"如果我们把拥有飞船和武器的维护部的人看成是狮子,基库尤人是兔子呢?"我说,"要是狮子管兔子要祭品,兔子该怎么做?"

男孩突然咧嘴一笑,"我明白了! 我们应该把狮子扔到洞里!"

"但是我们这里没有洞。"我说。

"那我们应该怎么办?"

"那只兔子事先并不知道附近会有个洞。"我答道,"要是它发现狮子附近有个很深的湖,它就会说是一条大鱼抢走了蜂蜜。"

"我们没有很深的湖。"

"但是我们有智慧。"我说,"如果维护部干涉我们的事,我们就要用智慧消灭维护部这头狮子,就像兔子用智慧消灭故事里的狮子一样。"

"那咱们现在想想怎么消灭维护部吧!"男孩大叫起来。他捡起一根棍子,对着假想的狮子挥舞起来,好像那是一杆长矛,而他是一个高超的猎人。

我摇摇头,"兔子不会捕猎狮子,基库尤人也不会发动战争。兔子只想保护自己,基库尤人也一样。"

"维护部为什么要干涉我们?"另一个男孩推开人群,走到前面来问,"他们是我们的朋友。"

"也许他们不会干涉。"我带着安抚的语气说道,"但你必须记住,基库尤人除了自己以外,没有真正的朋友。"

"再给我们讲个故事吧,柯里巴!"一个小女孩喊道。

"我老了,"我说,"夜深了,天凉了,我要睡觉去了。"

"那明天呢?"她问道,"明天再给我们讲一个吧?"

我微笑起来,"明天,等地都种完,牛、羊都回到圈里,饭都做好,布都织完,那时候再来问我。"

"但是女孩不管放牧牛羊。"她表示抗议道,"要是我的兄弟们没有把牲口都赶回圈里怎么办?"

"那我就只给女孩们讲故事。"我说。

"那你得讲一个长的。"她严肃地强调道,"因为我们比男孩们干活更努力。"

"明天我一定会特别注意你是不是好好干活了,小不点。"我答道,"我的故事长短会根据你干活的情况来决定。"

大人们都笑了,她突然看起来很不自在。我也轻轻笑了,然后抱了抱她,拍了拍她的脑袋。因为,虽然孩子们应该敬畏他们的蒙杜木古,但也要让他们爱戴他。最后她跑去和其他女孩一起嬉戏跳舞了,我则回到了自己的博玛。

进屋后,我打开电脑,发现有一条来自维护部的信息,通知我他们第二天早上会派个人来找我。我言简意赅地回复道:"第五节第二款。"那是禁止干涉的法令。然后我躺在睡觉的毯子上,伴着歌者富有节奏的吟唱进入了梦乡。

第二天早晨,我和太阳一起醒来。我让电脑在维护部的飞船降落时通知我,随后察看了我的牛羊——在我的人民当中,只有我不用种地,因为基库尤人会为他们的蒙杜木古提供食物,照料他的牲口,为他织毯子,打扫他的博玛——然后顺道去西博基的博玛给他送治关节炎的药膏。随后,阳光普照,大地回暖,我绕开年轻小伙子们放牧的草场,回到自己的博玛。我抵达时便知道,飞船已经着陆了,因为我在小屋附近的地上发现了鬣狗粪,这是最确凿的诅咒迹象。

我用电脑尽可能多地了解了一下情况,然后走出屋外,扫视着地平线,两个光屁股小孩一会儿追着一只小狗,一会儿又被小狗追。他们吓到了我的鸡,于是,我温和地把他们送回了他们自己的沙姆巴,随后在火边坐下来。这时,我终于看到了维护部派来的访问员,正沿庇护港那边的路走过来。她显然被热得够呛,徒劳地驱赶着在眼前盘旋的苍蝇。她的金发刚刚开始变白,从她走在陡峭石头路上的笨拙步伐看,她不习惯这种地面,有好几次她差点失去平衡。而且她显然很害怕离这么多动物这么近,但她始终没有放慢脚步。十分钟之后,她站在了我面前。

"早上好。"她说。

"占波,梅撒布。"我答道。

"你是柯里巴,对吧?"

我稍稍打量了一下我这位敌人的面孔,中年,显得有点疲倦,看起来气色不怎么好。"我是柯里巴。"我回答道。

"很好。"她说,"我的名字是……"

"我知道你是谁。"我说道。如果不能避免冲突,那最好抢占主动。

"你知道?"

我从小袋里拿出骨头,把它们掷在土里。"你是芭芭拉·伊顿,来自地球。"我拖长声音吟诵着,捡起骨头,再次掷在地上,同时打量着她的反应,"你丈夫是罗伯特·伊顿,你在维护部工作九年了。"最后一次丢掷骨头,"你四十一岁,不能生育。"

"你怎么知道这些的?"她惊讶地问道。

"我不是蒙杜木古吗?"

她盯着我看了好一会儿。"你在电脑上搜索了我的履历。"她最后说道。

"只要这些事是真的,我到底是从骨头还是电脑上读出来的又有什么关系?"我答道,没有确认她的说法,"请坐,梅撒布伊顿。"她笨拙地坐在地上,掀起的一阵尘土让她皱起眉头。

"基里尼亚加真热。"她不自在地说。

"肯尼亚也很热。"我答道。

"你们本可以选择你们想要的任何一种气候的。"她说。

"我们的确选择了我们想要的气候。"我答道。

"这里有猛兽吗?"她望着草原问道。

"有一些。"我说。

"比如什么?"

"鬣狗。"

"没有更大的了?"她问道。

"更大的猛兽已经全都灭绝了。"我说。

"我在想,它们为什么没有袭击我。"

"也许因为你是外来人。"我说。

"我回庇护港的路上,它们不会来攻击我吧?"她没理会我的说法,紧张地问。

"我可以给你个驱赶它们的护身符。"

"我更希望能有人送我一程。"

"没问题。"我说。

"它们长得太丑了。"她打了个哆嗦,"我有一次在监控你们的世界时看到过它们。"

"它们很有用处,"我答道,"它们可以带来预兆,有好的,也有不好的。"

"真的?"

我点点头,"今天早上一只鬣狗给我留下了凶兆。"

"然后呢?"她好奇地问。

"然后你来了。"我说。

她笑了,"他们跟我说你是个很厉害的老头儿。"

"他们搞错了。"我说,"我只是个坐在家门口的弱老头儿,看着小伙子们帮他放牛牧羊。"

"你这个弱老头儿可是剑桥的优秀毕业生,又在耶鲁拿了两个研究生学位。"她答道。

"谁告诉你的?"

她微笑起来,"看别人履历的可不止你一个人。"

我耸耸肩,"那些学位也不能让我成为一个更好的蒙杜木古,"我说,"那些时间都浪费了。"

"你好几次提到这个词。蒙杜木古到底是什么?"

"你们管它叫巫医。"我答道,"但蒙杜木古虽然偶尔会念咒解卦,但更重要的作用是传承他的人民的集体智慧和传统。"

"听起来是个很有意思的职业。"她说。

"这个职业不是没有补偿的。"

"那是什么样的补偿啊!"她假装热情地说道。远处一只山羊咩咩叫了起来,一个小伙子用斯瓦西里语朝它喊着什么。"想想吧,拥有操纵整个乌托邦世界生死的权力!"

说到正题了,我心想。我大声说:"重点不是掌控权力,梅撒布伊顿,而是保存传统。"

"我不太相信。"她直言不讳。

"为什么你要怀疑我的话?"我问道。

"因为,如果杀掉新生儿也是传统的话,基库尤人一代人之后就该灭绝了。"

"如果你们不赞成杀掉新生儿，"我冷静地说，"那我很惊讶维护部之前为什么没来问过我们送老人和弱者去喂鬣狗的事。"

"虽然我们不赞成，但我们知道老人和弱者同意你们这样处置他们。"她答道，"我们也知道，新生儿不可能同意自己的死亡。"她停了一下，盯着我，"我能问问为什么要杀掉那个婴儿吗？"

"这就是你来这里的原因，对不对？"

"我是被派来评估情况的。"她边回答，边把一只飞虫从脸颊上掸掉，换了个坐姿，"有个婴儿被杀了，我们想知道为什么。"

我耸耸肩，"因为它出生时就带有可怕的萨胡。"

她皱起眉头，"萨胡？是什么？"

"诅咒。"

"你的意思是，婴儿有畸形？"她问道。

"没有畸形。"

"那你指的诅咒是什么？"

"它是脚先出来的。"我说。

"就这个？"她吃惊地问，"这就是诅咒？"

"对。"

"这个婴儿被谋杀就因为它是脚先出来的？"

"消灭魔鬼不是谋杀。"我耐心地解释着，"我们的传统告诉我们，这样出生的孩子就是魔鬼。"

"你是个受过教育的人，柯里巴。"她说，"你怎么能杀掉一个完全健康的婴儿，还归咎于某种原始传统呢？"

"绝不能低估传统的力量，梅撒布·伊顿。"我说，"基库尤人曾经背叛传统，结果成为了一个机械化且人口过剩的贫穷国家，它的人民不再是基库尤人、马赛人、卢奥人或瓦坎巴人，取而代之的是一个人为制造的新部落，肯尼亚人。我们这些居住在基里尼亚加的是真正的基库尤人，我们不会重蹈覆辙了。如果雨水姗姗来迟，那就必须杀只公羊献祭。如果一个人的诚实受到质疑，那他就必须接受吉萨尼考验。如果婴儿出生时带有萨胡，那它就必须被处死。"

"那你打算继续杀掉所有脚先出来的婴儿吗？"她问道。

"正是。"我答道。

一滴汗珠从她的脸上流淌下来。她直直地盯着我，说："我不知道维护部会做何反应。"

"根据我们的许可证，维护部不得干涉我们。"我提醒她道。

"没这么简单，柯里巴。"她说，"根据你们的许可证，你们集体当中的任何一员如果希望离开你们的世界，都可以自由前往庇护港，从那里登船返回地球。"她停了一下，"你杀掉的那个婴儿有这种选择权吗？"

"我杀的不是婴儿，是魔鬼。"我说着，一阵热风卷起我们周围的尘土，我微微偏了偏头。

等到风平息下来，她清了清嗓子，又开口了："你明白维护部里可不是所有人都这么想吧？"

"维护部怎么想与我们无关。"我说。

"如果无辜小孩被谋杀，维护部怎么想对你们可就无比重要了。"她答道，"你肯定不想在乌托邦法庭为你的做法辩护吧？"

"你是像你说的那样来评估情况的，还是来威胁我们的？"我冷静地问。

"来评估情况的。"她答道，"但从你告诉我的事实来看，我似乎只能得出一个结论。"

"那说明你并没有听我的话。"我说着，又一阵更强的风吹来，我暂时闭上眼睛。

"柯里巴,我知道建立基里尼亚加是为了沿袭你们祖先的生活方式——但你也能分辨折磨动物的宗教仪式和谋杀人类婴儿之间的区别吧?"

我摇摇头,"它们是一回事。"我答道,"我们不能因为我们的生活方式让你们不舒服就改变它。我们曾经这样做过一次,不过几年的时间,你们的文化就侵蚀了我们的社会。我们建立的所有工厂,创造的所有工作机会,接受的所有西方技术,改信基督教的所有基库尤人——它们让我们变成了我们本不该成为的样子。"我直视着她的双眼,"我是蒙杜木古,我要保存代表基库尤人身份的一切,我不会让悲剧重演的。"

"还有其他方法。"她说。

"对基库尤人来说没有。"我坚决地说。

"有的。"她坚持道。她全神贯注于自己要说的话,都没注意到一条黑金相间条纹的蜈蚣爬上了她的靴子。"比如说,在太空停留数年会使人体在生理和荷尔蒙方面发生变化。我刚到的时候,你说我四十一岁,没有孩子。的确如此。事实上,维护部的很多女人都没有小孩。如果你把婴儿交给我们,我确定我们能给他们找到寄养家庭,这样既可以让这些婴儿从你们的社会中消失,又不用杀掉他们。我可以跟我的上级谈谈这个方案,我想他们很有可能会同意。"

"这个建议很周到,也很新鲜,梅撒布伊顿。"我真诚地说,"很抱歉,我必须拒绝。"

"可为什么?"她问道。

"因为我们一旦开始背弃传统,这个世界就不再是基里尼亚加了,它将成为又一个肯尼亚,基库尤人这个身份也成了拙劣的伪装。"

"我可以和柯因纳格还有其他酋长谈谈这件事。"她意味深长地建议道。

"他们不会违背我的指示的。"我信心满满地说。

"你有这种权力?"

"我有这种尊重。"我答道,"酋长可以执行法律,但解释法律的是蒙杜木古。"

"那咱们再考虑一下其他解决方案。"

"没什么可考虑的。"

"我是在试图避免维护部和你的人民之间发生冲突。"她说道,语气中透着挫败感,"我觉得你至少可以让个步,双方各妥协一半。"

"我并不怀疑你的动机,梅撒布·伊顿。"我答道,"但你是外来人,你代表的组织在法律上无权干涉我们的文化。我们不会把我们的宗教或道德观念强加给维护部,维护部也不能把它的宗教或道德观念强加给我们。"

"事情没那么简单。"

"事情就这么简单。"我说。

"你对此态度不会变了?"她问。

"是的。"

她站起身,"那么,我想我该回去汇报了。"

我也站了起来。风向改变,送来村庄的气味:香蕉的香气,新酿的一锅彭贝的味道,甚至还有早晨刚宰的公牛的刺鼻气味。

"梅撒布·伊顿,"我说,"我会按照你希望的,叫人送你回去。"我招手叫了一个正在照料三只山羊的小孩过来,让他去村里叫两个小伙子来。

"谢谢,"她说,"麻烦你了,但我一想到鬣狗在附近游荡就觉得不太安全。"

"不用谢。"我说,"在等送你的小伙子们的时候,也许你愿意听一个关于鬣狗的故事。"

她不禁打了个冷战。"它们长得实在是太骇人了!"她厌恶地说,"后腿看起来好像畸形一样。"她摇摇头,"不。我觉得我对鬣狗的故事没兴趣。"

"这个故事你会有兴趣的。"我告诉她。

她好奇地看着我,然后耸了耸肩,"好吧。"她说,"讲吧。"

"鬣狗的确是畸形而丑陋的动物,"我开始讲道,"但在很久很久以前,它们曾和高角羚一样可爱而优雅。后来有一天,一位基库尤酋长把一只山羊交给一只鬣狗,叫它将山羊作为礼物,带给住在基里尼亚加圣山山顶的恩迦。鬣狗用有力的下颌叼起山羊,朝遥远的圣山出发了——可半路上,它经过了一个欧洲人和阿拉伯人的定居点。那里有很多枪械和其他稀奇玩意儿,它从未见过,于是它停下来看,看入了迷。最后,一个阿拉伯人注意到它在一边目不转睛,就问它是否也愿意成为一个文明人——它刚一开口说愿意,山羊就掉到地上一溜烟跑了,很快消失在视野中。阿拉伯人大笑起来,解释说他只是在开玩笑,鬣狗怎么可能变成人呢?"我停了一下,然后继续讲,"于是鬣狗去了基里尼亚加,它到达山顶时,恩迦问它山羊哪里去了。鬣狗讲了经过之后,恩迦把它从山顶扔了下来,因为它竟敢以为自己能变成人。鬣狗并没有摔死,但它的后腿瘸了。恩迦宣布,从那天起,所有鬣狗的后腿都将长成这样,以便提醒它们,妄想变成另外一个样子有多么愚蠢。不但如此,他还让它们的叫声听起来像疯子的笑声。"我又停了一下,瞧着她,"梅撒布伊顿,你看,基库尤人的笑声并不像疯子,我也不会让他们和鬣狗一样变成瘸子。你明白我的意思吗?"

她琢磨了一会儿我的话，然后直视着我的眼睛。"我想我们彼此都很明白对方的意思，柯里巴。"她说。

这时，我叫来的那两个小伙子恰好到了，我便让他们送她回庇护港。不一会儿，他们已经启程穿过干旱的草原，于是我继续自己的职责。

我在田野中走着，给稻草人施咒。有一些小孩跟着我，于是我在树下多休息了几次，和以往一样，每次我停下来歇脚，他们就会求我再给他们讲故事。我给他们讲了大象和水牛的故事，马赛人艾尔莫兰是怎么用长矛斩断彩虹使它不再在地球上落脚的故事，还有为什么九个基库尤部落是根据吉库尤的九个女儿命名的。等到太阳烤得人受不了的时候，我便领着他们回了村子。

下午，我把年长些的男孩都叫来，又给他们解释了一次为什么在他们即将到来的割礼上要在脸上和身上涂油彩。前一晚要求我讲基里尼亚加故事的那个男孩恩德米私下找到我，抱怨说他无法用长矛杀死一只小瞪羚，让我给他个护身符，让他的长矛投得更准一些。我对他解释说，有一天，他会在没有护身符的情况下面对水牛或鬣狗，所以必须先勤加练习，然后再来找我。这个小恩德米值得留意，他很鲁莽，无所畏惧。要是在从前，他会成为一个伟大的战士。但在基里尼亚加，我们没有战士。不过，如果我们各家各户能一直子孙满堂，有一天我们会需要更多的酋长，甚至另一个蒙杜木古，我决定密切关注他。

晚上，独自吃完饭后，我返回村子，因为一个名叫恩乔古的小伙子要和邻村的一个姑娘卡米利结婚了。彩礼已经讲定，两家人正等着我主持结婚仪式。

恩乔古的脸上涂着一条一条的油彩，戴着鸵鸟羽毛头饰，看起来很紧张。他和新娘站在我面前。卡米利的父亲为婚礼带来了一只肥公羊,我割开它的喉咙,然后转向恩乔古。

"你有什么要说的吗?"我问道。

他上前一步。"我想让卡米利来耕种我沙姆巴的田地。"他背诵着事先写好的话,嗓音因为紧张有点哑,"因为我是一个男人,我需要一个女人来照顾我的沙姆巴,给我的庄稼的根好好松土,让它们长得茂盛,让我家富饶繁荣。"

他在双手上吐了口唾沫表示真诚,然后,如释重负地深呼一口气,向后退了一步。

我转向卡米利。

"你愿意给恩乔古的沙姆巴种地吗,穆奇利之女?"我问她。

"是的,"她轻柔地说道,低下了头,"我愿意。"

我伸出右手,新娘的母亲递上一瓢彭贝酒。

"如果这个男人让你不满意,"我对卡米利说,"我就把这瓢彭贝泼在地上。"

"别泼。"她答道。

"那就喝吧。"我说着,把瓢递给她。

她把瓢举到唇边,喝了一口,然后递给恩乔古,他也喝了一口。

瓢里的酒喝干之后,恩乔古和卡米利的父母在里面填上青草,象征着两个宗族之间的友谊。

然后围观者欢呼起来,公羊被扛去烧烤,更多的彭贝像是变戏法一般冒了出来。新郎带新娘去了他的博玛,其余人一直庆祝到夜深,直到山羊咩咩的叫声告诉他们附近有几只鬣狗,他们才停了下来。妇女和孩子回到博玛,男人们拿起长矛,到田里去把鬣狗吓跑。

我正要离开,柯因纳格过来找我了。

"你和维护部的那个女人谈过了?"他问道。

"是的。"我回答。

"她说什么?"

"她说他们不赞成杀掉脚先出来的婴儿。"

"然后你说了什么?"他紧张地问。

"我告诉她,我们信仰我们的宗教,不需要维护部的许可。"我答道。

"维护部会听吗?"

"他们没有其他选择。"我说,"我们也没有其他选择。"我补充道,"只要让他们下令要求或禁止我们做一件事,要不了多久他们就会对所有事发号施令。如果让他们接手,恩乔古和卡米利就得背诵摘自《圣经》的结婚誓言了。这种事曾经发生在肯尼亚,我们不能让它在基里尼亚加重演。"

"但他们不会惩罚我们吗?"他继续问道。

"他们不会惩罚我们的。"我答道。

他满意地回他的博玛去了,我则沿着曲折小路回到自己的博玛。我在牲畜栏边停了一下,发现里面有两只新山羊,是新郎新娘的家人对我主持婚礼表示感谢的礼物。没过几分钟,我便在自己的博玛里沉沉睡去。

日出前几分钟,电脑唤醒了我。我起了床,用我放在毯子边的瓢里的清水洗了脸,然后走到电脑跟前。

是芭芭拉·伊顿给我发来的信息,简明扼要:

维护部初步认为,杀婴行为无论以何种理由施行,均直接违反基里尼亚加许可证。过往的违反行为将不予追究。

我们还将评估你们的安乐死做法,可能需要你们配合提供进一步证词。

芭芭拉·伊顿

没过一会儿，柯因纳格派了一个跑腿的来，叫我去参加长老会会议，我知道他也收到了同样的信息。

我用毯子裹住肩膀，朝柯因纳格的沙姆巴——它包括他的博玛，还有他的三个儿子和儿子们的妻子的——走去。我抵达时，发现不仅本地长老在等我，还有临近两个村子的酋长。

"你收到维护部的信息了吗?"我在柯因纳格对面坐下时，他问道。

"收到了。"

"我警告过你会发生这种事!"他说，"现在咱们怎么办?"

"该怎么办就怎么办。"我冷静地说。

"我们不能再这样了，"一个邻村的酋长说，"他们禁止这种事。"

"他们没有权利禁止。"我答道。

"我们村子有个女人快生了。"那位酋长继续说道，"所有迹象和征兆都表明是双胞胎。我们的宗教规定要杀掉大的，因为一个母亲不能产生两个灵魂——但现在维护部禁止这么做了。我们该怎么办?"

"必须杀掉大的。"我说，"它是魔鬼。"

"然后维护部就会让我们离开基里尼亚加!"柯因纳格苦涩地说。

"也许我们可以让孩子活下来。"酋长说，"这样就会让他们满意，他们就不会来打扰我们了。"

我摇摇头，"他们不会放过你们的。他们已经提到了我们把老人和弱者送去喂鬣狗的事，就好像这是对他们的神大不敬的罪孽。如果你在这一件事上让步，总有一天，你在另外一件事上也得让步。"

"那样就一定不好吗?"酋长仍不死心,"他们有我们没有的机器,也许他们可以让老人重返青春。"

"你不明白,"我边说边站了起来,"我们的社会不是个人、习俗和传统的集合。不,它是一个复杂的有机系统,所有的要素彼此依赖,就像草原上的动植物一样。如果你把草烧了,不仅会害死以草为食的高角羚,还有依靠肉食动物过活的虱子和苍蝇,还有吃高角羚尸体的秃鹫和秃鹳。你毁掉一部分,就毁掉了整体。"

我停下来,让他们好好思考我说的话,然后继续说道:"基里尼亚加就和草原一样。如果我们不把老人和弱者送去喂鬣狗,鬣狗就会饿死。如果它们饿死,食草动物就会过量繁殖,我们的牛羊就没草可吃了。如果老人和弱者不按恩迦所希望的时刻死去,那我们的食物很快就会不够了。"

我捡起一根棍子,让它在我的手指上勉强保持平衡。

"这根棍子,"我说,"就是基库尤人,我的手指就是基里尼亚加。它们保持着完美平衡。"我看着邻村酋长,"但如果我改变平衡,把手指放在这里,会发生什么事?"我指着棍子末端问道。

"棍子会掉到地上。"

"这里呢?"我指着离中心一寸远的地方问。

"还是会掉。"

"我们也一样。"我解释道,"不管我们在一件事还是在所有事上让步,结果都是一样的:基库尤人一定会和棍子一样,掉下去。我们难道还没从过去吸取教训吗?我们必须坚守传统,这是我们拥有的一切!"

"但维护部不会允许我们这么做的!"柯因纳格反驳道。

"他们不是战士,是文明人。"我说着,嗓音中透出一丝轻蔑,"他们的酋长和蒙杜木古不会让他们带着枪和长矛来基里尼亚加的。他们会发布警告、结论、宣言，最后，那些都不管用的时候，他们会去找乌托邦法庭，向他们起诉，审判会被推迟很多次，复审很多次。"我看出他们终于开始放松，我给了他们一个充满信心的微笑，"维护部真要采取什么实际行动的时候，恐怕你们每个人都已经不在人世了。我是你们的蒙杜木古，我和文明人一起生活过，我告诉你们的是真的。"

邻村酋长站起来，面对着我。"双胞胎出生的时候，我会派人来叫你。"他保证道。

"我会来的。"我也保证道。

我们又谈了一会儿，然后结束了会议。长者们开始慢慢往自己的博玛溜达，而我则思考着未来。我比柯因纳格或长老们看得更清晰。

我穿过村子，直到找见鲁莽的小恩德米。他正挥舞着长矛，朝他用干草扎成的一头水牛掷去。

"占波，柯里巴！"他向我打招呼。

"占波，勇敢的年轻战士。"我答道。

"我一直在按照你说的练习。"

"我以为你想打的是瞪羚。"我说。

"瞪羚是小孩子打的。"他答道，"我要杀穆博古，水牛。"

"穆博古可能不同意。"我说。

"那更好。"他信心满满地说，"我可不想杀逃跑的动物。"

"你打算什么时候去杀凶猛的穆博古？"

他耸耸肩，"等我投得更准的时候。"他朝我微笑起来，"可能明天吧。"

我若有所思地看了他一会儿，然后说："明天还有好久才到。我们今晚有事要做。"

"什么事?"他问道。

"你去找十个伙伴来,必须还没到行割礼的年纪,让他们必须在日落之后到南面森林里的池塘去。你要告诉他们,蒙杜木古·柯里巴命令他们不许告诉任何人他们要来,连他们的父母也不行。"我顿了一下,"你明白了吗,恩德米?"

"明白了。"

"那就去吧。"我说,"把我的话带给他们。"

他从稻草水牛上取下长矛,小跑着走了。他那么年轻,高大,强壮,无畏。

你们是未来,我边看着他朝村子跑去边想。不是柯因纳格,不是我自己,甚至不是年轻的新郎恩乔古。战斗开始之前,他们的时代已经来了又去。是你,恩德米,如果基里尼亚加要生存下去,就必须仰仗你们。

曾经,在基库尤人必须为他们的自由奋斗之前,在乔莫·肯雅塔①的领导下——这个名字已经被你们父母中的大部分所遗忘——我们发下茅茅②的可怕誓言,残杀、屠戮、施暴,最终我们获得了独立,因为面对这样的屠杀,文明人无法抵御,只得离开。

而今晚,年轻的恩德米,在你的父母熟睡之时,你和你的伙伴们将在森林深处与我会面,轮到你和他们学习基库尤人的最后一项传统了。我不仅将召唤恩迦的力量,还会召唤乔莫·肯雅塔不屈的魂灵。我将履行一句可怕的誓言,逼迫你们做下不可说之事,以证明你们的忠诚,然后我将教会你们每个人如何对你们的后人履

①乔莫·肯雅塔(Jomo Kenyatta, 1893-1978),肯尼亚政治家,第一位肯尼亚总统,肯尼亚国父。

②源于1956至1960年间的英国殖民政府时期,在肯尼亚发生的军事冲突——茅茅起义,指举事的反殖民主义团体,成员多是基库尤人。此外,它还是一个军事隐语,来自基库尤男童在行割礼时玩的一个语言游戏。

行这句誓言。

每件事都有其时节:出生,成长,死亡。乌托邦也有其时节,这是毫无疑问的,但还要等一等。

因为,现在是独立的时节。

2

因为我已触碰过天空

（2131年1月）

人曾经是有翅膀的。

独自坐在基里尼亚加山顶金色宝座上的恩迦赋予人类飞行的本领，这样他们便可够到树木最高枝上的多汁果实。但有一个人，吉库尤的一个儿子，也是第一个人类，他看到老鹰和秃鹫在高空乘风翱翔，便伸展翅膀，加入它们。他盘旋得愈来愈高，很快便远远凌驾于所有飞行生物之上。

这时，恩迦突然伸手抓住了吉库尤之子。

"我做了什么，你要抓我？"吉库尤之子问道。

"我住在基里尼亚加山山顶，因为它是世界之巅。"恩迦答道，"没有哪个人的头可以高过我的。"

于是，恩迦除去了吉库尤之子的翅膀，也除去了所有人类的翅膀，这样再也不会有人飞得比恩迦高了。

所以，吉库尤的子孙后代看着鸟儿时，都会带着一丝失落和嫉妒，他们再也无法吃到树木最高枝上的多汁果实了。

我们这个世界按照恩迦居住的圣山命名为基里尼亚加,这里有很多鸟儿。我们获得乌托邦议会的许可证之后,离开了肯尼亚,因为它对基库尤部落的真正成员已不再具有任何意义,那时我们也将鸟儿和其他动物一起带来了。我们的新世界是鹳和秃鹫、鸵鸟和鱼鹰、织巢鸟和苍鹭,以及其他许多种鸟儿的家园。就连我,蒙杜木古,看到它们斑斓的色彩也会感到喜悦,听到它们悦耳的歌喉也会感到平静。有很多个下午,我坐在自己的博玛前,背靠着一棵古老的刺槐树。鸟儿们到蜿蜒穿过我们村子的小河里来喝水,我便欣赏它们的缤纷五彩,聆听它们的优美啼鸣。

就是在这样一个下午,一个还没到割礼年纪的小女孩卡玛莉,沿着将我的博玛与村子分开的漫长的崎岖小路走来,手里拿着一个灰色的小东西。

"占波,柯里巴。"她向我问好。

"占波,卡玛莉。"我回答道,"你给我带什么来了,孩子?"

"这个,"她说着,递过一只小隼隼,它虚弱地挣扎着,想要逃离她的手掌,"我在我家的沙姆巴里发现的。它飞不起来了。"

"看起来它的羽毛已经长全了。"我说道,站了起来。这时,我看到它有一只翅膀扭曲着。"啊!"我说,"它摔断了翅膀。"

"你能治好它吗,蒙杜木古?"卡玛莉问道。

她帮我按住小隼隼的头,我简单检查了一下翅膀,然后我退后几步。

"我可以治好它,卡玛莉,"我说,"但我不能让它重新飞起来。翅膀会痊愈,但永远不会强壮到足以支撑它的体重的程度。我想我们应该杀掉它。"

"不要!"她叫道,一把将隼隼抱回怀里,"你治好它,我会照顾它的！"

我盯着小鸟看了一会儿，摇了摇头，"它不会想继续活下去的。"我最后说道。

"为什么？"

"因为它曾经乘着温暖的风，飞得很高。"

"我不明白。"卡玛莉皱着眉头说。

"一旦鸟儿触碰过天空，"我解释道，"它就再也不会满足于在地面消磨时光了。"

"我会让它满足的。"她坚决地说，"你来治好它，我来照顾它，它就会活下去。"

"我可以治好它，你也可以照顾它，"我说，"但是，"我补充道，"它不会活下去的。"

"你要开什么价码，柯里巴？"她问道，突然变得像在谈生意。

"我不收小孩的钱。"我说，"我明天去见你父亲，他会把报酬付给我的。"

她顽固地摇摇头，"这是我的鸟，我来付。"

"好吧。"我很欣赏她的精神，因为大部分孩子——以及所有成年人——都很怕他们的蒙杜木古，从来不会公开讲反对他的话。"那你每天早晨和下午都要来打扫我的博玛，为期一个月。你要铺好我睡觉的毯子，给我的水瓢打满水，保证我的火堆有足够的柴火。"

"很公平。"她考虑了一会儿之后说道，随即又补上一句，"如果鸟儿在一个月结束之前死了呢？"

"那你就会明白，一个蒙杜木古比一个基库尤小女孩懂得要多。"我说。

她咬住牙。"它不会死的。"她顿了一下，"你现在能治疗它的翅膀吗？"

"可以。"

"我来帮你。"

我摇摇头,"你得给它做个笼子,它的翅膀要是太早活动,就会再次折断,那样我就必须杀掉它了。"

她把小鸟递给我。"我这就回来。"她做了保证,然后便朝她的沙姆巴跑去。

我把侏隼拿进小屋。它太虚弱,没怎么挣扎便被我绑住了喙。然后,我便开始慢慢用夹板把翅膀固定在它的体侧,确保翅膀无法动弹。我正骨的时候,它痛得叫了起来,剩下的时间它只是眼睛一眨不眨地看着我,十分钟不到治疗便结束了。

卡玛莉在一个小时之后回来了,手里拿着一个小木笼子。

"这个够大吗,柯里巴?"她问道。

我拿起笼子察看了一下。

"有点太大了。"我答道,"得让它在痊愈之前无法活动翅膀。"

"它不会活动翅膀的。"她保证道,"我会整天看着它,每天都看着。"

"你会整天看着它,每天都看着?"我觉得很有趣,重复了一遍她的话。

"是的。"

"那谁来打扫我的小屋和我的博玛,谁来给我的水瓢添水?"

"我来的时候会带着笼子。"她答道。

"笼子里有鸟的话会重很多。"我说。

"等我长大了,我要背重得多的东西,因为我得给我丈夫的沙姆巴种地捡柴,"她说,"这是很好的锻炼。"她顿了一下,"你笑什么呀,柯里巴?"

"我不习惯听还没受割礼的小孩说教。"我微笑着答道。

"我不是在说教。"她严肃地说,"我是在解释!"

我伸手遮挡着午后刺眼的阳光。

"你不怕我吗,小卡玛莉?"我问道。

"为什么要怕?"

"因为我是蒙杜木古。"

"那只说明你比其他人聪明。"她耸耸肩答道。她把一块石头丢向正在靠近笼子的一只鸡,鸡吓跑了,恼火地尖声叫着。"有一天我也会和你一样聪明的。"

"哦?"

她满怀信心地点点头,"我数数已经比我父亲厉害了,而且我能记住很多东西。"

"什么样的东西?"我问道。一阵热风在我们周围吹起一阵尘土,我微微偏了偏头。

"你还记得雨季前,你给村里孩子们讲的蜂鸟的故事吗?"

我点点头。

"我能把这个故事背一遍。"她说。

"你的意思是你能记住这个故事?"

她使劲摇摇头,"我能把你说过的每个字都背下来。"

我盘腿坐下来。"背给我听听。"我说道,望向远方,瞥到两个小伙子正在照料畜群。

她弓起背,做出一副又老又驼的样子,看起来就像我自己一样,然后模仿着我的嗓音和手势,开始讲故事。

"有一只褐色的小蜂鸟,"她说道,"样子像麻雀,而且也和麻雀一样友好。它会来到你的博玛,召唤你,你一靠近,它便会飞上天,指引你前往蜂巢,然后在一旁等待着你拾草生火,用烟把蜜蜂熏出来。但你必须——"她强调着这个词,就和我讲的时候一样,"给它留点蜂蜜。如果你把所有蜂蜜都拿走,下次它就会把你引向菲西,也就是鬣狗的利爪,或者带你到干旱的沙漠里去,那样你就会渴死。"故事讲完了,她站起身,朝我微笑着,"你看吧?"她自豪地说。

"我看到了。"我说着,挥走落在我脸上的一只大苍蝇。

"我讲得对吗?"她问道。

"讲得对。"

她若有所思地看着我,"也许等你死了,我就会成为蒙杜木古。"

"我看起来那么像快要死的人吗?"我问道。

"呃,"她说,"你很老了,又驼背,还有皱纹,睡得也很多。不过你不马上死的话,我也会很高兴的。"

"我会尽量让你也很高兴。"我讽刺地说,"现在带着你的侏隼回家吧。"

我正要告诉她怎么照顾侏隼,她却先开口了:

"它今天肯定不想吃东西。从明天开始,我会给它喂大个的昆虫,还有每天至少一只蜥蜴,还要保证它一直有水喝。"

"你很细心,卡玛莉。"

她又对我微笑了,随后朝她的博玛跑过去。

第二天清晨,卡玛莉回来了,随身带着笼子。她把笼子放在阴凉处,然后拿一个碗从我的水瓢里盛了些水,把它放在笼子里。

"你的鸟今天早上怎么样?"我坐在火边问道。虽然乌托邦议会的行星工程师让基里尼亚加的气候和肯尼亚差不多,但清晨的空气还未被阳光晒暖。

卡玛莉皱起眉头,"它还没吃过东西。"

"等到足够饿的时候,它就会吃的。"我说着,把毯子又往肩头拽了拽,"它更习惯从天空猛扑猎物。"

"不过它喝水了。"她说。

"这是个好兆头。"

"你不能施个咒语,让它一下子痊愈吗?"

"代价太高了。"我说道,我已经预料到了她的问题,"这样更好。"

"有多高?"

"太高了。"我重复道,想要结束这个话题,"现在,你不是有活要干吗?"

"是的,柯里巴。"

随后,她开始为我捡柴火,去河边打水。她又走进我的小屋,把它打扫干净,铺平我睡觉用的毯子。过了一会儿她出来了,手里拿着一本书。

"这是什么,柯里巴?"她问道。

"谁告诉你可以动蒙杜木古的东西的?"我严厉地问道。

"不动它们我怎么打扫整理呢?"她毫无畏惧地答道,"这是什么?"

"是书。"

"书是什么,柯里巴?"

"这不是你应该知道的东西,"我说,"把它放回去。"

"你想知道我觉得它是什么吗?"她问道。

"告诉我。"我说道,很好奇她会怎样回答。

"你掷骨头求雨的时候不是要在地上画符吗? 我认为书里有各种符。"

"你是个非常聪明的小姑娘,卡玛莉。"

"我告诉过你了。"她说着,很不高兴我没把她的说法当成不证自明的事实。她又打量了一会儿书,然后把它举起来,"这些符是什么意思?"

"各种不同的意思。"我说。

"什么意思?"

"基库尤人没必要知道。"

"可是你知道。"

"我是蒙杜木古。"

"基里尼亚加还有其他人懂这些符吗?"

"你们的酋长柯因纳格,还有另外两个酋长,他们也能看懂。"我答道,现在开始觉得她真不应该把我卷入这场对话,我猜到它会如何发展了。

"可你们都是老头儿了。"她说,"你应该教我,这样等你们死了还有人能看懂这些符。"

"这些符不重要。"我说,"它们是欧洲人创制的。欧洲人到肯尼亚之前,基库尤人并不需要书。基里尼亚加是我们自己的世界,我们在这里也不需要书。柯因纳格和其他酋长死后,一切就会回到很久以前的样子。"

"那么它们是邪恶的符吗?"她问道。

"不,"我说,"它们并不邪恶。它们只是对基库尤人没有意义。它们是白人的符。"

她把书递给我,"你能给我念念其中一个符吗?"

"为什么?"

"我很想知道白人创造了什么样的符。"

我盯着她看了好一会儿,努力下定决心。最后我点头同意了。

"就这一个。"我说,"下不为例。"

"就这一个。"她表示同意。

我把书翻开,这是一部伊丽莎白时代诗歌的斯瓦西里语译本。我随便选了一首诗,念给她听:

> 来和我住在一起,做我的爱人,
> 我们将一起体验
> 山谷、树林、丘陵、田野、
> 森林或是高山的一切美好。

> 我们会坐在岩石上,
> 看牧羊人放牧,
> 坐在小溪边,
> 聆听鸟儿婉转的情歌。

> 我会为你用玫瑰铺床,
> 还有数以千计的芬芳花朵,
> 一顶花帽,和一条长裙,
> 绣满桃金娘的叶子。

> 还用稻草和常春藤花蕾铺床,
> 珊瑚作扣,琥珀为钉,
> 如果这些美好打动了你,
> 那么来和我住在一起,做我的爱人。

卡玛莉皱起眉头,“我不明白。”

“我告诉过你你不会明白的。”我说,“去把书收起来,把我的小屋打扫完。除了这里的活儿,你还要在你父亲的沙姆巴干活。”

她点点头,回到了我的小屋里,可几分钟后便又兴奋地冲了出来。

"它是个故事!"她叫道。

"什么?"

"你读的那个符!里面有很多词我不懂,但它讲的是一个战士向一个姑娘求婚的故事!"她顿了一下,"你能讲得更好,柯里巴。这些符甚至都没提到菲西,也就是鬣狗,还有曼巴,也就是鳄鱼,它住在河边,会吃掉这个战士和他妻子。不过它仍然是个故事!我本来以为会是蒙杜木古用的符咒。"

"你很聪明嘛,能知道这是个故事。"我说。

"再给我念一个吧!"她满怀热情地说。

我摇摇头,"你不记得咱们刚才说好的了?就这一个,下不为例。"

她低下头沉思着,然后灿烂地抬起头,"那,教我怎么读这些符吧。"

"这是违反基库尤人的法律的。"我说,"女人不可以认字。"

"为什么?"

"女人的责任是种地、捣米、生活、织布,给她的丈夫生孩子。"我答道。

"但我不是女人。"她说,"我只是个小姑娘。"

"但你将会成为一个女人。"我说,"女人不能认字。"

"你现在教我,等我长成女人的时候就会忘记怎么认字了。"

"老鹰会忘记怎么飞翔吗?鬣狗会忘记怎么杀戮吗?"

"这不公平。"

"是不公平。"我说,"但这是正确的。"

"我不明白。"

"那我来给你解释。"我说，"坐下，卡玛莉。"

她在地上坐下来，和我面对面，向前倾着身子，专注地听我说。

"很多年前，"我开口说道，"基库尤人住在基里尼亚加山的影子里，山顶则住着恩迦。"

"我知道，"她说，"后来欧洲人来了，开始建立他们的城市。"

"你打断我了。"我说。

"对不起，柯里巴。"她说，"但我已经听过这个故事了。"

"你没有听过完整版本。"我答道，"在欧洲人到来之前，我们与土地和谐共存。我们照料牲口，耕种土地，有人因为衰老、疾病或与马赛人、瓦坎巴人和南迪人的战争死去，我们正好有足够数目的儿童来补充。我们的生活很简单，但也很充实。"

"后来欧洲人来了！"她说。

"后来欧洲人来了，"我表示同意，"他们带来了新的生活方式。"

"邪恶的方式。"

我摇摇头，"它们对于欧洲人来说并不邪恶。"我回答道，"我知道，是因为我在欧洲人的学校学习过。但它们对于基库尤人、马赛人、瓦坎巴人、恩布人、基西人和所有其他部族并不是好的生活方式。我们见到了他们穿的衣服、他们建的房子、他们用的机器，我们就想和欧洲人一样。但我们不是欧洲人，他们的生活方式也不是我们生活方式，他们也不为我们干活。我们的城市人满为患、污染严重，我们的土地变得贫瘠，我们的动物死了，水变得有毒了，最后，乌托邦议会同意让我们搬到基里尼亚加这个世界来，我们便离开了肯尼亚，按照古老的方式生活，这是对基库尤人有利的方式。"我顿了一下，"很久以前，基库尤人没有书面文字，也不知道怎么认字，既然我们要在基里尼亚加建立一个基库尤人的世界，那我们的人民就不应该学习认字或写字。"

"但不会认字有什么好处呢？"她问道，"我们在欧洲人到来之前不认字，并不等于认字就是坏事啊。"

"认字就会让你意识到还有其他的思考和生活方式，然后你就会对基里尼亚加的生活感到不满。"

"可是你认字，你并没有不满意。"

"我是蒙杜木古。"我说，"我的智慧足以让我知道，我读到的东西都是谎言。"

"但谎言并不总是坏事。"她坚持道，"你一直在讲述谎言。"

"蒙杜木古不会对他的人民撒谎。"我严厉地答道。

"你管它们叫故事，比如狮子和野兔的故事，或者彩虹起源的故事，但它们都是谎言。"

"它们是寓言。"我说。

"寓言是什么？"

"故事的一种。"

"是真实的故事吗？"

"在某种意义上是。"

"如果它在某种意义上是真实的，那在某种意义上也是谎言，不是吗？"她答道，还没等我回答便又说了下去，"如果我可以听谎言，为什么不能读谎言呢？"

"我已经给你解释过了。"

"这不公平。"她重复道。

"是不公平，"我表示同意，"但这是正确的。从长远来看，这是为了基库尤人好。"

"我还是不明白这有什么好。"她抱怨道。

"因为我们是仅剩的基库尤人。基库尤人曾经想变成别的样子,但我们并没有变成住在城市的基库尤人,或者坏的基库尤人,或者不快乐的基库尤人,而是一个全新的部族,叫作肯尼亚人。我们到基里尼亚加来是为了保存从前的生活方式——如果女人开始认字,有些人就感到不满,她们就会离开,有一天基库尤人就会不复存在。"

"但我并不想离开基里尼亚加!"她抗议道,"我想受割礼,给我的丈夫生很多孩子,给他的沙姆巴种地,有一天由我的孙辈来照顾我。"

"这就是你应该有的想法。"

"但我也想读有关其他世界和其他年代的故事。"

我摇摇头,"不行。"

"但是——"

"我今天不想再听你说这件事了。"我说,"太阳已经升得很高了,你还没干完这里的活儿,你还要在你父亲的沙姆巴干活,而且下午还要回来干活。"

她没再说一个字,站起身去干活了。干完之后,她拿起笼子回她自己的博玛去了。

我看着她离开,然后回到自己的小屋,打开电脑,要求维护部对轨道进行调整,因为天气很热,已经有将近一个月没下过雨了。他们表示同意,过了一会儿,我沿着长长的曲折小路来到村子中心。我慢慢坐下来,把装在袋子里的骨头和符咒在面前摊开,召唤恩迦下一场中雨,让基里尼亚加凉快下来,维护部已经同意下午晚些时候提供降雨了。

随后孩子们围在我身边,每次我从山上的博玛来到村子里时,他们都会这样。

"占波,柯里巴!"他们喊道。

"占波,我勇敢的小战士们。"我答道,依旧坐在地上。

"你今天上午为什么到村子里来,柯里巴?"男孩中最勇敢的恩德米问道。

"我来请恩迦用他同情的泪水浇灌我们的农田。"我说,"因为这个月都没下过雨,庄稼口渴了。"

"既然你和恩迦讲完了,能给我们讲个故事吗?"恩德米问道。

我抬头看看太阳,估算了一下时间。

"我的时间只够讲一个故事的。"我答道,"然后我得穿过农田,给稻草人施新的符咒,让它们继续保护你们的庄稼。"

"你要给我们讲什么故事,柯里巴?"另一个男孩问道。

我四下看看,看到卡玛莉和女孩们站在一起。

"给你们讲个豹子和伯劳鸟的故事吧。"我说。

"我还没听过这个故事。"恩德米说。

"难道我已经老到没有新故事可讲了吗?"我问道,他低下了头。等所有人都安静下来,我便开口讲了起来:

"从前有一只非常聪明的小伯劳鸟,因为它很聪明,所以它总是向它的父亲提问题。

"'我们为什么要吃昆虫?'有一天它问道。

"'因为我们是伯劳鸟,伯劳鸟就应该吃昆虫。'它父亲答道。

"'但我们也是鸟。'小伯劳鸟说,'老鹰之类的鸟不是吃鱼吗?'

"'恩迦并不想让伯劳鸟吃鱼。'它父亲说,'就算你足够强壮,能捉到鱼,杀死它,吃鱼也会让你生病的。'

"'你吃过鱼吗?'小伯劳鸟问道。

"'没有。'它父亲答道。

"'那你怎么知道?'小伯劳鸟问道。于是那天下午它飞到河上,找到一条小鱼。它把鱼捉住,吃了下去,然后病了整整一个星期。

"'现在你学到教训了吗?'小伯劳鸟康复之后,它父亲问道。

"'我知道了不能吃鱼。'伯劳鸟答道,'但我又有一个问题。'

"'什么问题?'它父亲问。

"'为什么伯劳鸟是鸟儿中最胆小的?'小伯劳鸟问道,"'只要狮子或豹子一出现,我们就飞到最高的枝头去等它们走掉。'

"'如果可能,狮子和豹子就会吃掉我们,'它父亲说,'所以我们必须躲开它们。'

"'可是它们不吃鸵鸟,鸵鸟也是鸟啊。'聪明的小伯劳鸟说,'如果它们攻击鸵鸟,鸵鸟就会踢死它们。'

"'你不是鸵鸟,'它父亲说道,厌倦了回答它的问题。

"'但我是鸟,鸵鸟也是鸟,我也要学会像鸵鸟一样踢走敌人。'小伯劳鸟说道。接下来一周,它一直在练习踢开挡路的昆虫和树枝。

"有一天,它遇到了楚伊,也就是豹子。豹子靠近时,聪明的小伯劳鸟没有飞向最高的枝头,而是勇敢地站住不动。

"'你很勇敢,竟然敢这样直面我。'豹子说。

"'我是一只很聪明的鸟,我不怕你,'小伯劳鸟说,'我练习了像鸵鸟一样踢,如果你再靠近,我就会踢死你。'

"'我是一只老豹子,已经不能再捕猎了。'豹子说,'我快要死了。过来踢我,让我结束痛苦吧。'

"小伯劳鸟走上前,照着豹子的脸踢过去。豹子只是笑着张开嘴,一口吞下了聪明的小伯劳鸟。

"'真是一只傻鸟,'豹子笑道,'竟然想要假装是别的动物!如果它和其他伯劳鸟一样飞走,我今天就得挨饿了——但想要成为它永远无法成为的东西,那它就只能用来给我填肚子。我觉得它也没那么聪明嘛。'"

我停下来,径直看向卡玛莉。

"故事讲完了吗?"另一个小姑娘问。

"讲完了。"我说。

"为什么伯劳鸟认为它能成为鸵鸟?"一个小一些的男孩问道。

"卡玛莉大概可以告诉你为什么。"我说。

所有孩子都看向卡玛莉,她想了一会儿,然后给出了回答:

"想要成为鸵鸟,和想要知道鸵鸟懂些什么,这是两回事。"她说着,径直看着我,"小伯劳鸟想学东西并没有错。错在它以为自己能成为鸵鸟。"

有那么一会儿,孩子们都在思考她的回答,四下一片寂静。

"是这样吗,柯里巴?"最后恩德米问道。

"不。"我说,"因为伯劳鸟一旦知道鸵鸟懂得什么,它就会忘记自己是伯劳鸟。你们必须永远记住自己是谁,但懂得太多东西就会让你们忘记这一点。"

"你能再给我们讲个故事吗?"一个小姑娘问道。

"今天上午不行。"我说着,站起身,"不过,等我今晚来村里喝彭贝看跳舞的时候,可能我会给你们讲公象和聪明的基库尤小男孩的故事。好了,"我补充道,"你们难道没有活儿要干吗?"

孩子们四散开,回到自己的沙姆巴和牧场去了,我在西博基的小屋停了一下,把治关节炎的油膏给他。每次下雨前,他都会犯关节炎。我还去看了柯因纳格,和他一起喝了彭贝,和长老会讨论了村里的事务。最后我回到自己的博玛,每天最热的时候我都会睡个午觉,而且还要等几个小时才会下雨。

我回去的时候,卡玛莉也在那里。她已经捡过柴火打过水了,我进博玛的时候,她正在给我的山羊喂饲料。

"你的鸟儿今天下午怎么样?"我问道,看了看小隼隼,它的笼子被小心地安放在我小屋的阴凉中。

"它喝水了,但还是不吃东西,"她用担忧的语气说,"它一直盯着天空看。"

"它有比吃饭重要得多的事情。"我说。

"活儿干完了,"她说,"我能回家了吗,柯里巴?"

我点点头,在小屋里收拾着毯子。她离开了。

接下来一周,她每天早上和下午都过来干活。第八天,她眼里含着泪对我说,侏隼死了。

"我跟你说过是这样的。"我温和地说,"一旦鸟儿乘风翱翔过,它就无法再生活在地面上了。"

"如果不能再飞了,所有的鸟儿都会死吗?"她问道。

"大部分都会。"我说,"有一些鸟儿会喜欢安全的笼子,但大部分都会因为心碎而死,因为它们无法忍受失去飞翔的本领。"

"如果笼子不能让鸟儿感觉好一点,那我们为什么要做笼子呢?"

"因为笼子会让我们感觉好一点。"我答道。

她想了一会儿,说:"虽然鸟儿死了,但我会信守诺言,给你打扫屋子和博玛,给你打水捡柴。"

我点点头,"这是咱们原本达成的协议。"我说。

她的确信守诺言,接下来三周每天都会过来两次。第二十九天,她干完早上的活儿之后回到她家的沙姆巴去了,她父亲恩乔罗沿着小路来到了我的博玛。

"占波,柯里巴。"他向我问好,面露忧虑。

"占波,恩乔罗。"我没有起身,"你为什么到我的博玛来?"

"我是个穷人,柯里巴。"他说着,在我旁边蹲下来,"我只有一个老婆,她没有生儿子,只有两个女儿。我的沙姆巴比村子里大部分男人的都小,这一年来,鬣狗已经杀了我家三头母牛了。"

我不太明白他是什么意思,于是看着他,等他继续说下去。

"虽然我很穷,"他继续说道,"想到等我老了,至少能拿到两个女儿的彩礼,就感到一丝安慰。"他停了一下,"我从来没做过什么坏事,柯里巴。这算是我应得的吧。"

"我没有反对过这一点。"我答道。

"那你为什么要训练卡玛莉当蒙杜木古?"他问道,"大家都知道,蒙杜木古不能结婚。"

"卡玛莉对你说她要当蒙杜木古?"我问道。

他摇摇头,"不。自从她开始来打扫你的博玛之后,她就再也不和她妈或我说话了。"

"你弄错了。"我说,"女人不能当蒙杜木古。你为什么会觉得我在训练她?"

他把手伸进基科伊的褶子里,掏出一张角马皮。上面用炭笔写着:

　　我是卡玛莉

　　我十二岁

　　我是女孩

"你看这些字。"他责备地说,"女人不会写字。只有蒙杜木古和柯因纳格这样的酋长会写字。"

"把这事儿交给我吧,恩乔罗。"我说道,把角马皮拿了过来,"让卡玛莉到我的博玛来。"

"我的沙姆巴需要她干活,她下午之前都没空。"

"现在。"我说。

他叹了口气,点点头,"我会叫她过来的,柯里巴。"他停了一下,"你确定她不会成为蒙杜木古?"

"我向你保证。"我说着,在手上吐了口唾沫以表诚意。

他露出如释重负的神情,回他的博玛去了。没过一会儿,卡玛莉沿着小路走来了。

"占波,柯里巴。"她说。

"占波,卡玛莉。"我答道,"我对你很不满意。"

"我今天早上没捡够柴火吗?"

"捡够了。"

"水瓢里没有盛满水吗?"

"盛满了。"

"那我做错了什么?"她边问边漫不经心地推开一只靠近她的山羊。

"你没有遵守答应我的事。"

"我遵守了。"她说,"虽然侏隼已经死了,但我每天早上和下午都来了。"

"你答应我不再看书的。"我说。

"自从你不让我看之后,我没再看过书。"

"那你解释一下这个。"我说着,举起她写过字的那张角马皮。

"没什么可解释的。"她耸耸肩,"是我写的。"

"你要是没再看过书,那你是怎么学会写字的?"我问道。

"我是跟你的魔法盒子学的。"她说,"你没说过不让我看魔法盒子。"

"我的魔法盒子?"我说着,皱起眉头。

"那个会发出嗡嗡声、有很多颜色的盒子。"

"你是说我的电脑?"我惊讶地问。

"你的魔法盒子。"她重复道。

"它教你认字和写字了?"

"我自己教的自己——不过只有一点点。"她不高兴地说,"我就像是你故事里那只小伯劳鸟——我没有自己以为的那么聪明。认字和写字很难。"

"我告诉过你不许学认字。"我说着,忍住了没有夸奖她,因为她显然违反了法律。

卡玛莉摇摇头。

"你告诉我不许再看你的书。"她顽固地答道。

"我跟你说过了,女人不可以认字。"我说,"你没听我的话。那么你就必须受到惩罚。"我想了一下,"你要在这里再干三个月的活儿,还要给我两只野兔和两只野鼠,必须是你自己捉的。明白了吗?"

"明白了。"

"现在跟我进屋,还有件事你得明白。"

她跟着我进了屋。

"电脑,"我说道,"启动。"

"已启动。"电脑的机械声音说道。

"电脑,扫描小屋,告诉我屋子里除了我还有谁。"

电脑感应器的镜头亮了一下。

"屋子里除了你还有一个小女孩,卡玛莉·瓦·恩乔罗。"电脑答道。

"如果再见到她,你能认出她来吗?"

"可以。"

"以下是一个高优先级指令,"我说,"你不准再以语音或任何已知语言与卡玛莉·瓦·恩乔罗对话。"

"明白,已存档。"电脑说道。

"关机。"我转向卡玛莉,"你明白我刚才做了什么吗,卡玛莉?"

"是的。"她说,"这不公平。我没有不听你的话。"

"女人不可以认字,这是法律。"我说,"你违反了这条法律。不准再违反它了。现在回你的沙姆巴去吧。"

她走了,高昂着头,后背挺得直直的,一副不服气的样子。我去忙自己的事了,教年轻小伙子如何为即将到来的割礼仪式装饰身体,为老西博基施一个防御咒(他在自己的沙姆巴里发现了鬣狗粪,这是萨胡,也就是诅咒的确切迹象之一),让维护部再对轨道进行一次微调,好让西部平原的天气凉爽一点。

我回到自己的小屋准备午睡时,卡玛莉已经来过又走了,一切都井井有条。

接下来的两个月,村子里的生活平静如常。庄稼已经收了,老柯因纳格又娶了个妻子,我们跳舞喝酒,庆祝了两天,短暂的降雨如期来临,村子里新添了三个孩子。就连抱怨我们把老弱人口丢给鬣狗的乌托邦议会也没来打扰我们。我们发现了一窝鬣狗,杀掉了三只幼崽,等鬣狗母亲回来时把它也杀了。每次满月时我都杀一头母牛——不是一只山羊,而是一头又大又肥的母牛——以此感谢恩迦的慷慨,为基里尼亚加带来了富饶繁荣。

在此期间,我很少见到卡玛莉。她早上来的时候,我在村子里用骨头占卜天气;下午来的时候,我在用符咒给人治病,和长老们商讨大事——但我总是知道她来过了,因为我的小屋和博玛整洁无瑕,水和柴火也源源不断。

在第二次满月之后的那天下午,我向柯因纳格建议了怎么解决土地争端,然后回到自己的博玛。一进小屋我便发现电脑屏幕亮着,上面满是奇怪的符号。我在英国和美国学习的时候学会了英语、法语和西班牙语,而且我当然也会基库尤语和斯瓦西里语,但这些符号并不来自任何一种已知语言,尽管里面也有数字、字母和标点,但也不是数学公式。

"电脑,我记得我今天早上把你关掉了。"我皱着眉头说,"为什么你的屏幕是开着的?"

"卡玛莉把我打开了。"

"她走的时候忘记把你关掉了?"

"是的。"

"我想也是。"我阴郁地说,"她每天都打开你吗?"

"是的。"

"我不是给过你一条高优先级指令,让你不要用任何已知语言和她对话吗?"我迷惑地问。

"是的,柯里巴。"

"那你能解释一下,为什么你违反了我的指令吗?"

"我没有违反你的指令,柯里巴。"电脑说,"我的程序让我无法违反高优先级指令。"

"那我在你的屏幕上看到的是什么?"

"这是卡玛莉的语言。"电脑答道,"它不符合我记忆库中的一千七百三十二种语言和方言,因此并不在你的指令范围内。"

"是你创造了这种语言吗?"

"不,柯里巴。是卡玛莉创造了这种语言。"

"你是否给她提供了任何帮助?"

"不,柯里巴。我没有。"

"它是一种正确的语言吗?"我问道,"你能理解它吗?"

"是的,我能理解它。"

"如果她用卡玛莉语向你提问,你能回答吗?"

"是的,如果问题足够简单就可以。它是一种很局限的语言。"

"如果你的回答要求你将答案从某种已知语言译为卡玛莉语,这样做是否违反我的指令?"

"不,柯里巴。不违反。"

"你是否已经回答过卡玛莉向你提出的问题?"

"是的,柯里巴。"电脑答道。

"明白了。"我说,"待机,等待新指令。"

"待机中……"

我低头沉思着这个问题。这个卡玛莉的确很聪明,很有天分:她不仅自学了认字写字,还发明了一种有逻辑的连贯语言,可以让电脑理解,还能用这种语言与她交流。我给出了指令,她竟然能不直接违反它们,而是绕过指令。她并没有恶意,只是想学习,这本身是令人钦佩的。但这只是问题的一个方面。

另一个方面是,我们在基里尼亚加努力建立起来的社会秩序面临威胁。男人和女人清楚各自的职责,而且乐于接受它。恩迦把长矛给了马赛人,把弓箭给了瓦坎巴人,把机器和印刷术给了欧洲人,但他给基库尤人的是挖掘棒,还有神圣无花果树四周的基里尼亚加山坡的肥沃土地。

许多年以前,我们曾经与土地和谐共存。然后出现了书面文字。它先是让我们成为奴隶,后来让我们成了基督徒,最后又把我们变成士兵、工人、修理工和政客,总之,它让我们获得了各种原本不属于基库尤人的身份。它曾经发生过,也有可能再次发生。

我们到基里尼亚加的世界来建立一个完美的基库尤社会,一个基库尤人的乌托邦。一个聪明的小姑娘有没有可能蕴藏着毁灭我们的种子? 我不确定,但聪明的孩子的确会长大成人。他们成了耶稣、穆罕默德,还有乔莫·肯雅塔——但他们也成了有史以来最有名的奴隶贩子提普·提普[1]和屠杀同胞的伊迪·阿明[2]。或者，更常见的是，他们成了本身很聪明的弗里德里希·尼采和卡尔·马克思，他们又影响了智力和能力都差一些的人。我是否应该袖手旁观，寄希望于她对我们社会的影响会是积极的，尽管一切历史都表明更有可能是相反的情况？

我做出了一个痛苦的决定，但并不艰难。

"电脑，"我最后说道，"我要下达一个新的高优先级指令，覆盖之前的那个高优先级指令：无论在何种情况下，你都不准再与卡玛莉对话。如果她启动你，你要告诉她，柯里巴已经禁止你与她有任何形式的接触，然后你要立即休眠。明白吗？"

"明白，已存档。"

"很好，"我说，"现在休眠。"

第二天上午，我从村子回来时，发现水瓢是空的，毯子也没有叠好，博玛里满是山羊粪。

蒙杜木古是基库尤人中最有权势的，但他也不是没有同情心的人。我决定原谅卡玛莉这次幼稚的耍脾气，所以我没去找她的父亲，也没让其他孩子不理她。

她下午也没有来，我之所以知道，是因为我一直在小屋旁等着她，想向她解释我的决定。最后，暮色降临，我叫恩德米去帮我打水和整理博玛。尽管这种事情是女人的活儿，但恩德米也不敢违抗他的蒙杜木古，可他的每个动作都表现出了对我派给他的这些活儿的鄙夷。

①提普·提普(Tippu Tip, 1837–1905)，19世纪最臭名昭著的奴隶贩子。

②伊迪·阿明(I di Amin Dada, 20世纪20年代–2003)，东非国家乌干达的前军事独裁者(1971–1979)，任职期间曾驱逐8万名亚洲人出境，屠杀和迫害国内的阿乔利族、兰吉族和其他部族达10–30万人。

又过去了两天，卡玛莉还是没来。我叫来了她的父亲恩乔罗。

"卡玛莉违反了对我的承诺，"他抵达时我说，"如果她今天下午不来打扫我的博玛，我就不得不给她施个萨胡了。"

他看起来很迷惑，"她说你已经给她施了一个诅咒了，柯里巴。我正要问你，我们是否应该把她赶出我们的博玛。"

我摇摇头，"不，"我说，"不要把她赶走。我还没有给她施萨胡——但她今天下午必须来干活。"

"我不知道她是否有足够的力气，"恩乔罗说，"她已经三天没吃没喝了，就只是一动不动地坐在我妻子的屋子里。"他停了一下，"有人给她施了萨胡。如果不是你，也许你能施个咒语把它解除。"

"她已经三天不吃不喝了？"我重复道。

他点点头。

"我去看看她。"我说着站起身，跟他沿着曲折的小路前往村子。我们抵达恩乔罗的博玛时，他领我去他妻子的小屋，把一脸忧虑的卡玛莉母亲叫出来站在一旁，我进去了。卡玛莉坐在离门最远的角落，倚着墙，下巴靠着膝盖，双臂环绕着一双细腿。

"占波，卡玛莉。"我说。

她看着我，一言不发。

"你母亲为你担心，你父亲对我说你不吃不喝。"

她没有答话。

"你也没有信守诺言，来打扫我的博玛。"

一片寂静。

"你忘了怎么说话了吗？"我说。

"基库尤女人不说话。"她苦涩地说，"她们不思考。她们只管生孩子、做饭、捡柴火、种地。这些事不需要说话或思考。"

"你这么不高兴？"

她没有回答。

"听我说,卡玛莉。"我慢慢地说道,"我的决定是为了基里尼亚加好,我不会撤销这个决定。作为基库尤女人,你必须按照规矩生活。"我停了一下,"但是,无论是基库尤人还是乌托邦议会,都不是没有恻隐之心的。如果我们社会中有谁想要离开,那他可以这样做。根据我们获得这个世界时签署的许可证,你只要走到庇护港区域,维护部的飞船就会来接你,把你送到你想去的地方。"

"我只了解基里尼亚加。"她说,"既然我被禁止了解其他地方,我怎么选得出新的家园呢?"

"我不知道。"我承认道。

"我不想离开基里尼亚加!"她又说道,"这里是我的家。这里的人是我的同胞。我是个基库尤女孩,不是马赛女孩,也不是欧洲女孩。我会为我的丈夫生孩子,耕种他的沙姆巴,我会给他捡柴火,给他做饭,给他织布做衣服,我会离开我父母的沙姆巴,和我丈夫的家人住在一起。我会毫无怨言地做这一切,柯里巴,只要你让我学认字和写字!"

"我不能这么做。"我悲伤地说。

"为什么?"

"你认识的人当中,最有智慧的是谁,卡玛莉?"我问道。

"村子里最有智慧的人一直都是蒙杜木古。"

"那你就必须信任我的智慧。"

"但我感觉就像那只小隼隼。"她的声音中流露出痛苦,"它的生命都用来梦想乘风翱翔了,我则梦想看到电脑屏幕上的字。"

"你和隼隼一点儿也不一样。"我说,"它是无法再成为它原本的样子,你是无法成为你原本就不是的那个样子。"

"你不是坏人,柯里巴。"她严肃地说,"但你错了。"

"就算如此,我也得接受。"我说。

"但你是在要求我接受,"她说,"这是你的罪过。"

"如果你再说我是在犯罪,"我严厉地说,因为没有人可以这样和蒙杜木古说话,"那我就要给你施一个萨胡了。"

"你还能干什么?"她苦涩地问。

"我可以把你变成鬣狗,不洁的食人者,只能在黑暗中潜行。我可以让你的肚子填满荆棘,这样你的每个动作都会充满痛苦。我可以——"

"你只是个人。"她疲倦地说,"你已经做了最糟糕的事。"

"我不想再听了。"我说,"我命令你把你母亲送来的食物吃了,把水喝了,你今天下午要到我的博玛来。"

我走出屋子,让卡玛莉的母亲给她送去香蕉泥和水,然后去了老本尼马的沙姆巴。水牛践踏了他的田地,毁坏了他的庄稼,我宰了一只山羊,消除了降临在他的土地上的萨胡。

之后,我在柯因纳格的博玛停了一下,他请我喝新酿的彭贝,抱怨他刚娶的老婆吉波和他的二老婆舒米联合起来对付大老婆瓦布。

"你可以把她休掉,让她回娘家的沙姆巴去吧?"我建议道。

"她花了我二十头牛和五只山羊呢!"他抱怨道,"她家会把它们退回来吗?"

"不会。"

"那我就不会休掉她。"

"随你便。"我耸耸肩。

"而且,她很有力气,也很漂亮。"他继续说道,"我只是希望她能别再和瓦布吵架。"

"她们吵些什么?"

"谁去打水，谁给我补衣服，谁来修我的小屋的茅草屋顶。"他停了一下，"她们就连我晚上该去谁的小屋都要吵，就好像这事的决定权不在我自己一样。"

"她们对观点也会吵吗?"我问道。

"观点?"他茫然地重复道。

"比如书里的那些观点。"

他笑了，"她们是女人，柯里巴。她们要观点做什么?"他想了一下，"话说回来，咱们当中有谁需要观点啊?"

"我不知道。"我说，"我只是好奇。"

"你看起来有点心烦。"他说。

"肯定是彭贝闹的。"我说，"我年纪不小了，这酒可能劲儿太大了。"

"那是因为瓦布教吉波怎么酿酒的时候她没好好听。我的确应该休掉她——"他看了看吉波，她年轻体壮，正背着一捆柴火，"但她这么年轻漂亮。"他的目光突然越过他的新老婆，看向村子，"啊!"他说，"老西博基终于死了。"

"你怎么知道?"我问道。

他指向一缕轻烟，"他们在烧他的小屋。"

我看向他指的方向。"那不是西博基的小屋。"我说，"他的博玛更靠西边。"

"还有谁又老又弱，死期临近了?"柯因纳格问道。

我突然知道了，而且很确定，就像我确定恩迦坐在圣山顶的宝座上一样，卡玛莉死了。

我尽可能快地向恩乔罗的沙姆巴走去。我抵达时，卡玛莉的母亲、姐姐和奶奶已经在哭号着亡灵之歌，泪水从她们的脸颊上流下来。

"发生了什么事?"我走向恩乔罗,问道。

"你为什么要问? 不是你毁掉了她吗?"他苦涩地答道。

"我没有毁掉她。"我说。

"你不是今天早上刚刚威胁过要给她施萨胡吗?"他继续说道,"你这么做了。现在她死了,我只剩一个能带来彩礼的女儿了,还得烧掉卡玛莉的小屋。"

"别管什么彩礼和小屋了,告诉我发生了什么事,否则你就会知道被蒙杜木古施诅咒是什么样了!"我怒斥道。

"她在自己的小屋里用水牛皮上吊了。"

隔壁沙姆巴的五个女人来了,也开始唱起哀歌。

"她在自己的小屋里上吊了?"我重复道。

他点点头,"她至少可以找棵树上吊啊,这样她的小屋就不会变得不洁,我也不用烧掉它了。"

"安静!"我说着,想要整理自己的思绪。

"她是个乖女儿。"他说,"你为什么要诅咒她,柯里巴?"

"我没给她施萨胡。"我说着,心理琢磨着这是不是真话,"我只想拯救她。"

"有谁的药能灵过你的呢?"他敬畏地说。

"她违反了恩迦的法律。"我答道。

"现在恩迦复仇了!"恩乔罗恐惧地呻吟着,"他接下来要干掉我们家的谁?"

"没了。"我说,"只有卡玛莉违反了法律。"

"我是个穷人,"恩乔罗谨慎地说,"现在更穷了。我要付多少钱,才能请你让恩迦怀有同情和宽恕之心,收下卡玛莉的灵魂?"

"不管你付不付钱,我都会这么做的。"我答道。

"你不收我的钱?"他问道。

"不收。"

"谢谢,柯里巴!"他激动地说。

我站在那里,看着燃烧的小屋,努力不去想屋里小女孩的身体正在灼烧的样子。

"柯里巴?"经过一阵长久的寂静,恩乔罗叫道。

"还有什么事?"我恼火地问。

"我们不知道应该怎么处理那块水牛皮。它带有你的萨胡的印记,我们不敢烧掉它。现在我知道了,那是恩迦的印记,不是你的,我就更怕触碰它了。你能把它带走吗?"

"什么印记?"我说,"你在说什么?"

他抓住我的胳膊,领着我绕到燃烧的小屋正面。那里的地上,离门大概十步的距离,放着卡玛莉用来上吊的那块水牛皮,上面刻着我三天前在电脑屏幕上看到的那种奇怪符号。

我伸手捡起那块皮子,转向恩乔罗,"如果你的沙姆巴真的受到了诅咒,"我说,"我会把恩迦的印记拿走,清除它,带走它。"

"谢谢,柯里巴!"他说着,看起来明显放心了。

"我必须走了,去准备施法。"我突然说道,开始踏上回到我自己的博玛的漫长路途。到家时,我把那块水牛皮拿进了小屋。

"电脑,"我说,"启动。"

"已启动。"

我把那块皮子拿到它的扫描镜头前。

"你能识别这种语言吗?"我问道。

镜头亮了一下。

"是的,柯里巴。这是卡玛莉语。"

"它的意思是什么?"

"是两句诗:

"我知道笼中的鸟儿为何死去——

"因为，和它一样，我已触碰过天空。"

下午，整个村子的人都来到恩乔罗的沙姆巴，女人们当晚和第二天整天都唱着哀歌，但没过多久，卡玛莉就被遗忘了，因为生活还要继续，而她说到底只是个基库尤小女孩。

自那天起，每当发现翅膀折断的鸟儿，我都会努力尝试治愈它。但它们总会死掉。我便把它们埋葬在曾是卡玛莉小屋的土堆旁。

每当我葬鸟的时候，我就会发现自己又想起了她，这时，我便会希望自己只是个普通人，只用照料牲口，照管庄稼，像平常人一样想些琐事；而不是蒙杜木古，必须背负由自己的智慧所带来的后果。

3

大 师

（2131年12月－2132年2月）

恩迦统领宇宙。在他的圣山上，野兽自由游荡，与他选择的子民共享肥沃山坡上的茵茵绿草。

他把长矛交给第一个马赛人，把弓箭交给第一个坎巴人；但吉库尤，也就是第一个基库尤人，恩迦交给他的是挖掘棒，并叫他居住在基里尼亚加山上。恩迦说，基库尤人可以用山羊献祭，用羊肠占卜，也可以用公牛献祭，感谢恩迦为他们降雨，但除此之外，他们不可以骚扰任何其他居住在山上的动物，它们属于恩迦。

有一天，吉库尤来找恩迦，说："你不能把弓箭给我们，让我们杀死菲西，也就是鬣狗吗？它们身上附着充满报复心的坏人的灵魂。"

恩迦说，不能，基库尤人不能骚扰鬣狗，因为鬣狗有明确的目的：恩迦创造它，是为了让它吃狮子留下的残骸，以及基库尤人沙姆巴中的老人和弱者。

时光流逝，吉库尤再次来到山顶。"你不能把长矛给我们，让我们杀死狮子和豹子吗？它们吃了我们的牲口。"他说。

恩迦说，不能，基库尤人不能杀死狮子或豹子，恩迦创造它们，是为了让食草动物的数量保持平衡，这样它们就不会大肆践踏基库尤人的田地。

吉库尤最后一次攀上圣山，说："我们至少可以杀大象吧？它能在几分钟内毁掉一年的收成——但你不给我们武器，我们怎么能杀掉它呢？"

认真思考良久之后，恩迦最终开口了："我已经选择让基库尤人耕种土地，我不会让你们的双手沾上其他动物的血。"恩迦说，"但你们是我选中的子民，你们比居住在我的山上的动物更重要，我会让别人来杀死这些动物。"

"这些猎人来自哪个部落？"吉库尤问，"他们如何称呼？"

"有一个词用来称呼他们。"恩迦说。

恩迦告诉吉库尤用哪个词称呼这些猎人之后，吉库尤以为他在开玩笑，于是大笑起来，很快便忘记了这段对话。

但恩迦对基库尤人讲话时从不开玩笑。

我们基里尼亚加的乌托邦世界里没有大象、狮子或豹子，在我们从已变成异乡的肯尼亚迁走很久之前，这三种动物就灭绝了。但我们带来了皮毛光滑的高角羚、威风的捻角羚、强壮的水牛、敏捷的瞪羚——我们也记得恩迦的命令，于是我们还带了鬣狗、胡狼和秃鹫。

由于基里尼亚加在气候和社会组织方面都要成为一个乌托邦，而且这里的土地比肯尼亚更为肥沃，还有维护部负责微调轨道，确保准时降雨，所以基里尼亚加的野生动物就像这里的家畜和人一样，大量繁衍，富饶繁荣。

它们迟早要与我们发生冲突。一开始是鬣狗对家畜的零星袭击,后来有一次,老本尼马的全部收成都被一群暴怒的水牛糟蹋了,但我们平静地接受了这些变故,因为恩迦已经很眷顾我们了,没有人挨过饿。

可是,随着我们把越来越多改造过的草原征用为农田,基里尼亚加的野生动物感受到了渴求土地的人类带来的压力,冲突也就变得越来越频繁,越来越严重。

一天,我正坐在博玛前的火边,一边等着阳光祛除清晨的寒气,一边凝视着散布着刺槐树的草原。这时,年轻的恩德米沿着曲折的小路从村子那边跑来。

"柯里巴!"他喊道,"快来!"

"什么事?"我问,费力地站起身。

"朱马被菲西攻击了!"他大口喘着气说。

"一只鬣狗还是很多只?"我问道。

"好像是一只。我不知道。"

"还活着吗?"

"朱马还是菲西?"恩德米问。

"朱马。"

"好像死了。"恩德米想了一下,"不过你是蒙杜木古,你可以让他复活。"

我很高兴他对自己的蒙杜木古有这么大的信心——当然了,如果他的伙伴真的死了,我也无力回天。我走进小屋,挑了几种有消炎奇效的草药,加了一些恰特草供朱马咀嚼(基里尼亚加没有消炎药,恰特草产生的幻觉至少可以让他忘记痛苦)。我把这些放在皮质小袋里,挂在脖子上。随后我走出小屋,向恩德米点点头,由他带路前往朱马父亲的沙姆巴。

　　我们抵达时,女人已经在唱哀歌了,我快速检查了一下可怜的小朱马尸体的残余部分。鬣狗一口咬掉了他大部分的脸,又一口咬掉了他的整条左臂。村民们把鬣狗赶走之前,它已经吞噬了他的大部分躯干。

　　过了一会儿,本村的大酋长柯因纳格赶到了。

　　"占波,柯里巴。"他向我问好。

　　"占波,柯因纳格。"我答道。

　　"必须做点什么。"他看着朱马的尸体说道,现在上面覆满了苍蝇。

　　"我会给鬣狗下个诅咒。"我说,"今晚我还会向恩迦献祭一只山羊,这样他就会迎接朱马的灵魂。"

　　柯因纳格看起来很紧张,因为他很怕我。但最后他开口了:"这还不够。鬣狗这个月已经袭击了两个健康的男孩儿了。"

　　"这里的鬣狗最近喜欢上人肉了。"我说,"这是因为我们把老人和弱者交给了它们。"

　　"那也许我们不应该再抛弃老人和弱者了。"

　　"我们没有选择。"我答道,"欧洲人认为这是野蛮的表现,就连维护部都想劝阻我们——但我们没有药可以缓解他们的痛苦。外人看来野蛮的行为其实是对他们的仁慈。自从恩迦把挖掘棒交给第一个基库尤人,我们的传统一直是在老人和弱者临死前把他们交给鬣狗。"

　　"维护部有药。"柯因纳格建议道。我注意到有两个年轻小伙子凑近来,颇有兴趣地听着我们的对话。"也许我们应该求助于他们。"

　　"这样他们就能再多活一周或一个月,然后像基督徒一样被葬在土里?"我说,"你不能一部分是基库尤人,一部分是欧洲人。这是我们起初来基里尼亚加的原因。"

"但为老人要点药有什么错?"其中一个年轻小伙子问道。我看到柯因纳格露出如释重负的表情,他自己不用继续跟我辩论了。

"如果你今天接受了他们的药,明天就会接受他们的衣服、机器和他们的神。"我答道,"就算历史没有教给我们其他东西,我们至少也学到了这一点。"他们看起来仍然不太信服,于是我继续说道,"大部分民族都在向未来寻求他们的乌托邦,但基库尤人必须回顾过去,回顾那个简单的年代,那时我们与土地和谐共处,还没有受那种注定与我们不相容的社会习俗的影响。我曾与欧洲人一起生活,曾在他们的大学学习,我告诉你们,你们不能被他们的科技诱惑。在肯尼亚的时候,欧洲人的法子对基库尤人就行不通,在基里尼亚加也一样。"

就像是为了强调我的观点,一只鬣狗在草原的远处发出耸人的笑声。女人们停止哀歌,聚到了一起。

"但我们必须做点什么!"柯因纳格抗议道。他对鬣狗的恐惧一时超过了对蒙杜木古的恐惧,"我们不能让这些野兽继续毁坏庄稼,夺走孩子。"

我本可以解释说,由于草原面积缩小,食草动物的出生率下降,出现了暂时的不平衡,用不了一年的时间,鬣狗的出生率也会随之调整。但他们不会理解或相信我的话。他们只想要解决方案,而不是解释。

"恩迦在考验我们的勇气,看我们是否真的配住在基里尼亚加。"我最后说道,"在考验结束之前,我们可以让孩子带上长矛,结对放牧。"

柯因纳格摇摇头,"鬣狗想吃人肉——就算带着长矛,两个基库尤男孩也对付不了一群鬣狗。恩迦肯定不希望他选中的子民成为菲西的晚餐。"

"是的,他不希望这样。"我表示同意,"鬣狗的天性是捕猎食草动物,就像我们的天性是种田一样。我是你们的蒙杜木古。我告诉你们这段考验时期很快会过去的,你们必须相信我。"

"多快?"另一个小伙子问道。

我耸耸肩,"大概两次降雨。或者三次。"每年下两次雨。

"你年纪大了,"那人鼓起勇气对蒙杜木古的话表示反对,"也没有孩子,所以你有耐心。但我们这些有儿子的人等不了两三次降雨,无法每天担惊受怕想着他们会不会从地里回来。我们必须现在做点什么!"

"我是年纪大了,"我表示同意,"它赋予我的不仅有耐心,还有智慧。"

"你是蒙杜木古,"最后柯因纳格说,"你必须以你的方式处理这个问题。但我是大酋长,我必须以我的方式来处理它。我要组织一次捕猎,干掉这片地区的所有鬣狗。"

"很好。"我说。我已经预见到了这种解决方案,"组织你的捕猎吧。"

"你会丢掷骨头为我们占卜捕猎能否成功吗?"

"我不用丢掷骨头也能预测你们捕猎的结果。"我答道,"你们是农民,不是猎人。你们不会成功的。"

"你不打算支持我们吗?"另一个人问道。

"你们不需要我的支持。"我答道,"如果可以的话,我会给你们我的耐心,这才是你们需要的。"

"我们本应该把这个世界变成乌托邦。"柯因纳格说道。他对这个词只有极其粗浅的理解,差不多等同于丰收和没有敌人。"什么样的乌托邦会容许小孩被野兽吞噬?"

"只有挨过饿,你才会完全理解它是什么意思。"我答道,"只有体验过又冷又湿的滋味,你才会懂得干燥温暖的含义。即便你们不懂,但恩迦知道,没有死亡你们就无法珍惜生命。这是他给你们的教训。它会过去的。"

"它必须现在就结束。"柯因纳格坚定地说。他知道我不会尝试阻止他的捕猎了。

我没再做什么评论,因为我知道,说什么也不会让他打消这个念头。接下来几分钟,我给杀死朱马的那只鬣狗下了诅咒。那天晚上,我在村子中央献祭了一只山羊,用羊肠占卜出恩迦已经接受献祭,迎接了朱马的灵魂。

两天后,柯因纳格带着十名村民去草原上猎杀鬣狗,我则待在我的博玛里,为我知道不可避免的事做准备。

快到中午时,村子里最勇敢的男孩恩德米沿着漫长的曲折小路来找我。我特别喜欢他,因为他很勇敢。

"占波,柯里巴。"他无精打采地和我打招呼。

"占波,恩德米。"我答道,"怎么了?"

"他们说我太年轻了,不能去捕猎菲西。"他抱怨着,在我旁边坐了下来。

"他们说得对。"

"但我每天都练习丛林技能,你自己也为我的长矛祝福过。"

"我没有忘记。"我说。

"那我为什么不能参加捕猎?"

"没什么区别。"我说,"他们不会杀掉菲西的。事实上,他们要是能全体毫发无损地回来,就很幸运了。"我想了一下,"然后麻烦就要开始了。"

"我以为已经开始了。"恩德米说着,并没有讽刺的意思。

我摇摇头，"已经发生的事只是自然秩序的一部分，所以也是基里尼亚加的一部分。但柯因纳格没有成功杀掉鬣狗，接下来他就会想找个猎人到基里尼亚加来，而猎人并不是自然秩序的一部分。"

"你知道他会这么做?"恩德米惊讶地问。

"我了解柯因纳格。"我答道。

"那你应该叫他别这么做。"

"我会告诉他的。"

"然后他会听你的话。"

"不，"我说，"我觉得他不会听我的话。"

"但你是蒙杜木古!"

"但村子里有很多人不喜欢我。"我解释道，"他们看到闪亮的飞船时不时降落在基里尼亚加上，他们听说了关于内罗毕和蒙巴萨的各种奇观，于是他们就忘记了我们为什么到这里来。他们开始不满足于挖掘棒，而是向往马赛人的长矛、坎巴人的弓箭或欧洲人的机器。"

恩德米静静地坐着，有一会儿没有说话。

最后他说:"我有个问题，柯里巴。"

"你问吧。"

"你是蒙杜木古，"他说，"你可以把人变成昆虫，可以在黑暗中看清一切，可以在空中行走。"

"的确如此。"我表示同意。

"那你为什么不把所有鬣狗变成蜜蜂，然后一把火烧掉它们的巢穴?"

"因为菲西并不邪恶，"我说，"吃肉是它的天性。如果没有鬣狗，野兽的数量就会过剩，要不了多久它们就会大肆践踏我们的农田。"

—

"那为什么不只杀掉那些吃人的菲西？"

"你不记得你奶奶了吗？"我问道，"你不记得她临终前遭受的痛苦了吗？"

"我记得。"

"我们不杀同类。如果没有菲西，她还要痛苦很久。菲西只是完成恩迦赋予它的使命。"

"恩迦也创造了猎人。"恩德米说着，从眼角偷偷看了我一眼。

"的确如此。"

"那你为什么不希望猎人来杀掉菲西？"

"我给你讲个山羊和狮子的故事，然后你就明白了。"我说。

"山羊和狮子跟鬣狗有什么关系？"他问道。

"好好听着，然后你就知道了。"我答道，"从前有一群黑山羊，它们过得很快乐，因为恩迦给它们提供了肥美的青草和植物，附近还有一条可以饮水的小溪，下雨的时候它们可以站在大树下，便不会被雨水打湿。有一天，一只豹子来到了它们的村子。豹子已经很老了，十分瘦弱，已经无法再捕猎高角羚和水羚，于是它杀了一只山羊，把它吃掉了。

"'太可怕了！'山羊们说，'必须做点什么。'

"'这只豹子已经老了。'最聪明的山羊说，'如果它吃了肉，恢复体力，它就会再去捕猎高角羚，因为高角羚的肉比咱们的有营养得多。如果它没有恢复体力，它就会很快死掉。咱们只要在它靠近时特别警惕就行了。'

"但其他山羊太害怕了，不肯采取它的建议，它们决定求助。

"'我可以找到不是山羊的动物，帮助你们。'最聪明的山羊说。但其他山羊不听它的，最后它们找来了一头巨大的黑鬃狮。

"'有只豹子在吃我们的同胞，'它们说，'我们不够强壮，没法

赶走它。你能帮我们吗？'

"'我很愿意帮助我的朋友。'狮子答道。

"'我们不够富有。'山羊们说，'你为我们提供帮助，想要什么酬劳？'

"'什么也不要。'狮子向它们保证道，'我愿意帮助你们，因为我是你们的朋友。'

"狮子信守诺言，来到村子里等着豹子下一次来找吃的。豹子来的时候，狮子扑向它，把它杀掉了。

"'噢，太感谢你了，我们的大恩人！'山羊们叫着，围着狮子跳起欢快和胜利的舞蹈。

"'我很乐意效劳。'狮子说，'因为豹子不仅是你们的敌人，也是我的敌人。'

"'在你走后，我们会一直歌颂和讲述你的事迹的。'山羊们高兴地说。

"'走？'狮子问道，眼神搜寻着最肥的山羊，'谁说要走了？'"

恩德米对于我讲的故事思考了很久，然后抬头看着我。

"你的意思不是猎人会像菲西一样吃掉我们吧？"

"不是。"

他又想了一会儿。

"啊！"他最后微笑起来，"你的意思是，如果我们无法杀掉很快就会死掉或者不再打扰我们的菲西，那我们也不应该去找比菲西更强大的人来，因为他不会死掉，也不会离开。"

"是的。"

"但为什么捕猎动物的猎人会对基里尼亚加造成威胁呢？"他若有所思地问。

"我们就和山羊一样。"我解释道，"我们以土地为生，没有杀死敌人的能力。而猎人就和狮子一样:他的天性就是杀戮。他将成为基里尼亚加唯一一个具备这种能力的人。"

"你觉得他会杀掉我们?"恩德米问道。

我耸耸肩,"一开始不会。狮子也得先杀掉豹子,然后才能吃山羊。猎人会先杀掉菲西,然后再寻找其他方式来使用他的能力。"

"但你是我们的蒙杜木古!"恩德米说,"你不会让这种事发生的!"

"我会尽量阻止它的发生。"我说。

"如果你这么做,你就会成功,我们就不会去找猎人来。"

"或许吧。"

"你难道不是无所不能的吗?"恩德米问道。

"我是无所不能的。"

"那你为什么这么不确定?"

"因为我不是猎人。"我说,"基库尤人怕我是因为我的能力,但我从未伤害过自己的同胞。我现在也不会伤害他们。我要做对基里尼亚加最有利的事,但如果他们对菲西的惧怕超过了对我的,那我就无法成功。"

恩德米呆呆地盯着他用手指在土里画出的小图案。

"也许,就算来了一个猎人,他也会是个好人。"他最后说道。

"也许吧。"我表示同意,"但他仍然是个猎人。"我想了一下,"在食物充足的时候,狮子可能会和斑马睡在一起也相安无事。但如果它们都在挨饿,最后一个挨饿的肯定是狮子。"

离开村庄时有十个人,但只有八个人回来了。他们在一棵刺槐树的阴凉下休息时,有两个人被一群鬣狗袭击,丧了命。女人们一整天都在唱哀歌,天空布满黑烟,因为我们的习俗是烧掉死者的小屋。

当晚,柯因纳格召集了长老会。我等到最后一线日光消逝,才往脸上涂了颜料,披上重大仪式上穿的豹皮斗篷,前往他的博玛。

我走近村里的老人时,四下一片死寂,就连夜间的鸟儿似乎也飞走了。我从他们中间穿过,目视前方,最后在柯因纳格小屋里靠左边的一只凳子上坐下来,这是我惯常的位置。我能看到他的三个妻子都聚在大老婆的小屋里,她们鼓起勇气跪在离门口尽可能近的地方,努力看着听着外面发生的事。

摇曳的火光照亮了长老们的脸,他们大多神情阴郁,透着一丝恐惧。按照惯例,酋长开口之前谁也不能说话,就连蒙杜木古也不行。柯因纳格还没从他的小屋里出来,我便把骨头从脖子上挂的皮质小袋里拿出来,掷在地上,以此打发时间。我掷了三次,三次的结果都让我皱起眉头。最后我把它们收回到小袋里,让那些打算违抗蒙杜木古的长老去猜想我看到了些什么吧。

最后,柯因纳格总算从他的小屋里出来了,手里拿着一根细长的棍子。对长老会讲话时挥舞棍子是他的习惯,就像指挥在挥舞指挥棒一样。

"捕猎失败了。"他夸张地宣布着,就好像这事在村子里没人知道一样,"又有两个人因为菲西送了命!"他停了一下,故意制造戏剧化效果,然后大喊道:"不能再让这种事发生了!"

"别再去捕猎,就不会再发生这种事了。"我说道。他一开始讲话,我就可以发表意见了。

"你是蒙杜木古,"其中一位长老说,"你本应该保护他们的!"

"我告诉他们不要去。"我答道,"我无法保护那些拒绝我的建议的人。"

"菲西必须死!"柯因纳格大喊着,他扭过头来看着我的时候,我闻到了他呼出的气息中有浓烈的彭贝味儿,现在我知道他为什么在小屋里磨蹭那么久了。他是在喝酒,直到攒足勇气反对蒙杜木古为止。"再也不能让菲西把基库尤人当作晚餐了,我们也不能再像老太太一样躲在博玛里,直到柯里巴告诉我们安全了再出来!菲西必须死!"

长老们应合起来:"菲西必须死!"柯因纳格开始用手里的棍子模仿长矛,比划出杀死鬣狗的动作。

"人类已经登上了星星!"柯因纳格喊着,"他们已经在海底建起城市。他们已经杀掉了最后的大象和狮子。我们不也是人类吗——还是害怕不洁的食腐动物的老太太?"

我站起身。

"其他人类的成就对基库尤人没有影响。"我说,"其他人并没有引起我们与菲西的问题,其他人也不能解决它。"

"有一种人可以。"柯因纳格看着一张张被火光扭曲的热切面孔说道,"一个猎人。"

长老们低声表示赞同。

"我们必须找个猎人来。"柯因纳格重复道,棍子在他手里乱挥一气。

"不能是欧洲人。"一位长老说。

"也不能是瓦坎巴人。"另一位长老说。

"也不能是卢奥人。"第三位长老说。

"伦布瓦人和南迪人是我们祖先的敌人。"又有一位长老补充道。

"只要是能杀掉菲西的人就可以。"柯因纳格说。

"怎么找到这样一个人?"一位长老问。

"地球上也还有鬣狗。"柯因纳格说,"我们可以找个猎人,或者从野生动物公园找个管理员,一个有多次捕猎菲西经验的人。"

"你是在犯下一个错误。"我坚定地说,突然大家又陷入了沉默。

"我们必须找个猎人来。"柯因纳格看到没有别人帮腔,顽固地说道。

"这样做只是让一个更厉害的杀戮者到基里尼亚加来,干掉一个没那么厉害的杀戮者。"我说。

"我是大酋长。"柯因纳格说,从他躲闪我的目光,我看得出彭贝的效力已经过去了,现在他不得不当着长老们的面与我对抗。"要是我放任菲西继续杀戮我的村民,我算什么酋长?"

"在恩迦让它重新喜欢上吃食草动物之前,你可以给菲西设下陷阱,直到恩迦让它找回对食草动物的胃口。"

"在设好陷阱之前,我们当中还有多少人会被菲西杀掉?"柯因纳格问道,努力想要找回自己的怒火,"在蒙杜木古承认他错了、承认这并非恩迦的计划之前,我们当中还要死多少人?"

"住口!"我叫道,双手高举过头顶,就连柯因纳格也愣住了,不敢讲话也不敢动,"我是你们的蒙杜木古。我是记载了我们集体智慧的一部书。我说的每一句话都是书中的一页。我让雨水按时降临,祈求丰收。我从未误导过你们。现在我告诉你们,你们不能让猎人到基里尼亚加来。"

这时,正因为对我的畏惧而瑟瑟发抖的柯因纳格强迫自己直视我的眼睛。

"我是酋长。"他说着,试图让声音不发抖,"我说,我们必须在菲西再次饥饿之前采取行动。菲西必须死!我说完了。"

长老们又开始应和起来:"菲西必须死!"柯因纳格意识到他不是唯一一个公开反对蒙杜木古命令的人,胆子又大了起来。他带头狂热地呐喊,从一位长老走过另一位,最后来到我面前,大喊着"菲西必须死!",还疯狂地挥舞棍子表示强调。

我意识到自己在长老会第一次失败了,但我没有做出任何威胁——反对蒙杜木古命令引发的惩罚必须来自恩迦,而不能来自我。我穿过坐成一圈的长老会,没有看任何一个人,静静地离开,回到了我自己的博玛。

第二天早晨,柯因纳格的两头牛死了,身上没有任何伤病迹象。此后的每天早晨,都有一位长老醒来时发现自己有两头牛死掉了。我告诉村民说,这一定是恩迦所为,这些牲口必须烧掉,如果谁吃了它们的肉,就会死于可怕的萨胡,也就是诅咒。他们默默地听了我的话。

接下来要做的,就只是等待柯因纳格找的猎人到来了。

他穿过平原,朝我的博玛走来,看起来就像是恩迦亲自来找我。他个子很高,身高超过两米,身材瘦削,像瞪羚一样优雅,肤色比最深的夜色还要幽暗。他穿的既不是基科伊也不是卡其布,而是轻便的长裤和短袖衬衣。他脚上穿着凉鞋,我从他脚上茧子的厚度和脚趾并不弯曲的样子看得出,他一生中大部分时间都是打赤脚的。他一边的肩头搭个小包,左手扛着装着长长来复枪的印花枪匣。

他走到我所坐位置的前方,停了下来,模样很悠闲,眼睛一眨不眨地看着我。从他脸上的傲慢,我看出他是马赛人。

"柯因纳格的村子在哪里?"他用斯瓦西里语问道。

我指指左边,"在山谷里。"我说。

"你为什么独居,老头子?"

他的原话如此。他没有用"姆吉"这个称呼——它对长者表示了尊重,承认他们经年累月的智慧。他用的是"老头子"。

是的,我心想,你一定是个马赛人。

"蒙杜木古都是独居的。"我大声答道。

"那么你是巫医了?"他说,"我还以为你们的族人已经抛弃这种东西了。"

"就像你的族人已经抛弃礼貌了?"我答道。

他哈哈笑了起来,"你看到我很不高兴啊,是不是,老头子?"

"我是很不高兴。"

"呃,如果你的魔法足以杀死鬣狗,我也就不会来了。这事儿不能怪我。"

"什么事儿也不能怪你。"我说,"目前不能。"

"你的名字是什么,老头子?"

"柯里巴。"

他把大拇指放在胸口,"我是威廉。"

"这不是马赛人的名字。"我说。

"我的全名是威廉·桑贝克。"

"那我就叫你桑贝克。"

他耸耸肩,"随便你怎么叫。"他用手遮住眼前的阳光,朝村子的方向看去,"这儿和我想的不太一样。"

"你以为是什么样儿,桑贝克?"我问道。

"我以为你们是想在这里建立一个乌托邦。"

"我们是在这样做。"

他轻蔑地哼了一声,"你们住在茅草小屋里,没有任何机械,就连杀鬣狗都得从地球雇个人来。这可不是我心目中的乌托邦。"

"那么你肯定想回家去了。"我说。

"我得先把这里的活儿干了。"他答道,"一件你没干好的活儿。"

我没说话。他盯着我看了很久。

"嗯?"他最后说道。

"嗯什么?"

"你不打算念点咒语,让我在一阵烟雾中消失吗,蒙杜木古?"

"在你决定与我为敌之前,"我用无可挑剔的英语说,"你应该知道,我没有你想的那么无能,我对马赛人的傲慢也不感冒。"

他惊讶地看着我,然后昂头笑了起来。

"真是人不可貌相啊,老头子!"他用英语说,"我觉得咱们会成为很好的朋友!"

"我对此表示怀疑。"我用斯瓦西里语答道。

"你在地球上念的什么学校?"他配合我再次转换语言问道。

"剑桥和耶鲁。"我答道,"但那是很多年以前了。"

"一个受过教育的人为什么要坐在茅草屋边的土地上?"

"一个马赛人为什么要接受基库尤人的委托?"我回敬道。

"我喜欢捕猎。"他说,"而且我想看看你们建立的这个乌托邦。"

"现在你看到了。"

"我看到了基里尼亚加。"他说,"但我还没看到乌托邦。"

"这是因为你不知道如何寻找它。"

"你是个聪明的老头儿,柯里巴,每句话都充满智慧。"桑贝克并没觉得受到了冒犯,"你为什么不当这颗小行星的国王呢?"

"蒙杜木古是我们传统的宝库。这才是他追寻或需要的权力。"

"你至少可以让他们给你造栋房子,而不是这种居住条件。已经没有哪个马赛人还住在曼雅塔这种村子里了。"

"房子之后该要车子了?"我问道。

"等你们修路之后。"他表示同意。

"然后就该建工厂造汽车了,再建个工厂造更多的房子,再建一栋雄伟的建筑给议会,或者再来条铁路?"我摇摇头,"那是肯尼亚,不是乌托邦。"

"你这是在犯错误。"桑贝克说,"我从机场过来的时候——那个机场叫什么来着?"

"庇护港。"

"从庇护港过来的路上,我看到了水牛、捻角羚和高角羚。在河边搞个狩猎小屋,可以眺望草原的那种,可以带来大笔旅游收入。"

"我们不捕猎这里的食草动物。"

"不用你们动手。"他意味深长地说,"想想这些钱能给你们帮上多少忙。"

"愿恩迦保佑我们远离那些想要帮忙的人。"我由衷地说。

"你真是个顽固的老头子。"他说,"我想我最好去找柯因纳格谈。哪一个是他的沙姆巴?"

"最大的那个。"我答道,"他是大酋长。"

他点点头,"当然。回见,老头子。"

我点点头,"回见。"

"等我杀掉你们的鬣狗,没准儿咱们可以一起喝点彭贝,讨论一下怎么把这个世界变成乌托邦。迄今为止我都很失望。"

说完这番话,他朝村子的方向转过身,沿着长长的曲折小路向柯因纳格的博玛走去。

他让柯因纳格昏了头,我就知道会是这样。等我吃过饭前往村子的时候,他俩正在酋长博玛前的火堆旁坐着,桑贝克正在描述他想在河边修建的狩猎小屋。

"占波,柯里巴。"柯因纳格抬头看到我来了,说道。

"占波,柯因纳格。"我答道,在他旁边坐了下来。

"你见过威廉·桑贝克了?"

"我见过桑贝克了。"我说道。他对于我拒绝用他的欧洲名字报以一笑。

"他对基里尼亚加有很多规划。"柯因纳格继续说道。有些村民踱过来了。

"真有意思。"我答道,"你想找个猎人,结果派的是个规划师。"

"我们当中有些人,"桑贝克脸上出微笑,插嘴道,"有不止一种天赋。"

"我们当中有些人,"我说,"已经来了半天了,可还没开始打猎呢。"

"我明天就去杀掉那些鬣狗。"桑贝克说,"那时候它们吃饱了,就不会在我靠近的时候逃跑。"

"你打算怎么杀掉它们?"我问道。

他小心翼翼地打开枪匣,取出来复枪,上面还装了望远镜。绝大部分村民从来没见过这样的武器,他们围成一圈,相互之间窃窃私语。

"你想仔细看看吗?"他问我。

我摇摇头,"我对欧洲人的武器没兴趣。"

"这把来复枪是由津巴布韦的绍纳人制造的。"他纠正我道。

我耸耸肩,"那他们就是黑皮肤的欧洲人。"

"不管他们是什么人,他们造的武器都很棒。"桑贝克说。

"对于那些害怕用传统方法打猎的人来说是这样。"我说。

"别跟我玩激将法，老头子。"桑贝克说。旁观者们突然一片哗然，没有人敢这样对蒙杜木古讲话。

"我没有激你，马赛人。"我说，"我只是指出你带来这件武器的原因。害怕菲西并不是罪过。"

"我什么也不怕。"他激动地说。

"不可能。"我说，"和我们一样，你也害怕失败。"

"我有了这个，不会失败的。"他说着，拍拍来复枪。

"对了，"我问道，"马赛人不是只用一杆长矛挑战狮子，以此来证明自己的男子气概吗？"

"的确如此。"他答道，"另外，也是马赛人和基库尤人的新生儿死得最多，一有流行病来袭就会倒下，住在茅草屋里，既不能挡雨御寒，也不能阻拦食肉动物。也是马赛人和基库尤人从欧洲人那里学来了知识，从白人手里夺回土地，在昔日的尘土和沼泽上建起了大城市。或者，应该说，"他补充道，"是马赛人和大部分基库尤人。"

"我记得在英格兰时曾去看过马戏团，"我提高声音说道，好让所有人都能听见，尽管这话是对着桑贝克说的，"马戏团里有只黑猩猩，它非常聪明。他们给它穿上人类的衣服，它会骑人类的自行车，还能用笛子吹出人类的音乐——但这并不能让它变成人。事实上，人类只是觉得它好玩儿，因为它是对他们的滑稽模仿……就像穿西装开汽车在大楼里工作的马赛人和基库尤人，他们不是欧洲人，只是对他们的滑稽模仿。"

"这只是你的想法，老头子。"桑贝克说，"但它是错的。"

"真的吗？"我问道，"黑猩猩因为像人而发生了变化，于是它再也无法在野外生存。而你，我注意到，必须用欧洲人的武器来捕猎，而你的祖父恐怕只用刀子或长矛吧？"

"你是在向我挑战吗,老头子?"桑贝克又一次被逗乐了,问道。

"我只是在说明你为什么带了来复枪来。"我答道。

"不,"他说,"你是想夺回自己的权力。你的同胞找我来的时候,你失去了它。但你犯了个错误。"

"什么错误?"

"你使我成了你的敌人。"

"那么,你会用来复枪杀掉我吗?"我冷静地问道,因为我知道他不会这么做。

他凑过来低声回答了我,这样只有我能听到:

"咱们本可以一起发笔财,老头子。我很乐意跟你分享这笔钱,只要你让你的人守规矩。公司会需要很多人手。但现在你竟然公开反对我,我绝不允许这种事发生。"

"我们必须学会接受失望。"我说。

"我很高兴你这么想。"他说,"因为我打算把这个世界变成乌托邦,而不是某些基库尤人的乐园。"

然后他突然站了起来。

"小子,"他对站在人群外围的恩德米说,"给我拿支长矛来。"

恩德米看看我。我点了点头,因为我不相信这个马赛人会用任何武器杀掉我。

恩德米把长矛递给桑贝克。他接过来,把它放在柯因纳格的小屋边。随后,他站在火堆前,慢慢脱掉了所有衣服。等他脱完,火光照耀着他结实瘦削的身体,他看起来就像是一位非洲神祇。他拾起长矛,将它举过头顶。

"我要在黑暗中猎杀菲西,用传统的方式。"他向聚拢的村民宣布道,"你们的蒙杜木古发起了挑战,如果你们将来要听取我的建议,就像我所希望的,那你们必须知道我可以完成他给我提出的任何挑战。"

没等任何人说一个字，或采取什么行动阻止他，他便勇敢地迈开大步走入夜色。

"这下好了，他会丧命，维护部会吊销我们的许可证！"柯因纳格抱怨道。

"就算他死了，那也是他自己决定的，维护部不会给我们什么惩罚。"我答道。我久久地盯着他，"我在想你为什么会在乎。"

"我为什么会在乎他会死？"

"你为什么会在乎维护部是否吊销我们的许可证。"我答道，"如果你听这个马赛人的话，就会把基里尼亚加变成另一个肯尼亚，那你为什么还要在乎回到原来的肯尼亚呢？"

"他没有想把基里尼亚加变成肯尼亚，而是乌托邦。"柯因纳格阴郁地说。

"我们已经在努力这样做了。"我说，"他的乌托邦是否包括给酋长建一栋欧洲人的大房子？"

"我们还没详细谈过。"柯因纳格紧张地说。

"也许还有一些牲口，作为交换，要给他提供搬运工和扛枪工？"

"他有一些好点子。"柯因纳格没理会我的问题，"如果他能用水泵和管道帮我们运水，我们为什么还要自己去河边打水呢？"

"如果水来得容易，也就会很容易浪费，而我们这里的水并不比在肯尼亚的时候更多，那里的湖泊已经全部干涸了，就是因为桑贝克这样有远见的人。"

"你对什么事都有一套说法。"柯因纳格讽刺地说。

"不。"我说，"但对于这个马赛人的事的确如此，因为他的问题已经被问过千百遍了，但过去，基库尤人总是给出错误的答案。"

我们突然听到大约半英里外传来一声歇斯底里的尖叫。

"结束了。"柯因纳格阴郁地说,"马赛人死了。现在我们得对付维护部了。"

"那声音听起来不像是人。"恩德米说。

"你不过是个姆托托——小屁孩。"柯因纳格说,"你知道些什么?"

"我知道菲西杀死朱马的时候他的声音是什么样。"恩德米反驳道,"我知道这个。"

我们静静等待着,看是否还会传来别的声音,但没有动静了。

"或许菲西杀掉马赛人也是件好事。"最后老恩乔比说,"我看到他画在地上的房子,用来接待游客的那个。那是一栋邪恶的房子。它不是圆形的,不像我们自己的小屋可以驱散恶魔,它有角落,大家都知道,恶魔住在角落里。"

"的确,那栋房子会受到诅咒的。"另一位长老附和道。

"夜里去捕猎菲西,还能期待什么呢?"另一位说道。

"一只死菲西!"桑贝克自豪地说着,从阴影中走了出来,将一只硕大的血淋淋的公鬣狗尸体丢在地上。大家都惊讶地向后退了一步。他转向我,火光照耀着他光滑的黑色皮肤,"现在你还有什么要说的,老头子?"

"我说你比菲西厉害。"我答道。

他满意地微笑起来。

"现在,"他说,"咱们来看看从这只菲西身上能学到什么。"他转向一个年轻人,"小子,拿把刀来。"

"他的名字是卡马比。"我说。

"我没工夫记名字。"桑贝克答道。他又转向卡马比,"照我说的做,小子。"

"他已经成人了。"我说。

"天太黑了，看不清楚。"桑贝克耸耸肩说道。

过了一会儿，卡马比拿着一把很旧的猎刀回来了。因为刀太旧，满是锈迹，桑贝克都不愿意碰它，于是他只是指了指鬣狗。

"卡塔-西-雅-图姆波，"他说，"从这里把肚子切开。"

卡马比跪下来，切开鬣狗的肚子。味道很难闻，但马赛人拿起一根棍子，开始扒拉起来。最后他站起身。

"我本希望能找到个手环或是耳环。"他说，"不过那孩子被杀掉已经很久了，这种东西早就被菲西排泄掉了。"

"柯里巴可以用骨头占卜，判断这是不是杀掉朱马的那只鬣狗。"柯因纳格说。

桑贝克轻蔑地哼了一声，"柯里巴可以用骨头占卜，从现在一直到雨季开始，但是他不会得到什么结果。"他看看村民们，"我用传统方式杀了菲西，证明我既不是胆小鬼，也不是欧洲人，不会只在白天躲在枪杆子后面打猎。现在我向你们证明了我有能力，明天我要向你们证明我用我自己的方法能干掉多少菲西，然后你们可以判断一下哪种方法更好，柯里巴的还是我的。"他停了一下，"现在我需要一间小屋睡觉，这样日出时我才能保持体力和警觉。"

除了柯因纳格，所有村民都立刻表示愿意提供自己的小屋。马赛人看了看每一个人，最后转向酋长，"我就睡你的小屋吧。"他说。

"但——"柯因纳格开口说道。

"还要你的一个老婆来给我暖床。"他直直地看着柯因纳格的眼睛，"难道在我为你杀了菲西之后，你还不肯对我表示慷慨？"

"不，"柯因纳格最后说道，"我不会拒绝你的要求。"

马赛人朝我投来一个胜利的微笑。"这还不是乌托邦。"他说，

"不过差得不远了。"

第二天一早,桑贝克带着来复枪出去了。

上午我到村子里去给辛杜送油膏,帮她止住奶水,因为她的孩子难产了。之后我穿过一户户沙姆巴,给稻草人施法,没过多久,一大群孩子又聚拢在我身边,央求我给他们讲故事。

最后,太阳已经高挂在天空,天气热得走不动了,我便在一棵刺槐树的阴凉里坐了下来。

"好了,"我说,"现在你们可以听故事了。"

"你今天要给我们讲什么故事,柯里巴?"一个女孩问道。

"给你们讲笨象的故事吧。"我说。

"它为什么笨?"一个男孩问。

"听了就知道了。"我说道,于是他们都安静下来。

"从前有一头小象,"我说,"因为它年纪还小,所以还没有像其他大象那样的智慧。有一天,它在草原上看见了一座城市,便走了进去,看到一切都很新鲜,觉得这是它见过的最壮观的东西。它的生活一直都是为填饱肚子日夜奔忙,而在这座城市里有很多神奇的机器,可以让它的生活变得轻松许多,于是它决定要拥有一些这样的机器。

"有个人拥有一根挖掘棒,可以用来找到土里埋藏的刺槐荚果。小象便凑上前去,可那人说:'我是个穷人,不能把我的挖掘棒给你。不过既然你这么想要,咱们可以做笔交易。'

"'但我没什么东西可以拿来做交易。'小象不开心地说。

"'当然有。'那人说道,'如果你把你的象牙给我,我就可以用来做雕刻,你就可以拿走挖掘棒。'

"小象想了一下,最后同意了,因为如果它有了挖掘棒,就不需要再用象牙来刨地了。

　　"它又往前走,遇到了一个拥有织布机的老太太。它心想,这台机器很好,可以用它给自己织条毯子,这样长夜里也不会冷了。

　　"它问老太太能不能把织布机给它,她说她不能送给它,但是可以做交易。

　　"'我只有挖掘棒可以用来做交易。'小象说。

　　"'但我不需要挖掘棒。'老太太说,'你得让我割下你的一只脚,我可以用它做个板凳。'

　　"小象想了很久,它想起前一天晚上特别冷,于是最后同意了这笔交易。

　　"然后它又碰到一个拥有网子的人。小象心想,这是个好东西,它把树上的果子都摇下来的时候可以用它来接果子,就不用一个一个去捡了。

　　"'我不能把网子给你,因为我花了很多天才做好。'那人说道,'但你可以用你的耳朵来跟我换。它们可以做成很好的床垫。'

　　"小象又同意了。它回到象群那里,把它从人类城市换来的神奇物品拿给大家看。

　　"'我们要挖掘棒有什么用?'它哥哥问道,'什么挖掘棒也比不上我们的象牙经用。'

　　"'有条毯子是不错。'它母亲说,'可得有手指才能用织布机织毯子。咱们没有手指。'

　　"'我不明白为什么要用网子来接树上的果子。'它父亲说,'如果你用鼻子来拿网子,那怎么把果子从树上摇下来呢? 如果你用鼻子去摇树,又用什么来拿网子?'

　　"'我现在明白了,人类的工具对大象没有用。'小象说,'我永远也无法成为人类,所以我还是当一头象吧。'

"他父亲悲伤地摇摇头，'你的确不是人类——但你和人类做了交易，现在你也不是象了。你没了脚，跟不上象群的速度；没了象牙，不能刨地寻找水源或刺槐荚果；你没了耳朵，太阳高挂的时候就不能扇风降温。'

"于是，小象的余生都在城市和象群之间忧郁地游荡，因为它无法融入任何一边。"

我讲完了，望向远方，一小群高角羚正在我们的一块田地边吃草。

"故事讲完了？"一开始要求讲故事的那个小女孩问道。

"讲完了。"我说。

"这故事不太好。"她说。

"是吗？"我问道，顺手把一只沿着我胳膊往上爬的小虫拍掉，"为什么？"

"因为结局很不幸。"

"不是每个故事都有皆大欢喜的结局。"我说。

"我不喜欢不幸的结局。"她说。

"我也不喜欢。"我表示同意。我想了一会儿，看着她问道："你觉得这个故事的结局应该是什么样？"

"既然小象无法成为人类，就不应该把让它成为象的那些东西换掉。"

"很好。"我说，"你会把让你成为基库尤人的东西换掉，好成为某种你永远无法成为的东西吗？"

"绝不！"

"其他人呢？"我问所有的孩子。

"绝不！"他们叫道。

"如果大象把象牙给你，或者鬣狗把利齿给你呢？"

"绝不!"

我停了一下,然后问出了下一个问题:

"如果马赛人把他的枪给你呢?"

大部分孩子还是喊出了"绝不!",但我注意到,有两个大一点的孩子没说话。我又问了他们一遍。

"枪和象牙或牙齿不一样。"个子比较高的那个男孩说,"它是人类使用的武器。"

"没错。"小个子男孩说着,赤脚在土地里搅起一小片尘土,"马赛人不是动物。他和我们一样。"

"他不是动物。"我表示同意,"但他和我们不同。基库尤人用枪吗?住在砖砌的房子里吗?穿欧洲人的衣服吗?"

"不。"两个男孩齐声答道。

"那如果你们用枪,住在砖房里,或是穿欧洲人的衣服,那你们还是真正的基库尤人吗?"

"不是。"他们承认道。

"但用枪、住砖房或者穿欧洲人的衣服,会让你们变成马赛人或者欧洲人吗?"

"不。"

"所以,你们明白为什么我们必须拒绝外来人的工具和礼物了吗?我们永远不会变成他们,但我们会不再是基库尤人。如果我们不再是基库尤人,又没变成其他人,那我们就什么也不是了。"

"我明白了,柯里巴。"高个男孩说。

"你确定吗?"我问道。

他点点头,"我确定。"

"你的故事为什么都是这样的?"一个女孩问道。

"什么样?"

"它们的名字都是笨象、豺和蜂鸟、豹子和伯劳鸟之类的,但你解释的时候,故事就都变成关于基库尤人的了。"

"这是因为我是基库尤人,你也是基库尤人。"我微笑着答道,"如果咱们是豹子,那我的故事就真是关于豹子的了。"

我又陪他们在树荫下坐了一会儿,恩德米穿过高高的草丛走来,脸上满是兴奋。

"怎么了?"他加入我们的时候,我问道。

"马赛人回来了。"他说。

"他杀了菲西没有?"我问道。

"很多。"恩德米答道。

"他现在在哪里?"

"在河边,还有几个年轻人帮他扛枪,给鬣狗剥皮。"

"我去看看他们。"我说着,小心翼翼地站起来,因为我在一个地方坐太久之后,腿就会变僵,"恩德米,你跟我一起去。其他孩子回你们的沙姆巴去,好好思考一下笨象的故事。"

我叫恩德米陪我去的时候,他的胸脯高高挺起,就像我的一只公鸡一样。不一会儿,我们便走在广阔的草原上了。

"马赛人在河边干什么?"我问道。

"他用庞加大砍刀砍了些小树苗。"恩德米答道,"他在教几个小伙子造什么东西,不过我不知道是什么。"

我透过热气和尘土望去,看到一小群人正朝我们走来。

"我知道是什么。"我轻轻地说。尽管我从来没见过轿子,但我知道它是什么样子,现在它正朝我们移动过来,轿子压在四个基库尤人大汗淋漓的肩头——那个马赛人正坐在上面。

既然他们在朝我们的方向走来,我便叫住恩德米,我们站在原地等着他们。

"占波,老头子!"他们走近来时,马赛人说道,"我今天上午又杀掉了七只鬣狗。"

"占波,桑贝克。"我答道,"你看起来很舒服啊。"

"要有靠垫就好了,"他说,"抬轿子的也没把轿子抬平。不过我就凑合一下吧。"

"可怜的人,"我说,"既没有靠垫,也没有考虑周到的抬轿人。这些疏忽怎么能将就呢?"

"因为这里还不是乌托邦嘛。"他微笑着答道,"不过已经很接近了。"

"等到乌托邦实现的时候,你可一定要告诉我。"我说。

"你会知道的,老头子。"

随后,他叫抬轿子的人把他抬到村子里去。恩德米和我留在原地没动,看着他消失在远方。

那天晚上,村子里举行盛宴,庆祝杀掉八只鬣狗。柯因纳格本人宰了一头公牛,还有喝不完的彭贝。我抵达的时候,大家正在唱歌跳舞,重现跟踪和屠杀鬣狗的场景。

马赛人自己坐在一把很高的椅子上,比柯因纳格的宝座还高。他一手拿着一瓢彭贝,装着来复枪的皮匣子小心翼翼地放在膝头。现在他穿着马赛人的红袍,头发也按着他们部落的习俗编成整齐的辫子,苗条的身子上涂了油。两个刚过割礼年纪的年轻女孩站在他身后,仔细聆听他的每一句话。

"占波,老头子!"我走过去的时候,他向我打招呼。

"占波,桑贝克。"我说。

"我不再用这个名字了。"他说。

"哦?你换了个基库尤人的名字?"

"我用了一个基库尤人能听懂的名字。"他答道,"以后全村都要这样称呼我。"

"捕猎已经结束了,你不打算离开吗?"

他摇摇头,"我不走。"

"你是在犯错误。"我说。

"至少没有你决定与我为敌的错误那么严重。"他答道。过了一会儿,他微笑着补充道:"你不想知道我的新名字是什么吗?"

"我想,如果你打算继续留在这里,那我应该知道。"我表示同意。

他靠过来,低声把那个名字告诉了我。那是几百万年前,恩迦在圣山上低声告诉吉库尤的那个词。

"博瓦纳? 大师?"我重复道。

他得意地看着我,又微笑起来。"现在,"他说,"这里是乌托邦了。"

接下来的几周,大师都专注于让基里尼亚加变成乌托邦——大师的乌托邦。

他自己娶了三个妻子,让村民在河边给他建了一栋大房子,这栋房子和欧洲殖民者两百年前在肯尼亚建的房子一样,有窗户,有角落,有阳台。

他每天都去打猎,给自己收集战利品,也给村子提供了前所未有的大量肉食。晚上,他到村子里来吃喝跳舞,然后带着来复枪在黑暗中回家。

没过多久,柯因纳格便打算在村子里建一栋和大师的房子差不多的房子,还有很多年轻人都想让马赛人给他们弄杆来复枪。他拒绝了这个要求,说基里尼亚加只能有一位大师,而他们的任务是给大师带路、做饭和给猎物剥皮。

他不再穿欧洲人的衣服了，而是一直穿着马赛人的传统长袍，头发总是细致地分束编成辫子，他的妻子每晚都给他的身子涂油，闪闪发亮。

我仍然给出我的建议，履行我的责任，照顾生病的人，确保降雨，用羊肠占卜，给稻草人施咒，消除诅咒。但我不再和大师说一句话，他也不和我讲话了。

恩德米和我在一起的时间越来越多，他照料我的山羊和鸡，甚至帮我打扫博玛。这本是女人的活，但他自愿这么做。

终于有一天，我坐在阴凉里看着牲口在附近田里吃草时，他过来了。

"我能说话吗，蒙杜木古？"他问着，在我身边坐了下来。

"可以，恩德米。"我答道。

"马赛人又娶了一个妻子。"他说，"他还杀掉了卡兰加的狗，就因为它的叫声让他觉得很烦。"他停了一下，"他还管大家都叫'小子'，就连对长老也这么叫，我觉得这样很不尊重。"

"我知道这些事。"我说。

"那你为什么不做点什么？"恩德米问道，"你不是万能的吗？"

"只有恩迦是万能的。"我说，"我只是蒙杜木古。"

"蒙杜木古不是比马赛人更厉害吗？"

"村里大部分人似乎不这么想。"我说。

"啊！"他说，"他们不再相信你，所以你生气了，这就是为什么你还没把他变成虫子，一脚踩死他。"

"我没有生气。"我说，"只是失望。"

"你打算什么时候杀掉他？"恩德米问道。

"杀掉他没用的。"我答道。

"为什么?"

"因为他们觉得他很厉害。就算他死了,他们也会再找一个猎人来,新的猎人会成为另一个大师。"

"那你就袖手旁观吗?"

"我会采取行动的。"我答道,"但杀掉大师并不解决问题。必须让他当着众人的面受到羞辱,这样他们就会明白他不是蒙杜木古,不应该听他的话,服从他的命令。"

"你打算怎么做?"恩德米热切地问。

"我还不知道。"我说,"我还得再研究研究他。"

"我以为你已经什么都知道了。"

我微笑起来,"蒙杜木古并不是什么都知道,他也不需要。"

"噢?"

"他只要比他的人民知道的多就可以了。"

"但你已经比柯因纳格和其他人知道的都多了。"

"在采取行动之前,我必须确定我比马赛人知道的多。"我说。

"你可能知道豹子有多大,有多强,有多快,有多狡猾——但还必须进一步研究它,知道它如何发起攻击,习惯用哪一侧爪子,如何测风,如何用尾巴表示它要进攻了。否则在捕猎它的时候,你就会处于劣势。我是个老头儿了,赤手空拳的搏斗我是无法打败马赛人的,所以我必须研究他,找出他的弱点。"

"如果他没有弱点呢?"

"所有事物都有弱点。"

"哪怕他比你强壮?"

"大象是最强壮的动物,但一小撮蚂蚁爬进它的鼻子,就能让它疼得发疯,以至于自杀。"我停了一下,"你不需要比你的对手强,蚂蚁就肯定没有大象强,但蚂蚁知道大象的弱点。我也必须找到马赛人的弱点。"

他把手放在胸脯上。

"我相信你,柯里巴。"他说。

"我很高兴。"我说道。一股热风将一片尘土吹过我的小山头,我用手遮住眼睛,"我最后打败马赛人的时候,你不会失望的。"

"你会原谅村子里的人吗?"他问道。

我想了一下,然后回答道:"如果他们能再次记起我们为什么到基里尼亚加来,我就原谅他们。"

"如果他们记不起来呢?"

"我必须让他们记起来。"我说。我望向草原,看着远方的河流和森林,"恩迦在乌托邦给了基库尤人第二次机会,我们绝不能浪费它。"

"你和柯因纳格,就连那个马赛人,都一直在说这个词。但我不明白它是什么意思。"

"乌托邦?"我问道。

他点点头,"它是什么意思?"

"它对不同的人有很多不同的意思。"我答道,"对于真正的基库尤人,它的意思是与土地和谐相处,尊重从前的法律和仪式,让恩迦满意。"

"听起来很简单。"

"是啊。"我表示同意,"但你想象不到,有数百万人送了命,就因为他们对乌托邦的定义与邻居不一样。"

他盯着我,"真的吗?"

"真的。比如这个马赛人。他的乌托邦是坐在轿子上,猎杀动物,娶很多妻子,住在河边的大房子里。"

"听起来也不坏嘛。"恩德米若有所思地评论道。

"是不坏——对于马赛人来说。"我停了一下,"但你觉得,对于抬轿子的人,或者被猎杀的动物,或者无法娶妻的小伙子们,或者不得不在河边盖房子的基库尤人,这还是乌托邦吗?"

"我明白了。"恩德米瞪大眼睛说道,"基里尼亚加必须是所有人的乌托邦,否则就不可能是乌托邦。"他从脸上拂去一只小虫,看着我,"是这样吗,柯里巴?"

"你学得很快,恩德米。"我说着,伸出一只手,摸索了一下他头顶的头发,"也许有一天,你自己也会成为蒙杜木古。"

"我会学到魔法吗?"

"要学很多东西才能成为蒙杜木古。"我说,"魔法只是其中最小的一部分。"

"但它是最让人印象深刻的。"他说,"就因为这一点,人们才会怕你。因为怕你,他们才愿意聆听你的智慧。"

我考虑着他的话,终于有了一丝灵感,我开始思考打败大师,让我的人民重拾我们接受许可证时构想的那个乌托邦。

"胆小鬼!"大师吼道,"都是绵羊一样的胆小鬼! 难怪以前马赛人会猎杀基库尤人。"

我决定夜里进村,继续观察我的敌人。他喝了很多彭贝,最后脱下红斗篷,裸着身子站在柯因纳格的博玛前,向村里的小伙子发起摔跤的挑战。他们缩在阴影里,像女人一样瑟瑟发抖,惊叹于他的健壮敏捷。

"我可以一次打三个!"他说着,四下搜寻着愿意接受挑战的人。没有人。他仰头大笑起来。

"你们还不明白为什么我是大师,而你们只是一帮毛头小子!"

他的目光突然落在我身上。

"有一个人不怕我。"他宣布道。

"的确。"我说。

"你会跟我摔跤吗,老头子?"

我摇摇头,"不会。"

"你也是个胆小鬼。"

"我不怕水牛或鬣狗,但我也不会跟它们摔跤。"我说,"勇气和愚蠢是有区别的。你是个年轻人,可我已经老了。"

"你为什么晚上到村子里来?"他问道,"你和你的那些神说过话了,在谋划着怎么杀我?"

"神只有一位,"我答道,"而且他不赞成杀戮。"

他点点头,觉得很有趣,露出一个微笑,"的确,绵羊的神当然会不赞成杀戮。"微笑突然消失了,他轻蔑地盯着我,"安卡伊唾弃你们的神,老头子。"

"你们管他叫安卡伊,我们管他叫恩迦。"我平静地说,"但这是同一位神,终有一天,我们都必须向他坦诚一切。我希望你到时仍像现在一样勇敢无畏。"

"我希望你的恩迦不会在我面前颤抖。"他反驳道,在他的妻子们面前端着架子。她们被他傲慢的样子逗得咯咯笑了起来。"我难道不是一丝不挂、只带着长矛在夜里杀了菲西吗? 我不是在不到三十天的时间里杀了一百多头野兽吗? 你们的恩迦最好还是别来试我的脾气。"

"他要测试的可不仅是你的脾气。"我答道。

"你什么意思?"

"你觉得是什么意思,就是什么意思。"我说,"我老了,体力不好,我想坐在火边喝点彭贝。"

说完,我转身朝恩乔贝走去,他正在柯因纳格博玛外的一个小火堆边暖着他那把老骨头。

大师找不到摔跤的对手，又喝了不少彭贝，最后和他的妻子们抱怨起来。

"谁也不愿和我打。"他用嘲讽的悲惨语气说道，"但我的血液正在血管里沸腾。给我设个任务——随便什么任务——我可以为了你们完成它。"

三个女孩相互低语着，又咯咯笑了起来，最后，其中一个在其他两人的敦促下站了出来。

"我们见过柯里巴把手放在火里，却一点儿也没有烧伤。"她说，"你能做到吗？"

他轻蔑地哼了一声，"这是魔术的把戏而已。给我个真正的任务。"

"给他个容易点的任务吧！"我说，"显然，被火烧太疼了。"

他扭头怒视着我，"你把手放在火里之前涂了什么玩意儿，老头子？"他是用英语问的。

我给了他一个微笑。"那是魔术师，不是魔法师。"我答道。

"你想在我的族人面前侮辱我？"他说，"再好好想想，老头子。"

他走到火旁，站在恩乔贝和我之间，猛地把手放了进去。他脸上毫无表情，但我闻到了肉被烧焦的味道。最后他把手拿出来，举了起来。

"这里面没什么魔法！"他用斯瓦西里语大叫道。

"但是你烧伤了，我的丈夫。"发起挑战的那位妻子说。

"我喊出来了吗？"他问道，"我疼得退缩了吗？"

"不，你没有。"

"有其他人能把手放到火里还一声不吭吗？"

"没有，我的丈夫。"

"那么,谁更厉害? 是用魔法护体的柯里巴,还是不需要魔法就把手放进火里的我?"

"是大师。"他的几个妻子齐声说。

他转向我,露出胜利的笑容。

"你又输了,老头子。"

但我没有输。

我去村里是为了研究我的敌人,这一次收获良多。就像基库尤人无法变成马赛人,这个马赛人也无法变成基库尤人。他天生就有一种傲慢,这种强烈的傲慢既让他爬到了现在的高位,也将成就他的跌落。

第二天一早,柯因纳格自己来到了我的博玛。

"占波。"我和他打招呼。

"占波,柯里巴。"他答道,"咱们得谈谈。"

"谈什么?"

"关于大师的事。"柯因纳格说。

"他怎么了?"

"他越界了。"柯因纳格说,"昨晚你走后,他觉得自己喝了太多彭贝,回不了家,竟把我赶出了我自己的小屋——我,大酋长!"他停下来,把一只靠近他脚边的小蜥蜴踢开,然后又说道,"不仅如此,今天早上他还宣布我最年轻的妻子吉波归他了!"

"有意思。"我评论道,看着那只小蜥蜴飞快地爬到一丛灌木下,然后转身看着我们。

"你要说的仅此而已?"他问道,"我可是为她花了二十头牛、五只山羊。我跟他这样说的时候,你知道他是什么反应吗?"

"什么反应?"

柯因纳格把一枚小银币举到我眼前，"他给了我肯尼亚的一先令！"他往硬币上吐了口唾沫，把它扔在我博玛前山坡的干燥岩石上，"现在他还说，只要他到村里来过夜，就要睡在我的小屋里，我必须找别的地方睡觉。"

"我很抱歉。"我说，"但我警告过你找猎人来的后果。他的天性就是将一切都作为他的猎物，鬣狗、捻角羚，就连基库尤人也一样。"我停了一下，欣赏着他的一脸紧张，"也许我应该让他离开。"

"他不会听的。"

我点点头，"狮子可能会和山羊一起睡觉，可能会吃掉它，但是很少听它的话。"

"柯里巴，我们错了。"柯因纳格说着，一脸绝望，"你不能帮我们赶走这个入侵者吗？"

"为什么？"我问道。

"我已经告诉过你了。"

我慢慢地摇了摇头，"你告诉我的是你自己为什么讨厌他。"我答道，"这还不够。"

"我还要说什么？"柯因纳格问道。

我看着他，"随着时间推移，你会明白的。"

"也许我们可以联系维护部。"柯因纳格建议道，"他们肯定有能力让他走。"

我深深地叹了口气，"你还没学到教训吗？"

"我不明白。"

"你找马赛人来，因为他比非西厉害。现在你又想找维护部，因为他们比马赛人厉害。如果只是一个人就能这样改变我们的社会，那你想想，如果我们请很多人来，会发生什么事？我们年轻人的话题已经从种地变成了打猎，他们想盖那种角落可以躲藏魔鬼的欧洲人房子,还求马赛人给他们配枪。他们要是见过了维护部的那些神奇玩意儿,到时候会想要什么呢?"

"那我们自己怎么摆脱这个马赛人?"

"等时候到了,他就会走的。"我说。

"你确定?"

"我是蒙杜木古。"

"那什么时候才是时候到了?"柯因纳格问道。

"等你知道他为什么必须走的时候。"我答道,"现在,你大概应该回村子里了,不然你可能会发现他又想要你的其他几个妻子了。"

柯因纳格脸上闪过一阵焦虑,他没再说话,急忙沿着曲折的小路赶回村子去了。

接下来的几天,我从草原边缘的一些树上收集了树皮,数量够了之后,我又加了一些草药和树根,放在一只旧龟壳里捣成糊。我加了点水,把它倒在一个煮饭葫芦里,放在小火上煨着。

准备好之后,我叫人把恩德米找来。半小时后他到了。

"占波,柯里巴。"他说。

"占波,恩德米。"我答道。

他看着我的煮饭葫芦,皱起了鼻子。"这是什么?"他问道,"太难闻了。"

"这不是用来吃的。"我答道。

"但愿如此。"他由衷地说。

"小心点,别碰它。"我说着,走到长在我博玛里的树下,坐在阴凉里。恩德米远远绕开它,坐在我身边。

"你有事找我?"他说。

"是的。"

"我很高兴。我不愿意待在村子里。"

"噢?"

他点点头,"有一伙年轻人现在跟着大师到处蹿。他们抢沙姆巴里的山羊,拿小屋里的布料,没人敢阻止他们。昨天坎加拉试过,但那伙人把他打得嘴都流血了,大师就在一旁看着,哈哈大笑。"

我点点头,这些事都不出我所料。

"我看快到时候了。"我说着,伸手赶走也在树下乘凉的几只苍蝇,它们在我的脸附近嗡嗡吵个不停。

"快到什么时候了?"

"大师离开基里尼亚加的时候。"我停了一下,"所以我才叫你来。"

"蒙杜木古希望我'帮'他离开?"恩德米说着,年轻的脸上闪耀着自豪。

我点点头。

"你说什么我一定照办。"恩德米承诺道。

"很好。你知道大师用来涂身子的油膏是谁做的吗?"

"是老瓦布做的。"

"你得给我拿两瓢这种油膏来。"

"我以为只有马赛人会给自己的身子涂油呢。"恩德米说。

"照我说的做。另外,你有弓吗?"

"没有,但我父亲有。他很多年都没用过了,所以不会介意我拿走他的。"

"我不想让任何人知道你把它拿走了。"

恩德米耸耸肩,用食指在土地上随意画了个图案,"他会怪罪于跟随大师的那些年轻人。"

"你父亲有箭头锋利的箭吗?"

"没有。"恩德米说,"不过我可以做一点儿。"

"今天下午做一点儿。"我说,"十支应该够了。"

恩德米在土里画了支箭。"这样的?"他问道。

"再短一点。"

"我可以从我们家博玛养的鸡身上弄到做箭用的羽毛。"他提议道。

我点点头,"很好。"

"你想让我用箭射死大师吗?"

"我跟你讲过一次了:基库尤人不杀同胞。"

"那你想让我用弓箭做什么?"

"你做好之后把它们带到我的博玛来。"我说,"用十块布把它们包起来。"

"然后呢?"

"然后,咱们把箭浸在我做的毒药里。"

他皱起眉头。"你不是说不想让我射死大师吗?"他停了一下,"那我带箭射什么?"

"到时候我会告诉你的。"我说,"现在回村子里,按我说的做。"

"好的,柯里巴。"他说着,迈开年轻而健壮的双腿跑出我的博玛,下山去了。一群珍珠鸡被他惊起,尖叫着给他让路。

不到一小时之后,柯因纳格又一次爬上我的小山头,这次还有恩乔贝和其他两位长老,他们都穿着部落长袍。

"占波,柯里巴。"柯因纳格郁郁寡欢地说。

"占波。"我答道。

"你对我说,等我明白了大师为什么必须走,再来找你。"柯因纳格说。他往地上吐了口唾沫，一只小蜘蛛赶快跑了。"我来了。"

"你明白了什么？"我问道，伸出手遮挡眼前的阳光。

他目光低垂，看起来很紧张，就像是被父亲诘问的小孩子。

"我明白了乌托邦是很脆弱的，需要那些能将自己意愿加诸于它的人来保护它。"

"那你呢，恩乔贝？"我说，"你明白了什么？"

"我们在这里的生活很好。"他答道，"我以为，这种很好的生活本身就是一种保护。"他深深叹了口气，"但它不是。"

"基里尼亚加值得被保护吗？"我问道。

"你怎么会问出这样的问题呢？"另一位长老问道。

"马赛人能给基里尼亚加带来很多机器，很多钱。"我说，"他只是想改善我们的生活，并非毁灭我们。"

"那就不是基里尼亚加了。"恩乔贝说，"它就成了另一个肯尼亚。"

"他碰过的一切都变质了。"柯因纳格说着，脸上的表情因为愤怒和屈辱而扭曲了，"连我自己的儿子也成了他的跟班。他也不再尊重自己的父亲、村里的女人或我们的传统了。现在他只会谈钱和枪。他对大师很崇拜，就好像大师是恩迦一样。"他停了一下，"你必须帮帮我们，柯里巴。"

"是的。"恩乔贝补充道，"我们没听你的，是我们错了。"

我看看他们每个人忧虑的脸，最后点了点头。

"我会帮你们。"

"什么时候？"

"很快。"

"多快？"柯因纳格又问道，一阵风把尘土吹过他的脸，他咳嗽起来，"我们等不了很久了。"

"一星期之内,马赛人就会走。"我说。

"一星期之内?"柯因纳格重复道。

"这是我的承诺。"我停了一下,"但如果想要净化我们的社会,他的追随者必须跟他一起走。"

"你不能夺走我的儿子!"柯因纳格说。

"马赛人已经夺走他们了。"我说,"到时候我再决定是否允许他回来。"

"等我死了,他还要做大酋长呢!"

"这就是我开的价格,柯因纳格。"我坚决地说,"你必须让我决定如何处置马赛人的追随者。"我把一只手放在心脏上,"我会做出公正的决定。"

"我不知道。"柯因纳格嘟囔道。

我耸耸肩,"那就让马赛人留在这里呗。"

柯因纳格盯着地面,就好像蚂蚁和白蚁能告诉他该怎么做一样。最终,他叹了口气。

"就按你说的办吧。"他阴郁地表示同意。

"你要怎么赶走马赛人?"恩乔贝问。

"我可是蒙杜木古。"我淡漠地说,因为我不想让我的计划有一丁点儿传到大师的耳朵里。

"这需要很强大的魔法。"恩乔贝说。

"你怀疑我的法力吗?"我问道。

恩乔贝不敢与我目光相接,"不,但是……"

"但是什么?"

"但是他就像神一样。他很难摧毁。"

"我们只容得下一个神。"我说,"他的名字是恩迦。"

他们回村子去了,我继续搅拌我的毒药。

等待恩德米回来的过程中,我拿出一块薄木片,在中间挖了个小洞。随后,我用一根长针穿过木板,又把它拔了出来。

最后我把木板放在唇边,往洞里吹气。我听不到任何声音,但田里的牲口突然抬起头,我的两头山羊开始疯狂地转圈。我又试了两次这个就地取材的哨子,获得了同样的效果,于是把它收了起来。

下午过了一半的时候,恩德米回来了,手里拿着装了油膏的葫芦、他父亲的旧弓,还有十支精心制作的箭。他没找到金属,但把每支箭的箭头都磨得很尖利。我检查了弓弦,发现韧性还可以,便点点头表示赞许。

随后,我非常小心地将每支箭的箭头浸入毒药,避免毒药碰到我的皮肤,然后把它们用恩德米带来的十块布包裹起来。

"很好。"我说,"现在咱们一切就绪了。"

"要我做什么,柯里巴?"他问道。

"从前,在我们还住在肯尼亚的时候,只有欧洲人被获准打猎。他们还会带其他欧洲人到草原上去,并因此获得报酬。"我解释道,"这些白人猎手必须确保他们的客户杀掉很多动物,因为如果客户失望,他们要么不会再来,要么下次会另找一个白人猎手带他们去草原上。"我停了一下,"因此,猎人有时候会训练一群狮子,让它们出来被杀掉。"

"他们是怎么做到的,柯里巴?"恩德米目瞪口呆地问道。

"白人猎手会让寻找猎物的探子走在前头。"我说着,把油膏倒进六个小葫芦里,"探子会深入狮子的领地,杀一头角马或斑马,剖开肚子,让气味在风中飘散。随后他会吹起哨子。狮子就会因为闻到气味或听到奇怪而陌生的声音走过来。

"然后第二天,探子会再杀掉一头斑马,再吹起哨子,狮子又会过来。这样每天重复,狮子就会知道,听到哨子声,就能找到一只死兽——等到探子成功训练狮子一听到哨子就过来,就会返回草原,带着猎人和游客前往狮子的领地,吹起哨子。狮子听到声音就会出来,猎人的客人们就可以捕获猎物了。"

我对他兴高采烈的反应报以微笑,猜想地球上是否有人知道基库尤人比巴甫洛夫①领先了一个多世纪。

我把我做好的哨子交给恩德米。

"这是你的哨子。"我说,"你要照管好它。"

"我会用细绳把它挂在脖子上。"他说,"我不会把它弄丢的。"

"如果你丢了,"我说,"我肯定会死得很难看。"

"你可以相信我,蒙杜木古。"

"我知道。"我拿起箭,小心地把它们递给他,"这些给你。"我说,"你得很小心。如果你不小心用箭割破自己的皮肤,或者碰到伤口,就会丧命,我也救不了你。"

"我懂。"他说着,小心翼翼地接了过去,把它们放在弓旁边的地上。

"很好。"我说,"你知道距离大师在河边那栋房子半英里远的森林吗?"

"是的,柯里巴。"

"你每天去那里用毒箭杀一只食草动物。别动水牛,它们太危险了——可以杀任何其他食草动物。杀掉之后,就拿一只小葫芦,把里面的油膏全倒在它身上。"

"然后我就吹哨子,把鬣狗招来?"他问道。

---

① 伊万·彼得罗维奇·巴甫洛夫(1849–1936),俄国生理学家,心理学家。条件反射理论的建构者。

"然后你要在附近找棵树,爬上去,安全之后再吹哨子。"我说,"它们会来的——第一天可能会比较慢,第二天和第三天就会更快,到第四天应该立刻就来了。等它们吃完离开之后,你要在树上待很长时间,然后再下来回你的博玛去。"

"我会按照你说的做,柯里巴。"他说,"但我不明白,这怎么能让大师离开基里尼亚加。"

"这是因为你还不是蒙杜木古。"我微笑着答道,"不过我还没说完给你的指示。"

"我还要做什么?"

"我还有一个任务给你。"我继续说道,"第七天日出前,你得离开你的博玛,再杀最后一只动物。"

"我只有六个油膏葫芦。"他说。

"第七天不需要油膏了。只要你吹哨子,它们就会来。"我停了一下,确保他听明白我说的每一个字,"就像我刚才说的,你要在日出前再杀一只食草动物,但这一次不要往它身上倒油膏,也不要立刻吹哨子。你要先爬上一棵能看清树林与河之间空地的树。在某一刻,你会看到我这样挥手——"我演示了一下绕圈挥舞右手的动作,"然后你就得立刻吹起哨子。你明白吗?"

"明白。"

"很好。"

"你交给我的这些任务能让大师永远离开基里尼亚加?"他问道。

"是的。"

"我想知道是怎么回事。"恩德米坚持道。

"告诉你吧。"我说,"作为一个文明人,有两件事会在他的预期之内:一件是我在自己的地盘上向他挑战,还有一件是我用欧洲人的科技来打败他——因为我自己也接受过欧洲人的教育。"

"但是你不会做他预期的这些事?"

"不会。"我说,"他还没明白,我们的传统使我们在基里尼亚加可以自给自足。我会在他的战场上挑战他,用基库尤人的武器,而不是欧洲人的武器,打败他。"我又停了一下,"而现在,恩德米,你必须去杀掉第一只食草动物,否则你回家前天就黑了,我可不希望你晚上还要穿过草原。"

他点点头,拿起哨子和武器,大步朝河边的森林走去。

第六晚,我在夜色刚刚降临之时前往村子。

晚间舞蹈还没开始,但大部分成年人已经聚起来了。包括柯因纳格儿子在内的四个年轻小伙子想拦住我,但大师心情很好,大度地挥手让他们给我让路。

"欢迎你,老头子。"他坐在高凳上说道,"我已经很多天没见过你了。"

"我在忙。"

"忙着密谋毁灭我?"他微笑着问。

"恩迦已经决定了你会毁灭的。"我答道。

"那什么会导致我的毁灭呢?"他又问道,打着手势让他的一个妻子——他现在有五个了——给他拿一瓢冰彭贝过来。

"你不是基库尤人这一事实。"

"基库尤人有什么特殊的?"他问道,"不过一群绵羊,从瓦坎巴人那里偷女人,从卢奥人那里偷牛羊。你们的圣山——这个世界不就是以它命名的吗——连它都是从马赛人那里偷来的,基里尼亚加是马赛语。"

"是这样吗,柯里巴?"一个小伙子问道。

我点点头，"的确如此。在马赛语里，'基里'的意思是'山'，'尼亚加'的意思是'光'。不过，尽管它是马赛词，它却是基库尤人的光芒之山，是恩迦赋予我们的。"

"它是马赛人的山。"大师说，"就连它的山峰都是根据马赛人的酋长命名的。"

"圣山上从来没有过一个马赛人。"老恩乔贝说。

"最先拥有这座山的是我们，否则它就会有个基库尤语名字了。"大师答道。

"那么，基库尤人肯定把马赛人干掉了，要不就是把他们赶跑了。"恩乔贝露出一个不怀好意的微笑。

这句话激怒了大师，他把手里的那瓢彭贝掷向一只经过的山羊，打在它的侧肋，力气很大，把山羊打倒了。它飞快爬起来，咩咩叫着惊恐地跑过村子。

"你们这帮傻瓜！"大师吼道，"如果真的是基库尤人把马赛人从山上赶走了，那我现在就来讨回这笔债！我宣布我是基里尼亚加的莱邦，这里不再是基库尤人的世界了！"

"莱邦是什么？"有个人问道。

"马赛语里的'国王'。"我说。

"这里除了你都是基库尤人，这里怎么可能不是基库尤人的世界呢？"恩乔贝问大师。

大师指指他那五个年轻跟班，"我郑重宣布这些人是马赛人。"

"不能你说他们是马赛人，他们就是马赛人了啊。"

大师咧嘴笑了，闪烁的火光在他光滑闪亮的身体上投下诡异的图案，"我想做什么就可以做什么。我是国王。"

"也许柯里巴对此有话要讲。"柯因纳格说道。他知道这一周就要结束了。

大师挑衅地看着我，"老头子,你对我当国王的权力有异议?"

"不,"我说,"我没有。"

"柯里巴!"柯因纳格叫道。

"你不会真这么想吧!"恩乔贝说。

"咱们得现实点。"我说,"他难道不是我们当中最厉害的猎人吗?"

大师哼了一声,"我是你们当中唯一的猎人。"

我转向柯因纳格,"除了大师,还有谁能赤身裸体踏上草原,只带一支长矛干掉菲西?"

大师点点头,"可不是嘛。"

"当然了,"我继续道,"咱们没有人亲眼看见他的壮举,不过他肯定不会对咱们撒谎的。"

"你怀疑我只用一支长矛杀掉了菲西这个事实吗?"大师激动地问。

"我不怀疑。"我诚恳地说,"我相信,只要你愿意,你肯定随时都能再来一次。"

"当然了,老头子。"他说道,看起来放松了一些。

"事实上,"我继续说道,"为了庆祝你成为国王,咱们可以再来一次这样的捕猎——但这次在白天进行,这样你的子民都能亲眼见证他们的国王有多么勇猛。"

他又让他最年轻的妻子拿了一瓢彭贝来,死死盯着我,"你为什么这样说,老头子? 你到底想怎么样?"

"就是我说的这个意思。"我答道,在手上吐了唾沫以表真诚。

他摇摇头,"不,"他说,"你在搞鬼。"

我耸耸肩,"呃,如果你不想的话……"

"可能他是害怕。"恩乔贝说。

"我什么也不怕!"大师大喊。

"他肯定不怕菲西。"我说,"这一点到现在已经很明显了。"

"对。"大师说道,仍然盯着我。

"如果他不怕菲西,打猎还有什么可怕的?"恩乔贝问道。

"他不想打猎,因为是我提议的。"我答道,"他还是不相信我,可以理解。"

"为什么可以理解?"大师问道,"你觉得我像其他胆小鬼一样怕你念咒?"

"我没这样说。"我答道。

"你没有魔法,老头子。"他站起来说道,"你只会搞把戏和威胁,对马赛人来说这些都不算什么。"他停了一下,然后提高声音,好让所有人都能听见,"我今晚会在柯因纳格的小屋过夜,明早我会以传统方式猎杀鬣狗,这样所有子民都能看到他们的国王打猎。"

"明天早上?"我重复道。

他怒视着我,他那马赛人的傲慢从瘦削而英俊的脸上的每一寸皮肤中透露出来。

"日出之时。"

第二天清晨,我醒得很早,但今天我没有生火,没有坐在火堆旁把寒气从我这把老骨头里烤出去,而是穿上我的基科伊,立刻到村子里去了。大家已经聚拢在柯因纳格的小屋周围,等着大师现身。

最后,他终于出来了,身体涂了油膏,披着他的红色斗篷。虽然昨晚喝了不少彭贝,但他看起来神清气爽,右手拿着到基里尼亚加第一次打猎时用的那支长矛。

他对大家表现出鄙夷的态度,目视前方,径直穿过村子,踏上草原,朝河边走去。我们跟在他身后,一直走到离他的房子大约一英里的地方。他停了下来,举起一只手。

"你们就待在这里吧。"他说道,"要不然这么多人会把菲西吓跑的。"

他让红色斗篷落在地上,赤裸的身子在晨光中闪闪发亮。

"现在好好看着,我的小绵羊们,看看真正的国王是怎么打猎的。"

他举起长矛掂了一下,试了试手,然后大步踏入齐脚踝深的草丛。

柯因纳格悄悄靠过来。"你许诺过他今天会走。"他低声说。

"是的。"

"他还在这里。"

"今天还没过完呢。"

"你确定他会走?"柯因纳格继续问道。

"我对我的同胞撒过谎吗?"我回敬道。

"没有。"他说着,退了回去,"不,你没有。"

我们不再说话,望向草原。有很长时间什么也没看到。突然,大师从一丛灌木中走出来,大胆地朝五十码开外的地方走去。

这时风向变了,鬣狗刺耳的笑声穿透空气,它们闻到他涂的油膏的气味了。我们看到鬣狗朝大师冲过去时草秆摇曳,一路发出尖利的笑声。

有那么一会儿,他站在原地不动,他的确很勇敢,但等他看到鬣狗的数目,意识到自己最多只能干掉一只的时候,他便把长矛掷向最近的鬣狗,然后跑向附近的一棵刺槐树,在最前面的六只鬣狗抵达树下之前爬了上去。

一分钟的工夫，树下有十五只成年鬣狗围绕着，朝他低吼着，发出尖利的笑声，大师别无选择，只能躲在树上。

"好失望啊。"我最后说道，"他说自己是个勇猛的猎人的时候，我还信以为真了。"

"他比你勇猛，老头子。"柯因纳格的儿子说。

"胡说。"我说，"树下的只不过是鬣狗，又不是魔鬼。"我转向柯因纳格的儿子和他的伙伴们，"我还以为你是他的朋友。你们为什么不去帮他？"

他们不安地原地摇摆着，柯因纳格的儿子开口说："你也看到了，我们没带武器。"

"这有什么关系？"我说，"你们都算是马赛人了，它们不过是鬣狗。"

"如果它们这么无害，你怎么不去赶走它们？"柯因纳格的儿子问道。

"又不是我打猎。"我答道。

"你也无法赶走它们，那就别说我们在这里袖手旁观了。"

"我能赶走它们。"我说，"我难道不是蒙杜木古吗？"

"那就做给我们看！"他向我发起挑战。

我转向村民们，"柯因纳格的儿子向我发起挑战。你们希望我救马赛人吗？"

"不！"他们几乎是齐声说道。

我转向他，"你看吧。"

"你很走运，老头子。"他表情阴郁地说，"你根本做不到。"

"你才是走运的那个人。"我说。

"为什么？"他问道。

"因为你管我叫老头子，而不是蒙杜木古或姆吉，而我没有惩罚你。"我眼睛一眨不眨地看着他，"但你听着，如果你再敢叫我老头子，我就把你变成最小的耗子，把你丢在田里，让鬣狗把你吃掉。"

我坚决地说完这番话，他突然没那么神气了。

"你这是在吓唬我吗，蒙杜木古？"他最后说，"你不会魔法。"

"你是个愚蠢的年轻人。"我说，"因为你曾经见过我的魔法起作用，你知道未来它还会起作用的。"

"那就让鬣狗离开。"他说。

"如果我这么做了，你和你的伙伴会发誓效忠于我，并遵守基库尤人的法律和传统吗？"

对于我的问题，他思考了很久，然后点了点头。

"你们其他人呢？"我转向他的伙伴们，问道。

一片低声同意。

"很好。"我说，"你们的父亲和村子长老见证了你们的同意。"

我开始穿过空地，前往大师躲避鬣狗的那棵树。大概还有三百码远的时候，它们发现了我，开始凑过来，一路测试风向，发出饥饿的低吼。

"以恩迦的名义，"我吟诵着，"蒙杜木古命令你们退散！"

话音一落，我便用之前跟恩德米约定的方式朝它们挥舞右臂。

我没有听到哨音，因为它超出了人类的听觉范围，但这群鬣狗立刻转身朝森林跑去了。

我看了一会儿，然后回到村民中间。

"现在回村子去。"我严厉地说，"我来负责大师的事。"

他们一言不发地走了，我走到大师藏身的树下，他在树上观看了整个过程。他爬下来，等着我走到跟前。

"我用魔法救了你。"我说，"现在你该离开基里尼亚加了。"

"这只是个把戏!"他叫道,"不是魔法。"

"把戏还是魔法,"我说,"有什么区别? 它还会再发生的,下次我不会救你了。"

"我为什么要相信你?"他阴郁地问道。

"我没理由对你撒谎。"我说,"你下次去打猎的时候,它们还会袭击你,数量大到你的欧洲枪也无法把它们杀光,到时候我可不会在这里救你了。"我停了一下,"趁现在离开这里吧,马赛人。它们要半小时之后才会回来。你足以能走到庇护港了,我会用我的电脑告诉维护部,你要回地球去。"

他死死地盯着我的眼睛,"你说的是真话?"他最后说道。

"是的。"

"你是怎么做到的,老头子?"他问道,"在我走之前,你总能把这个告诉我吧?"

我在回答他之前思考了许久。

"我是蒙杜木古。"最后,我这样说道,然后便转身回村子去了。

那天下午,我们拆了他的房子。晚上,按照我的要求下雨了,将基里尼亚加最后一点腐坏的痕迹也洗刷干净。

第二天早上,我沿着漫长的曲折小路前往村子为稻草人施咒,我刚一到村子,孩子们就围了过来要我讲故事。

"好吧。"我说着,让他们聚拢在刺槐树的阴凉下,"今天我要给你们讲骄傲的猎人的故事。"

"这个故事的结局是皆大欢喜的吗?"一个女孩问道。

我环顾村子,看到村民满足地忙于日常琐事,又向宁静的绿色草原望去。

"是的。"我说,"这次是。"

4

玛娜穆吉

（2133年3月–7月）

很久很久以前，吉库尤的子孙居住在圣山基里尼亚加的山坡上。

山上有很多蛇，吉库尤的子孙觉得它们令人生厌，便把它们几乎都杀光了，只剩下了一条蛇。

有一天，这最后一条蛇进入村子，杀死了一个小孩，吃掉了他。吉库尤的子孙便去找他们的蒙杜木古，让他消灭这条蛇。

蒙杜木古掷骨占卜，用山羊献祭，最后他制成了一种毒药，可以杀死蛇。他划开一只山羊的肚子，把毒药放进去，然后把山羊放在一棵树下，第二天蛇吃掉山羊，死了。

"现在，"蒙杜木古说，"你们要把这条蛇砍成一百段，把它们散落在圣山上，这样魔鬼也无法让它复活了。"

吉库尤的子孙按照他的要求，把蛇的尸体切成一百段，散布在基里尼亚加的山坡上。但到了夜间，每一段尸体都复活成了一条新的蛇，没过多久，基库尤人就不敢离开他们的博玛了。

蒙杜木古爬到山顶去找恩迦。

"我们被蛇包围了。"他说,"如果你不杀掉它们,基库尤人肯定会灭绝的。"

"我创造了蛇,就和创造了基库尤人以及所有其他东西一样。"恩迦坐在基里尼亚加山顶的金色宝座上答道,"我创造的任何东西,无论是人、蛇还是树,甚至某种观点,在我眼中都不是讨厌的。这次我会救你们,因为你们年轻无知。但你们必须记住,你们不能消灭你们觉得讨厌的东西——因为,如果你们想要消灭它,它肯定会以百倍的数量再次出现。"

基库尤人选择种地,而不是像瓦坎巴人一样捕猎丛林野兽,或是像马赛人一样与邻为敌,这也是其中一个理由。因为他们不想看到他们消灭的事物卷土重来。这是每一位蒙杜木古都会向人民传授的道理,哪怕是我们离开肯尼亚并迁徙到改造为近似地球环境的基里尼亚加之后。

在我们部族的历史上,只有一位蒙杜木古忘记过很久以前的那一天,恩迦在圣山山顶给予的教诲。

那位蒙杜木古就是我。

我醒来后,在我博玛的荆棘篱笆里面发现了胡狼粪。这已足以警告我那天诸事不宜。这是最糟糕的预兆。而且那天的风又热又干,满是尘土,从西方吹来,而只有东边吹来的风才是好风。

那是我们第一批移民预计抵达的日子。关于是否允许新人来基里尼亚加定居,我们展开了长久而激烈的讨论。因为要保持部族的古老生活方式,我们不希望外来户影响破坏我们建立的这个社会。但我们的许可证明确规定,如果有任何基库尤人表示愿意遵守我们的法律,并向乌托邦委员会支付必要的费用,就可以从肯尼亚迁过来。我们将这件不可避免的事拖延尽可能久之后，终于同意了接受托马斯·恩科贝和他的妻子。

在所有候选移民当中，恩科贝似乎是最理想的人选。他出生于肯尼亚，在圣山脚下长大，留学后归国，继承了家里从最后一批欧洲居民手里买下的大农场。最重要的是，他是乔莫·肯雅塔的直系后代。乔莫·肯雅塔是我们独立的领导者，伟大的"燃烧的肯尼亚长矛"。

我吃力地穿过酷热而贫瘠的草原，前往庇护港的小机场去迎接我们的新人，只有我的年轻助手恩德米陪着我。水牛两次挡了我们的路，还有一次恩德米用石头赶走了一只鬣狗，当我们最后终于抵达目的地，却发现恩科贝和他妻子搭乘的维护部飞船还未抵达。我坐在刺槐树的阴凉下，过了一会儿，恩德米在我身旁蹲下来。

"他们晚点了。"他说着，看向晴朗的天空，"可能他们根本不来了。"

"他们会来的。"我说，"所有迹象都表明了这一点。"

"但都是不好的迹象，恩科贝可能是个好人。"

"有很多人都是好人。"我答道，"但他们并不都属于基里尼亚加。"

"你在担心吗，柯里巴？"恩德米问道。两只灰冠鹤穿过枯草，一只秃鹫乘着热风在头顶盘旋。

"我有些不放心。"我说。

"为什么？"

"因为我不知道他为什么想来这里生活。"

"这有什么难理解的呢？"恩德米问道，他捡起一根干枯的小树枝，把它一点点掰成小块，"这里不是乌托邦吗？"

"乌托邦的概念有很多种。"我答道，"基里尼亚加是基库尤人的乌托邦。"

"恩科贝是基库尤人，所以这也是他的归属。"恩德米满怀信心地说。

"我不太确定。"

"为什么?"

"他都快四十岁了。为什么他等了这么久才来?"

"也许他之前没有足够的钱到这里来。"

我摇摇头，"他家很有钱。"

"他们有很多牛吗?"恩德米问道。

"很多。"我说。

"还有山羊?"

我点点头。

"他会把它们带来吗?"

"不。他会空手而来，就像我们所有人一样。"我停了一下，皱起眉头，"一个人要是拥有大农场、很多拖拉机和劳动力，为什么会抛弃他拥有的这一切? 这就是让我不放心的东西。"

"听你的说法，似乎他在地球上的生活更好。"恩德米皱着眉头说。

"不是更好，只是不同。"

他想了一会儿，"柯里巴，拖拉机是什么?"

"一种用在农田里的机器，可以干很多人的活儿。"

"听起来很棒啊。"恩德米说。

"它会在地上留下深深的伤口，而且会散发出汽油的臭味。"我说着，毫不掩饰对它的鄙夷。

我们又静静地坐了一会儿。维护部的飞船出现了，它降落的时候激起巨大的尘埃云,周围树上的鸟和猴子发出尖叫声。"好了,"我说,"我们很快就有答案了。"

直到飞船落地,托马斯·恩科贝和他妻子出现,我才从树荫下出来。他个子很高,很结实,穿着西方人的休闲装。他妻子苗条优雅,头发细致地梳成辫子,宽松的卡其裤子和猎装外套的剪裁很考究。

"你好!"我走上前时,恩科贝用英语说道,"我还担心得自己找去村子的路呢。"

"占波,"我用斯瓦西里语答道,"欢迎来到基里尼亚加。"

"占波。"他也改用了斯瓦西里语,"你是柯因纳格吗?"

"不。"我答道,"柯因纳格是我们的酋长。你将居住在他的村子里。"

"那你是?"

"我是柯里巴。"我说。

"他是蒙杜木古。"恩德米骄傲地补充道,"我是恩德米。"他停了一下,"有一天我也会成为蒙杜木古。"

恩科贝对他露出一个微笑,"我肯定你会的。"他突然想起了自己的妻子,"这是万达。"

她走上前,微笑着伸出手。"一位真正的蒙杜木古?"她的斯瓦西里语口音很重,"很高兴见到你!"

"我希望你们会喜欢在基里尼亚加的新生活。"我说着,和她握了手。

"哦,我确定我会的。"她热情地答道。飞船送出他们的行李之后便立即离开了。她环视干燥的草原,看到三只秃鹫和一条豺耐心地等待着一只鬣狗吃完早上刚杀掉的一匹小角马。"我已经喜欢上这里了!"她停了一下,然后又满怀信心地补充道,"实际上是我叫汤姆①一起来这里的。"

"噢?"

她点点头,"我就是无法忍受肯尼亚现在的样子了。那么多工厂,那么多污染! 自从听说了基里尼亚加,我就想搬到这里来,回归自然,以我们本应遵循的方式生活。"她深深吸了一口气,"闻闻这空气,汤姆! 绝对能让你多活十年。"

"你不用再游说我了,"他微笑着说,"我不是已经来了嘛。"

我转向万达·恩科贝,"你自己不是基库尤人吧?"

"我现在是了,"她答道,"自我嫁给汤姆之后。但如果要回答你的问题,那么不,我是在俄勒冈出生长大的。"

"俄勒冈?"恩德米重复道。他用手拂去脸上的几只苍蝇。

"在美国。"她解释道,"对了,为什么我们讲斯瓦西里语,而不是基库尤语?"

"基库尤语已经死了。"我说,"我们的人民大部分都不会基库尤语。"

"我本希望这里还用基库尤语呢。"她说着,显然很失望,"我学了好几个月了。"

"如果你搬到意大利去,也不会说拉丁语的。"我答道,"我们还会用一些基库尤语的词汇,就像意大利人还用一些拉丁语的词汇一样。"

她安静了一会儿,然后耸耸肩,"至少我有机会提高斯瓦西里语了。"

"对于你愿意放弃美国的生活,到基里尼亚加来,我感到很惊讶。"我边说边仔细打量着她。

"很多年前我就想这么做了。"她答道,"只是需要一些时间来

_____
①托马斯的昵称。

说服汤姆，而不是我。"她停了一下，"而且，我离开美国搬到肯尼亚的时候，就已经放弃那种所谓的舒适生活了。"

"就连肯尼亚也有一些奢侈的东西。"我说，"我们这里没有电，没有自来水，没有……"

"我们只要一有机会就在外面露营。"她说道。恩德米想张口责备她打断了蒙杜木古的话，我抢先把一只手放在他肩头，制止了他。"我已经习惯了艰苦生活。"

"但你总有家可回。"

她看着我，脸上露出被逗乐的神情，"你是想劝我不要搬到这里来吗？"

"不。"我答道，"但我想指出，没有什么是不变的。我们社会中的任何成员如果不满意，想要离开，只要告诉维护部，一小时后就会有飞船到庇护港来接他。"

"我们不会的。"她说，"我们可是做了长远打算的。"

"长远打算？"我重复道。

"她的意思是我们会留下来。"恩科贝解释道，一只胳膊搂住他妻子的肩膀。

一阵热风吹过，尘土在我们四周盘旋起来。

"我想应该领你们去村子了。"我说着，挡住眼睛，"你们肯定累了，想休息了。"

"一点也不累。"万达·恩科贝说，"这是一个全新的世界。我想四下看看。"她的目光落在恩德米身上，他正牢牢盯着她。"有什么问题吗？"她问道。

"你很壮实。"恩德米赞赏地说，"这是件好事。你能生很多孩子。"

"我希望不。"她说，"要说肯尼亚有什么东西太多了，那就是小孩子。"

"这里不是肯尼亚。"恩德米说。

"我会找到其他办法来为社会做贡献的。"

恩德米盯着她看了一会儿,"好吧。"他最后说,"我想你可以搬柴火。"

"我很高兴获得了你的认可。"她说。

"但你需要一个新名字。"恩德米说,"万达是个欧洲人的名字。"

"不过是个名字而已。"我说,"换名字也不能让她成为更纯粹的基库尤人。"

"我不反对。"她插嘴道,"我开始了新生活,我应该有个新名字。"

我耸耸肩,"你想取个什么名字?"

她朝恩德米微笑着。"你来挑一个。"她说。

他紧锁眉头想了很久,然后抬起头看着她,"我姨妈去年难产死了。她叫莫万戈,现在村里没有人叫这个名字。"

"那就叫莫万戈。"她说,"莫万戈·瓦·恩德米。"

"可我又不是你父亲。"恩德米说。

她又给了他一个微笑,"你是我的新名字的父亲。"

恩德米骄傲地挺起胸脯。

"好了,既然这个问题解决了,"恩科贝说,"我们的行李怎么办?"

"你们不需要行李。"我说。

"我们需要。"莫万戈说。

"你们应该收到过通知,叫你们不要带肯尼亚的东西来。"

"我带了一些自己做的基科伊。"她说,"这应该是被允许的吧？在基里尼亚加，我不是应该自己织布做衣服的嘛。"

我考虑了一下她的这个解释，然后点头同意了，"我会叫村子里的孩子过来搬行李。"

"没有那么沉。"恩科贝说，"我自己可以拿。"

"基库尤男人不做搬运的活儿。"恩德米说。

"基库尤女人呢？"莫万戈问道。她显然不想把行李留在这里。

"她们搬柴火和粮食，而不是衣服。"恩德米答道，"这些，"他说着，轻蔑地指着那两个皮包，"是小孩负责的。"

"那咱们还是赶快动身吧。"莫万戈说，"这里可没有小孩。"

恩德米骄傲地笑起来，趾高气扬地迈开步子。

"让恩德米走在前面。"我说，"他年轻，眼神好，能看到躲在草丛里的蛇或鬣狗。"

"你们这里有毒蛇吗？"恩科贝问道。

"有一些。"

"你们为什么不杀掉它们？"

"因为这里不是肯尼亚。"我答道。

我跟在恩德米后面，恩科贝和莫万戈跟着我们，一路彼此议论着风景和动物。过了大概半英里路，我们遇到一头站在路中间的公高角羚。

"好漂亮！"莫万戈低声说道，"看它头上的角！"

"我要是带了相机就好了！"恩科贝说。

"基里尼亚加不允许用相机。"我说。

"我知道。"恩科贝说，"但说实话，我看不出相机这种简单的东西怎么会对你们的社会产生负面影响。"

"要用相机，就得有胶卷，就得有工厂照相机和胶卷。要冲胶卷，就得有化学药剂，还得有地方倒掉没用的化学药剂。要印照片,就得有相纸,我们这里的树木连提供足够的柴火都很勉强。"我停了一下,"基里尼亚加满足了我们的一切欲望。这是我们到这里来的原因。"

"基里尼亚加满足了你们的一切需求。"莫万戈说,"这是两码事。"

恩德米突然停下步子转向她。

"这是你的第一天,所以你的无知还可以原谅。"他解释道,"但玛娜穆吉不可以和蒙杜木古顶嘴。"

"玛娜穆吉?"她重复道,"玛娜穆吉是什么?"

"你就是。"恩德米说。

"我听过这个词。"恩科贝说,"我记得好像是'妻子'的意思。"

"你弄错了。"我说,"玛娜穆吉表示阴性。"

"你的意思是女人?"莫万戈问。

我摇摇头,"一切阴性的财产。"我说,"女人,母牛,母猪,母狗,母羊。"

"恩德米觉得我是某种财产?"

"你是恩科贝的玛娜穆吉。"恩德米说。

她思考了一会儿,然后觉得很有趣地耸耸肩,"随便吧。"她用英语说,"既然万达不过是个名字,那玛娜穆吉也不过是个词而已。我能接受。"

"我希望如此。"我用斯瓦西里语答道,"因为你必须接受。"

她转向我,"我知道我们是第一批来到基里尼亚加的移民,你肯定对我们怀有顾虑——但这就是我一直想要的生活。我一定会成为你见过的最他妈棒的玛娜穆吉。"

"我希望如此。"我说道。但我注意到风仍然是从西边吹来的。

我把恩科贝和莫万戈介绍给他们的邻居们,带他们看了将为他们提供食物的沙姆巴,指给他们看自家的六头牛和十只山羊,建议他们晚上把牲口关在博玛里,以免鬣狗袭击,告诉他们去河边打水的路怎么走,最后把他们留在自己的小屋门口。莫万戈似乎对每件事都满怀热情,很快便和过来看她奇装异服的女人们开始了热烈的交谈。

"她人很好。"恩德米和我穿过田地为稻草人施咒时,他评论道,"也许你看到的那些预兆错了。"

"也许。"我说。

他瞧着我,"但你不这么想。"

"不。"

"呃,我喜欢她。"他说。

"这是你的权利。"

"那么你不喜欢她吗?"

我想了一会儿才回答。

"不,"我最后说道,"我害怕她。"

"但她只是个玛娜穆吉!"他反驳道,"她无法造成什么破坏。"

"在一定条件下,任何东西都可能造成破坏。"

"我不相信。"恩德米说。

"你怀疑你的蒙杜木古的话?"我问道。

"不。"他不自在地说,"如果你这么说,那肯定是真的。但我不明白怎么会这样。"

我露出狡黠的微笑,"因为你还不是蒙杜木古。"

他停下来,指着三百码开外一群正在吃草的母高角羚。

"就连它们也能造成破坏吗?"他问道。

"是的。"

"但怎么造成破坏呢？"他皱着眉头问，"有危险的时候，它们并不会迎头而上，而是逃跑。恩迦并没赐给它们犄角，它们无法保护自己。它们个头不够大，无法破坏我们的庄稼。它们甚至不能像斑马一样踢走敌人。我不明白。"

"我来给你讲个丑水牛的故事，然后你就明白了。"我说。

恩德米高兴地微笑起来，因为他最喜欢听故事。我领他走到一棵刺槐树的树荫下，我们俩面对面坐下来。

"有一天，一头母水牛在草原上游荡。"我说，"鬣狗最近刚刚夺走它的第一头小牛，它很悲伤。这时，它遇到了一只新生的高角羚。小高角羚的妈妈那天早上刚刚被鬣狗杀死了。

"'我想把你带回家。'水牛说，'因为我很孤独，而且心中充满爱。但问题是，你不是水牛。'

"'我也非常孤独。'小高角羚说，'而且，如果你把我自己留在这里，毫无保护，我肯定活不过今晚。'

"'有个问题。'水牛说，'你是高角羚，我们是水牛。你不属于我们。'

"'我会成为最棒的水牛。'小高角羚许诺道，'你们吃什么我就吃什么，你们喝什么我就喝什么，你们去哪里我就去哪里。'

"'你怎么能成为水牛呢？你连牛角都长不出。'

"'那我就把树枝戴在头上。'

"'你不会在泥里打滚，防止皮肤上的寄生虫。'水牛说。

"'把我带回家，我在身上涂的泥巴一定会比任何一头水牛都多。'小高角羚说。

"水牛提出的每项反对意见都被小高角羚的回答反驳了，最后，水牛同意把高角羚带回去。水牛群的大部分成员都觉得，高角羚是它们见过的最丑的水牛。"听到这里，恩德米哈哈笑了起来，

"但高角羚极为努力地做到像水牛一样,于是它们允许它留了下来。

"有一天,一群年轻的水牛在离牛群有些距离的地方吃草,它们遇到了一片挡路的泥潭。

"'咱们得回到牛群那里去。'其中一头年轻的水牛说。

"'为什么?'高角羚问,'泥潭那边有新鲜的青草。'

"'因为咱们受到过警告,这么深的泥潭会把我们陷下去,让我们送命。'

"'我不信。'高角羚说道。它比同伴们更勇敢,径直走进泥潭中心。

"'你们看吧?'它说,'我并没陷下去。很安全。'

"很快,三头年轻水牛都开始穿越泥潭,它们一头接一头陷下去溺死了。

"'是丑水牛的错。'水牛群之王说,'是它让它们穿过泥潭的。'

"'但它没有恶意。'它的养母说,'它告诉它们的是实话:泥潭对于它来说是安全的。它只是想和牛群住在一起,做一头水牛。请不要惩罚它。'

"水牛王的同情心比智慧要多,于是它原谅了丑水牛。

"一个星期后,能跳得和小树一样高的丑水牛跳到空中,看到一群鬣狗埋伏在草丛里。它等到鬣狗靠近到快要抓住自己的时候高声发出警报,所有水牛都开始跑,但鬣狗抓住了丑水牛的养母,把它扑倒,杀掉了它。

"其他大部分水牛都很感激丑水牛发出的警告,但这两起事件期间的那一周,新水牛王上台了,新王比它的前任要更有智慧。

"'这是丑水牛的错。'它说。

"'怎么是它的错呢?'一头年纪比较大的水牛问道,'是它警告

我们有鬣狗的。'

"'但它等到来不及时才发出警告。'水牛王说,'要是它刚一看到鬣狗就警告了你们,它母亲就还会活着。但它忘了我们跑得没有它那么快,所以它母亲送了命。'

"尽管新水牛王内心很悲伤,但还是下令让丑水牛离开牛群,因为,本身就是一头水牛和想要成为一头水牛是有很大区别的。"

故事讲完了,我向后靠在树干上。

"丑水牛活下来了吗?"恩德米问道。

我耸耸肩,把一只小虫从胳膊上掸下去,"那是另外一个故事了。"

"它没有恶意。"

"但它仍然造成了破坏。"

恩德米用手指在土里划拉着图案,思考着我的回答,然后抬头看着我,"但如果它没有和水牛群在一起,鬣狗一样会杀掉它母亲。"

"可能吧。"

"所以那不是它的错。"

"如果我在树下睡着了,你看到一条黑色眼镜蛇从草丛中朝我滑行而来。你没有尝试叫醒我,眼镜蛇杀了我,你对我的死有责任吗?"我问。

"是的。"

"尽管,如果你不在场的话,它肯定也会杀死我?"

恩德米皱起眉头,"这个问题很难回答。"

"是的。"

"泥潭的问题就容易得多。"他说,"那绝对是丑水牛的错,因为如果不是它的鼓励,其他水牛就不会进入泥潭。"

"是这样。"我说。

恩德米又一动不动地坐了一会儿,还在思考这个故事的微妙之处。

"你的意思是造成破坏可以有很多种方式。"他说。

"是的。"

"这就需要智慧才能确定应该由谁负责了。那个愚蠢的水牛王就没有意识到丑水牛的行为的破坏性,而智慧的水牛王就知道是它的不作为导致了悲剧。"

我点点头。

"我明白了。"恩德米说。

"这和玛娜穆吉有什么关系?"我问道。

他又想了一会儿,"如果村子受到破坏,你必须运用你的智慧来判断,一心想成为基库尤人的莫万戈是否应该被怪罪。"

"是的。"我说着,站了起来。

"但我还是不知道她会造成什么破坏。"

"我也不知道。"我答道。

"等到事情发生的时候,你会知道吗?"他问道,"或者,它会看起来像是件好事,就像等到鬣狗靠近时才对牛群发出警告一样?"

我没有回答。

"你为什么不说话,柯里巴?"恩德米最后问道。

我沉重地叹了口气,"因为,有些问题,就连蒙杜木古也无法回答。"

五天之后的早晨,我从小屋里出来时,恩德米像平常一样等着我。

"占波,柯里巴。"他说。

我嘟哝着打了招呼，朝他生起的火堆走去，盘腿坐在火旁，直到它祛除我老骨头中的寒气。

"今天你要教我什么？"他最后问道。

"今天我会教你如何向恩迦祈求丰收。"我答道。

"但我们上周做过这件事了。"

"我们下周还要做这件事，还有很多周都要重复这件事。"我答道。

"我什么时候能学做治病的油膏，或者怎么把敌人变成小虫一脚踩死他？"

"等你长大一些之后。"我说。

"我已经长大了。"

"等你更成熟之后。"

"你怎么知道我什么时候会更成熟？"他不依不饶地问。

"你更成熟的时候，就会整整一个月不问我教你做油膏或魔法的事，因为耐心是蒙杜木古最重要的品质之一。"我站起身，"现在把我的水瓢拿到河边去，打满水。"我说着，指指两只空水瓢。

"好的，柯里巴。"他沮丧地说。

在等他的时候，我走进小屋，启动电脑，要求维护部微调轨道，给西部平原降些雨，让天气凉爽一些。

之后，我把小袋挂在脖子上，回到博玛看恩德米是否回来了。我的年轻学徒不在屋外，站在那里等着的是柯因纳格的大老婆万布，明显怀着一腔难以按捺的怒火。

"占波，万布。"我说。

"占波，柯里巴。"她答道。

"你有事找我？"

她点点头，"是关于那个肯尼亚女人的事。"

"噢?"

"对,"万布说,"你必须把她赶走!"

"莫万戈做了什么?"我问道。

"我难道不是酋长的大老婆吗?"万布问道。

"是的。"

"她没有给予我应有的尊重。"

"在哪方面?"

"所有方面!"

"比如?"

"她的康卡比我的好看得多——色彩更鲜艳,样式更精致,料子更软。"

"她的康卡是用她自己的织机按照传统方式织的。"我说。

"这有什么关系?"万布恼火地说。

我皱起眉头,"你希望我让她把自己的康卡给你吗?"我问道,试图理解她为什么生气。

"不是!"

"那我就不明白了。"我说。

"你跟柯因纳格没什么两样!"显然,她因为我不理解她的抱怨而感到很挫败,"就算是蒙杜木古,但你终究是个男人!"

"也许你可以再给我讲明白一点儿。"我建议道。

"吉波和小孩一样蠢。"她指的是柯因纳格最年轻的妻子,"但我在努力将她训练她成为一个合格的妻子。结果现在她却想成为那个肯尼亚女人那样。"

"可那个肯尼亚女人,"我沿用了她的说法,"却想成为你这样。"

"她不可能成为我这样!"万布冲我几乎大喊起来,"我是柯因纳格的大老婆!"

"我的意思是她想成为村子的一员。"

"不可能!"万布吼道,"她讲了很多奇怪的东西。"

"比如?"

"这不重要!你必须把她赶走!"

"就因为她穿的康卡好看,而且吉波对她印象很好?"我说。

"哈!"她气坏了,"你跟柯因纳格简直一模一样!你就装糊涂吧,但你心里清楚她必须走!"

"我真的不明白。"我说。

"你是我的蒙杜木古,不是她的。你去给她下个萨胡,我给你两只肥山羊。"

"我不会因为你说的这些理由给莫万戈下诅咒的。"我坚决地说。

她盯着我看了很久,然后朝地上吐了口唾沫,转身沿曲折的小路回村子去了,一路愤怒地自言自语,差点撞倒打水归来的恩德米。

接下来的两个小时,我教了恩德米如何祈求丰收,然后叫他去村子里把莫万戈找来。一小时后,莫万戈穿着美丽的康卡爬上我的山头,在恩德米的陪同下走进我的博玛。

"占波。"我和她打了招呼。

"占波,柯里巴。"她答道,"恩德米说你有事找我。"

我点点头,"是的。"

"其他女人似乎觉得我应该害怕。"

"我不明白为什么。"我说。

"可能是因为你可以召唤闪电,把鬣狗变成小虫,在千里之外杀掉敌人。"恩德米满怀期待地说。

"可能吧。"我说。

"你找我有什么事?"莫万戈问。

我想了一会儿,思考着怎样谈这个话题比较合适。"你的着装有点问题。"我最后说道。

"可我穿的是用自己的织机织的康卡。"她说道,脸上露出迷惑的神情。

"我知道。"我答道,"但料子的质地和颜色都引起了某种……"我在寻找合适的词。

"不满?"她建议道。

"正是如此。"我答道,很感激她这么快就领会了,"我想,如果你织一些色彩没那么鲜艳的衣服,可能会好一些。"

我心想她可能会抗议,但出乎意料的是,她立刻就同意了。

"没问题。"她说,"我不想冒犯我的邻居们。我能问问是谁对我的康卡不满吗?"

"为什么?"

"我想把它送给她。"

"是万布。"

"我早就该意识到我的衣服会引起这种反应。我真的很抱歉,柯里巴。"

"人非圣贤,孰能无过?"我说,"只要改了,就不会造成长远影响。"

"我希望你是对的。"她真诚地说。

"他是蒙杜木古。"恩德米说,"他总是对的。"

"我不想让女人们对我不满。"莫万戈继续说道,"也许我可以想点办法表达好意。"她想了想,"我教她们说基库尤语怎么样?"

"玛娜穆吉不能做老师。"我解释道,"只有酋长和蒙杜木古可以教导我们的人民。"

"这样不是很没效率吗?"她说,"除了你自己和酋长们,有人能做点贡献不是也很好嘛。"

"的确可以。"我表示同意,"现在我要问你个问题。"

"什么问题?"

"你来基里尼亚加是来提高效率的吗?"

她叹了口气,"不是。"她承认道。她又想了一会儿,"还有别的事吗?"

"没有了。"

"那么我想我最好回去开始重新织布了。"

我点头表示同意,她便沿着漫长的曲折小路回村子去了。

"等我成为蒙杜木古的时候,"恩德米目送她远去时说,"我不会允许任何玛娜穆吉跟我争论的。"

"蒙杜木古也必须表现出理解。"我说,"莫万戈是新来的,她有很多东西要学。"

"关于基里尼亚加?"

我摇摇头,"关于玛娜穆吉。"

接下来的六个星期,生活平淡无奇地继续着,直到终于下了点儿雨为止。一天早晨,我正打算下山去村子里给稻草人施咒,三个女人沿着小路上山到我的博玛来了。

她们是老卡达木的寡妇萨波、萨巴纳的二老婆波利,还有万布。

"我们必须跟你谈谈,蒙杜木古。"万布说。

我盘腿在小屋前坐下,等着她们在我对面坐下。

"说吧。"我说。

"是关于那个肯尼亚女人的事。"万布说。

"噢?"我说,"我以为问题解决了。"

"没有。"

"她没有把她的康卡作为礼物送给你吗?"我问道。

"送了。"

"你没有穿。"我注意到了这一点。

"不合身。"万布说。

"不就是一块布吗?"我说,"怎么会不合身?"

"就是不合身。"她顽固地说。

我耸耸肩,"这次的问题是什么?"

"她藐视基库尤人的传统。"万布说。

我转向其他两个女人。"是真的吗?"我问道。

萨波点点头,"她结婚了却不剃头。"

"她还用鲜花装饰屋子。"波利补充道。

"肯尼亚女人没有剃头的风俗。"我答道,"我会让她剃头的。至于鲜花,这不违反我们的法律。"

"但她为什么要在屋子里放花?"波利坚持不懈地问道。

"也许她觉得鲜花很好看。"我猜测道。

"可现在我女儿也想种花,而且,我跟她说种能吃的粮食更重要时,她还跟我顶嘴。"

"而且,现在那个肯尼亚女人给她丈夫恩科贝做了个宝座。"萨波补充道。

"宝座?"我重复道。

"她给他的凳子加了靠背和扶手。"萨波说,"除了酋长,还有谁能坐宝座? 她以为恩科贝会取代柯因纳格吗?"

"绝不可能!"万布吼道。

"而且她还给自己也做了个宝座。"萨波继续说道,"就连万布也没有宝座。"

"那不是宝座,是椅子。"我说。

"她为什么不能像村里其他人一样就用凳子呢?"萨波问。

"我觉得她是个女巫。"万布说。

"为什么这么说?"我问道。

"看看她那样子。"万布说,"她经历过三十五次长雨季了,可她背也不驼,皮肤也没皱纹,牙齿一颗都没掉。"

"她的蔬菜比我们的长得好。"萨波补充道,"可她种地的时间比我们少。"她停了一下,"我觉得她肯定是个女巫。"

"虽然她遭受了最可怕的萨胡,不能生育,可她那精神头就像根本没受诅咒一样。"波利说。

"而且她的新衣服还是比我们的好看。"萨波阴郁地嘟哝着。

"没错。"波利表示同意,"现在萨巴纳对我不满了,就因为他的基科伊没有恩科贝的鲜艳和柔软。"

"还有,我的女儿们都想要宝座,不肯坐凳子。"萨波补充道,"我对她们说,我们的木头只够勉强烧火,她们却说宝座更重要。她把她们都迷住了,她们不再尊重自己的长辈了。"

"年轻姑娘们都听她的,就好像她是酋长的妻子,而不是生不出孩子的玛娜穆吉。"万布抱怨道,"你必须把她赶走,柯里巴。"

"你是在命令我吗,万布?"我轻声问道,其他两个女人立刻不作声了。

"她是个邪恶的女巫,她必须走。"万布坚持道,她的怒火战胜了对违背蒙杜木古的话的恐惧。

"她不是女巫。"我说,"如果她是女巫的话,我作为你们的蒙杜木古,肯定会知道的。她只是个玛娜穆吉,正在努力学习我们的生活方式,而且,你们也注意到了,她受到了不能生育的可怕诅咒。"

"就算她不是女巫,她肯定也不止是玛娜穆吉这么简单。"萨波说。

"怎么不简单?"我问道。

"反正就是不简单。"她阴郁地说。

这完全总结了问题症结。

"我会再跟她谈谈。"我说。

"你会让她剃头吗?"万布问道。

"是的。"

"还会让她把屋里的花扔掉吗?"

"我会跟她商量一下。"

"也许你可以叫恩科贝时不时揍她一顿。"萨波补充道,"这样她就不会摆出酋长老婆的样子了。"

"我觉得他很可怜。"波利说。

"恩科贝?"我问道。

波利点点头,"摊上这么个老婆简直是倒了大霉了,而且还没孩子。"

"他是个好人。"萨波表示同意,"他配得上比这个肯尼亚女人更好的老婆。"

"在我看来,他和莫万戈在一起很幸福。"我说。

"所以他就更可怜了,还这么傻呵呵的。"万布说。

"你们到这里来是为了讨论莫万戈还是恩科贝?"我问道。

"我们已经说完了要说的话。"万布回答完,站起身,"你一定要采取点行动,蒙杜木古。"

"我会调查这件事的。"我说。

她顺小路回村子去了,萨波跟在后面。波利没走,仍然站在我面前。她因为一生背柴已经驼背,因为生了三个儿子五个女儿,肚子也回不去了,牙齿掉得只剩九颗,小时候的某种病让她的腿永久性弯曲。

"她真的是女巫,柯里巴。"她说,"你只要看她一眼就能知道。"

随后,她也离开我的山头,回村子去了。

我又一次把莫万戈叫到我的博玛来。

她像少女一样踏着优雅的步子上山来,身形柔软苗条,充满活力。

"你多大了,莫万戈?"她走到面前时,我问道。

"三十八。"她答道,"不过我一般会跟别人说我三十五。"她微笑着补充道。她站了一会儿,"你叫我来就是为了这个? 讨论我的年龄?"

"不是。"我说,"坐下,莫万戈。"

她在晨间火堆的灰烬旁坐了下来,我坐在她对面。

"你对基里尼亚加的新生活适应得如何?"我最后问道。

"非常好。"她热情地说,"我交了很多朋友,而且我发现我一点儿也不怀念肯尼亚的那些便利条件。"

"那么,你在这里很开心了?"

"非常开心。"

"跟我说说你的朋友们。"

"嗯,我最好的朋友是柯因纳格最年轻的老婆吉波,我还帮苏米和卡雷娜种地,还有……"

"年长一些的女人里没有你的朋友吗?"我打断了她的话。

"算是没有吧。"她承认道。

"为什么呢?"我问道,"她们和你同龄。"

"我们似乎没什么可聊的。"

"你觉得她们不友好吗?"我问道。

她思考了一会儿,"恩德米的母亲一直对我很好。其他人的态度还要更友好些,不过我觉得这可能是因为她们大部分人都是大老婆,都忙着料理家务事儿。"

"你有没有想过,她们之所以不友好,可能有其他原因?"我暗示道。

"你想说什么?"她突然警觉起来。

"有个问题。"我说。

"噢?"

"有些年纪大一点的女人不喜欢你。"

"因为我是移民?"她问道。

我摇摇头,"不是。"

"那为什么?"她很迷惑地刨根问底。

"因为我们这里有很严格的社会秩序,而你还没有融入进来。"

"我觉得我融入得很好呢。"她防备地辩解道。

"你搞错了。"

"给我举个例子。"

我看着她,"你知道基库尤女人婚后必须剃头吧?但你没有这么做。"

她叹了口气,摸摸自己的头发。"我知道。"她答道,"我一直想剃头来着,但我很喜欢自己的头发。我今晚就剃。"她看起来明显如释重负,"就这些吗?"

"不。"我说,"这只是问题的一个外在表象。"

"那我就不明白了。"

"很难解释。"我说,"你的康卡比她们的更好看。你的园子里的作物长势更好。你和万布年龄一样，但看起来比她的女儿们还年轻。在她们的想法里，这些东西使你有别于她们，使你不止是玛娜穆吉那么简单。其必然结果便是——虽然她们还没说出口，但心里肯定感受到了——如果你不止是玛娜穆吉那么简单，那这也使她们不足以成为合格的玛娜穆吉。"

"那你想让我做什么？"她问道，"穿破布条，让我的园子荒废？"

"不。"我说，"我没想这样。"

"那我能做什么？"她继续问道，"你是说，因为我很能干，所以她们觉得受到了威胁？"她想了一下，"你也是个能干的人，柯里巴。你在欧美留过学，你会读写，会用电脑。但我发现，你并不觉得有必要隐藏你的才能。"

"我是蒙杜木古。"我说，"我独自住在自己的山头，远离村子，我的人民对我满怀敬畏。这便是蒙杜木古的作用。但它不是玛娜穆吉的使命。她必须住在村里，在部落的社会秩序中找到自己的位置。"

"这正是我在努力做的。"她挫败地说。

"别这么努力。"

"如果你并不是要让我做一个没有能力的人，那我还是不明白。"

"与众不同并不能让人融入社会。"我说，"举个例子，我听说你把鲜花放在屋里。毫无疑问，它们气味芬芳，给人的视觉带来愉悦，但村里其他女人都不会用鲜花来装饰屋子。"

"不啊。"她辩解道，"苏米也这样做。"

"就算是，那也是因为你这样做。"我说，"你不明白吗？比起只有你一个人在屋里放花，这样更会让中年妇女们感觉受到威胁，因为这挑战了她们的权威。"

她看着我，努力想要理解我的话。

"她们毕生都努力在部落中获得地位。"我继续说道，"而现在，你一来就打破了她们的等级秩序。我们有一整个儿新世界需要人手，可你却不生孩子，而且你一点儿也不感到羞耻或难过，反而表现得好像这不是可怕的萨胡一样。这种态度与她们的经验背道而驰。还有用鲜花装饰屋子，做图案复杂的康卡，这些也违背了她们的经验，所以她们感觉受到了威胁。"

"我还是不知道我能对此做些什么。"她说，"我把原来那些康卡给了万布，但她不肯穿。我还主动向波利提出可以告诉她如何提高园子的收成，但她也不想听。"

"当然不了。"我答道，"大老婆们不会接受一个玛娜穆吉的建议的，就像酋长不会接受刚行完割礼的毛头小伙子的建议一样。你必须……"说到这里，我切换到英语，因为斯瓦西里语里没有对应的说法，"保持低调。如果你这样做，这些问题很快就会消失。"

她对于我说的话静静地思考了一会儿。

"我会试试看。"她最后说道。

"如果你一定要做些引人注意的事，"我又切换回斯瓦西里语说道，"那尽量用不会冒犯别人的方式。"

"我甚至都不知道我冒犯了别人。"她说，"要是我引起别人注意了，怎么避免它呢？"

"有很多方法。"我答道，"比如说，你做的那把椅子。"

"汤姆多年来一直有背部痉挛的问题。"她说，"因为凳子不能给他的背部提供足够支持，所以我才做了椅子。难道就因为有些女人看不惯椅子，我就得让我丈夫忍受痛苦吗？"

"不。"我说，"但你可以对年轻女人们说恩科贝命令你做了椅子，这样她们就不会把矛头指向你了。"

"那就是指向他了。"

我摇摇头，"男人在这里享有的自由远远大过女人。他命令自己的玛娜穆吉为他提供舒适，这无可厚非。"我停了一会儿，让她消化我的话，"你明白了吗?"

她叹了口气，"明白了。"

"那么你会照我说的做吗?"

"如果我想和邻居们和平共处的话，我必须照你说的做吧?"

"总有别的选择的。"我说。

她使劲摇摇头，"我一生都梦想生活在这样一个地方，既然我来了，谁也不能把我赶走。我会尽到自己的责任义务。"

"很好。"我说完，站起身，表示这次会面结束了，"那么问题很快就会解决了。"

但是，当然了，它没有解决。

接下来的两周里，我都待在邻村。他们的酋长生病暴毙了。他没有儿子，也没有兄弟。谁来继承酋长的位子悬而未决。我聆听了所有申请人的话，和长老会进行了讨论，直到获得一致同意，还主持了为新酋长颁发袍子和头饰的仪式。这些都办完，我才回来。

我沿着小路上山返回我的博玛时，看到一个女人坐在我的小屋外。等我走近，发现是施玛，恩德米的母亲。

"占波，柯里巴。"她说。

"占波，施玛。"我答道。

"你看起来气色很好。"

"一个老头儿走了一天，这样已经算是气色好了。"我边回答边在她对面坐下来。我四下打量了一下我的博玛，"我没看到恩德米。"

"我让他下午回村子去了,因为我想和你单独谈谈。"

"跟恩德米有关吗?"我问道。

她摇摇头,"是莫万戈的事。"

我疲倦地叹了口气,"说吧。"

"我和其他女人不一样,柯里巴。"她说道,"我对莫万戈一直很好。"

"她也是这样告诉我的。"

"我并不反感她的生活方式。"她继续说道,"反正,有一天我会成为蒙杜木古的母亲,尽管有很多大老婆,但只有一个蒙杜木古,也只有一个蒙杜木古的母亲。"

"的确如此。"我说着,等待她说到这次来访的重点。

"因为和她做了朋友,"施玛继续说道,"我感到非常同情她。你也知道,她受到了无法生育的萨胡。而且在我看来,既然恩科贝这么有钱,那他就应该再娶个妻子,既能帮莫万戈做沙姆巴的各种活儿,还能给恩科贝生孩子。"她停了一下,"我女儿舒妮,你知道的,短雨季来临之前就要受割礼了。所以我以朋友和未来蒙杜木古母亲的身份去找莫万戈,建议恩科贝给舒妮付彩礼。"她话音又停了,眉头皱了起来,"她非常生气,朝我大吼大叫。你必须跟她谈谈,柯里巴。恩科贝这样的有钱人不应该被迫只娶一个生不出孩子的老婆。"

"你为什么一直说恩科贝很有钱?"我问道,"他的沙姆巴很小,而且他只有六头牛。"

"他家里很有钱。"她说,"恩德米跟我说,他们有很多佣人和机器负责种地和收获的活儿。"

多亏了你多嘴啊,小恩德米,我恼火地想。我大声说道:"那都是在地球上。恩科贝在这里是个穷人。"

"就算他很穷,"施玛说,"他也不会一直穷下去,因为莫万戈种的庄稼和蔬菜长势比别人家都好,就好像恩迦以此补偿她受到不能生育的萨胡一样。"她看着我,"你必须跟她谈谈,柯里巴。这是件好事。舒妮很听话,也勤快,而且她已经很喜欢莫万戈了。我们也不会狮子大开口,因为我们知道,蒙杜木古的家人永远不会挨饿。"

"你为什么不按照老规矩,等恩科贝来找你提亲呢?"我问道。

"我觉得,如果我跟莫万戈说了我的想法,她就会领会其中的道理,自己向恩科贝提起这件事,因为他不像一般的男人,他非常重视她的意见。而且嘛,有个女人又能生孩子又能帮她分担家务,她应该会喜欢这主意。"

"呃,你已经把这个想法跟她说了。"我说,"现在就看恩科贝要不要来提亲了。"

"但她说她绝不允许他再娶别人,"施玛说道,迷惑大过怒气,"就好像玛娜穆吉能阻止自己的丈夫再买个老婆似的。她不懂我们的生活方式,柯里巴,就为了这点,你也得和她谈谈。你必须跟她说,有一个女人可以陪她聊天,帮她分担家务,她应该心存感激,不应该因为自己受到了诅咒,就让恩科贝没有子嗣。"她犹豫了一下,最后说,"而且你应该提醒她,舒妮将来可是蒙杜木古的姐姐。"

"我很高兴你这么关心莫万戈的未来。"我最后说道。

她听出了我话音中的讽刺。

"关心我的小舒妮也是错的吗?"她问道。

"不,"我说,"这没错。"

"噢!"施玛说,仿佛突然想起什么重要的事,"你和莫万戈谈的时候,提醒她,她用的名字可是我妹妹的。"

"我根本没打算和莫万戈谈。"

"噢?"

"就像你自己说的,这不是她的事。我会和恩科贝谈谈。"

"你会提到舒妮吗?"她坚持不懈地问。

"我会和恩科贝谈的。"我不愿意向她做什么保证。

她站起身,准备走了。

"你可以帮我个忙,施玛。"我说。

"噢?"

我点点头,"让恩德米立刻到我的博玛来。我这里有很多事要让他做。"

"你怎么知道? 你不是刚回来吗?"

"我知道。"我坚持道。

她看看我的博玛,一副护犊的母亲的样子,"我看不出还有什么活儿需要干。"

"那我就找些活儿。"我说。

下午我去了村里:老西博基需要油膏来缓解关节疼痛;柯因纳格叫我帮他解决恩乔罗和桑格拉之间的纠纷,他们俩共同养的一头母牛刚生了小牛犊,他们为牛犊归谁起了争执。

我办完这些事之后,又给一些稻草人施了咒。这时下午已经过半,我走到恩科贝的沙姆巴,他正在照料牲口。

"占波,柯里巴!"他挥手向我打招呼。

"占波,恩科贝。"我答道,走上前去。

"你想进屋来喝点彭贝吗?"他问道,"莫万戈昨天酿的。"

"谢谢,不过今天下午这么热,我不想喝热彭贝。"

"这彭贝其实挺凉的。"他说,"因为她把装彭贝的葫芦埋在地里了。"

"那我就来点吧。"我勉强同意了。他把牛群朝他的博玛赶去，我跟他并排走着。

莫万戈迎接了我们，请我们到凉快的屋里去，给我们倒了彭贝，然后准备离开，因为玛娜穆吉不能听男人之间的谈话。

"留下吧，莫万戈。"我说。

"你确定吗?"她问道。

"是的。"

她耸耸肩，在地上坐下来，背靠着墙。

"什么风把你吹到我们家来了，柯里巴?"恩科贝问道。他小心翼翼地坐在椅子上，我看得出他的背的确有点问题。"你以前没来看过我们。"

"如果你们很健康，可以去看蒙杜木古，他就不太会来看你们。"我说。

"那么这是有特殊情况了?"恩科贝问。

"是的。"我啜着彭贝答道，"的确是特殊情况。"

"这次是什么事?"莫万戈警惕地问道。

"你说'这次'是什么意思?"恩科贝敏锐地问。

"有过一些小问题。"我答道，"不过和你都没关系。"

"只要和莫万戈有关系，就和我有关系。"恩科贝说，"我不瞎也不聋，柯里巴。我知道年纪大些的女人们不肯接受她——我对此很生气。她做了各种努力想要融入这里，而且也对她们做出了很大让步。"

"我不是来跟你讨论莫万戈的事的。"我说。

"噢?"他怀疑地说。

"你的意思是，这次的问题是和他有关的?"莫万戈问道。

"和你们俩都有关。"我答道，"所以我才到你们家来。"

"好吧,柯里巴——到底是什么事?"恩科贝问道。

"你努力融入这个集体,遵守基库尤人的生活方式,恩科贝。"我说,"但还有一件我们期望你做的事,我就是来讨论这件事的。"

"是什么事?"

"你早晚要再娶个妻子。"

"我就知道!"莫万戈说。

"我对我现在的妻子很满意。"恩科贝并未掩饰他的敌意。

"可能是这样,"我把彭贝喝完,继续说道,"但你没有孩子,随着莫万戈的年纪增长,她会需要有人帮她干活。"

"你听着!"恩科贝怒气冲冲地说道,"我到这里来,因为我觉得这样会让莫万戈开心。可迄今为止,她被排挤,被冷落,被说闲话。现在你还跟我说我必须得再娶个老婆,这样莫万戈才能不被其他女人看不起? 我们不需要,柯里巴! 我在肯尼亚的农场上也一样开心。只要我想,我随时都可以回去。"

"你要是这样想,或许你应该回肯尼亚去。"我说。

"汤姆。"莫万戈看着他,他不说话了。

"你的确并非非得留下不可,"我继续说道,"但你们是基库尤人,生活在一个基库尤世界里,如果你们留在这里,就得像基库尤人一样生活。"

"没有法律规定基库尤男人必须娶第二个妻子。"恩科贝阴郁地说。

"的确没有这样的法律。"我承认道,"也没有法律规定基库尤男人必须有孩子。但这些是我们的传统,你也得遵守它们。"

"去他的传统吧!"他用英语嘟哝道。

莫万戈把手放在他的胳膊上,制止了他。"有一小群年轻的战士住在森林边上。"她说,"为什么不让他们把一些年轻姑娘娶回家呢？为什么要让村里的男人把她们都占了？"

"他们娶不起妻子。"我说，"所以他们才打光棍住在那里。"

"那是他们的问题。"恩科贝说。

"我为了社区和谐做了很多牺牲。"莫万戈说，"但这个要求太过分了，柯里巴。我们对自己的生活感到很幸福，而且我们打算就这样继续生活下去。"

"你们不会一直幸福的。"

"这是什么意思？"她问道。

"下个月要举行割礼仪式。"我说，"仪式结束后，很多姑娘都可以结婚了。既然你不能生育，很自然就会有一些家庭建议恩科贝为他们的女儿付彩礼。他可以拒绝一次、两次，但如果每次都拒绝，就会激怒村里的大部分人。他们会认为是因为他来自肯尼亚，才觉得他们的女儿配不上他。而且，他拒绝要小孩，就等于拒绝给我们这个地广人稀的星球增添人口，这更会进一步激怒他们。"

"那我会向他们解释我的理由。"恩科贝说。

"他们不会理解的。"我答道。

"那他们就只能学着接受它了。"恩科贝坚决地说。

"那你也就得学着接受沉默和敌意了。"我说，"你来基里尼亚加的时候，这是你预想的生活吗？"

"当然不！"恩科贝叫道，"但没有什么可以让我……"

"我们会考虑的，柯里巴。"莫万戈插嘴道。

恩科贝吃惊地看着他的妻子，"你说什么？"

"我说我们会考虑的。"莫万戈重复道。

"我期望的就只是这个。"我说着，站起身，朝屋门走去。

"你要求的很多，柯里巴。"莫万戈苦涩地说。

"我不要求任何东西。"我答道，"我只是建议。"

"只要是来自蒙杜木古的话,有什么区别吗?"

我没有回答,因为说实话,的确没有区别。

"你看起来不开心,柯里巴。"恩德米说。

他刚帮我喂完鸡和山羊,走进刺槐树荫,在我身旁坐了下来。

"我是不开心。"我说。

"莫万戈。"他说着,点点头。

"莫万戈。"我表示同意。

自从我去见过她和恩科贝,两周过去了。

"我今天早上去河边给你打水的时候看到她了。"恩德米说。"她看起来也不开心。"

"她的确不开心。"我说,"我对此也无能为力。"

"可你是蒙杜木古。"

"我知道。"

"你是所有人当中最厉害的。"恩德米说,"你当然能让她不再悲伤。"

我叹了口气,"蒙杜木古既是所有人当中最厉害的,也是最无力的。在莫万戈这事上,我就是最无力的。"

"我不明白。"

"在解释法律的时候,蒙杜木古的权力最大。"我说,"但他也是最无力的,因为在所有人当中,不管发生什么事,他都最受这些法律的束缚。"我顿了一下,"我应该让她按照自己的心意生活,而不是只当一个玛娜穆吉。如果失败了,我就应该让她离开基里尼亚加,回肯尼亚去。"我叹了口气,"但如果她要在这里生活,就必须在行为上和玛娜穆吉一样,而且她并没有触犯什么法律,我就不能强迫她离开。"

恩德米皱起眉头，"当蒙杜木古比我想的要难。"

我对他微微一笑，摸摸他的头，"我明天开始教你怎么做医治病人的油膏。"

"真的吗？"他脸上灿烂起来。

我点点头，"你刚才那句话向我表明，你不再是个孩子了。"

"我早就不是小毛孩子了。"他表示抗议。

"别再说啦。"我露出狡黠的微笑，"要不然咱们还是练习丰收祈祷算了。"

他立刻闭了嘴。我朝远方的草原望去，一阵旋风卷着尘土吹过贫瘠的平原。我心里可能是第一千遍想着到底拿莫万戈怎么办。

我不知道自己这样一动不动地坐了多久，后来我感觉到恩德米拉了拉我裹在肩头的毯子。

"女人。"他低声说。

"什么？"我没明白。

"从村里来的。"他说着，指向我的博玛前的小路。

我朝他指的方向望去，看到村里的四个女人走了过来。是万布、萨波、波利，这次还多了莫莉娜，她是吉莫达的第二个妻子。

"我应该离开吗？"恩德米问。

我摇摇头，"如果你想当蒙杜木古，现在得听听蒙杜木古面对的问题了。"

四个女人在距离我大约十英尺①的地方停了下来。

"占波。"我看着她们说道。

"那个肯尼亚巫婆必须离开！"万布说。

"咱们已经谈过这个话题了。"我说。

①1英尺＝0.3048米

"但她现在触犯法律了。"万布说。

"哦?"我说,"怎么回事?"

万布拉住莫莉娜的胳膊,把她拽到我跟前。"告诉他。"她得意洋洋地说。

"她蛊惑了我女儿。"莫莉娜说道。她在我面前显然很是战战兢兢。

"莫万戈怎么蛊惑你女儿了?"我问道。

"我的穆莉原本是个听话的好孩子。"莫莉娜说,"她帮我磨粮食,我在地里干活的时候,她负责照管两个弟弟,而且晚上从来不会忘记关篱笆门,以防鬣狗进入我们的博玛,吃掉我们的山羊和牛。"她停了一下,我看得出她正努力不让自己哭出来,"上一次长雨季结束之后,她整天念叨着即将到来的割礼仪式,还有她希望谁来提亲。她是个无可挑剔的女儿,任何一个母亲都会为她感到自豪。"一滴眼泪顺着她的脸颊流了下来,"然后那个肯尼亚女人来了,穆莉和她在一起,现在——"那一滴眼泪变成了滚滚泪流,"现在她跟我说她不想接受割礼。她不想结婚,打算单身一辈子,也不要孩子!"

莫莉娜说不出话来了,开始用拳头捶打胸口。

"不仅如此,"万布补充道,"穆莉不想接受割礼就是因为肯尼亚女人自己没受过割礼。但那个肯尼亚女人嫁了一个基库尤男人,还要作为他的玛娜穆吉生活在我们当中。"她怒目圆睁,"她触犯了法律,柯里巴!我们必须把她赶走!"

"我是蒙杜木古。"我严厉地答道,"该由我来决定采取什么行动。"

"你知道应该采取什么行动!"万布愤怒地说。

"就这样吧。"我说,"我不想再听了。"

万布怒气冲冲地看着我,但不敢违抗我,最后,她转身沿着小路回村子去了,萨波和仍然啼哭不止的莫莉娜跟着她。

波利又在原地站了一会儿,然后转向我。

"就像我跟你说过的,柯里巴,"她的语气仿佛带有歉意,"她真的是女巫。"

然后,她也回村子去了。

"你打算怎么做,柯里巴?"恩德米问道。

"法律很明确。"我疲惫地答道,"没受过割礼的女人不可以作为基库尤男人的妻子和他生活在一起。"

"那你会让她离开基里尼亚加吗?"

"我会给她提供一个选择。"我说,"我希望她选择离开。"

"唉,"恩德米说,"她那么努力地想做一个合格的玛娜穆吉。"

"我知道。"我说。

"那为什么恩迦还要让她如此不幸?"

"因为有时候光努力是不够的。"

我们站在庇护港——莫万戈、恩科贝和我——等待着维护部的飞船。

"我很抱歉事情没有解决。"我真挚地说。

恩科贝怒视着我,没有说话。

"这件事本来不用这样结束的。"莫万戈苦涩地说。

"我们没有选择。"我说,"如果我们要在基里尼亚加建立我们的乌托邦,我们就必须遵守它的规则。"

"规则存在并不等于它就是对的,柯里巴。"她说,"我几乎放弃了一切,就为了来这里生活,但我是不会让他们借着某种愚蠢习俗伤害我的。"

"没有了这些传统，我们就不是基库尤人了，就只是生活在另一个世界的肯尼亚人。"我说。

"传统和守旧是有所区别的，柯里巴。"她说，"如果你以前者的名义压制所有观念和行为上的变化，那你就只能得到后者。"她停了一下，"我本可以成为这里的一名优秀成员的。"

"但一个可怜的玛娜穆吉……"我说，"一头豹子可能是悄无声息的捕猎者、可怕的杀手，但它也不属于狮群。"

"狮子和豹子都灭绝了很久了，柯里巴。"她说，"我们说的是人，不是动物。不管你有多少规则，不管你搬出多少传统，你都不能让所有人的想法、感受和行为一模一样。"

"来了。"恩科贝说。维护部的飞船冲破薄薄的云层。

"柯瓦西里，恩科贝。"我说着，伸出手。

他鄙夷地看看我的手，然后转身继续看维护部的飞船去了。

我转向莫万戈。

"我努力了，柯里巴。"她说，"我真的努力了。"

"没人比你更努力了。"我说，"柯瓦西里，莫万戈。"

她看着我，神情突然变成了一张没有感情的面具。

"再见，柯里巴。"她用英语说道，"还有，我的名字是万达。"

第二天早晨，施玛来找我，向我抱怨说舒妮拒绝了给她安排好的求婚者。

两天后，万布来找我抱怨说，柯因纳格最年轻的妻子吉波用彩色缎带装饰了自己的小屋，还打算把头发留长。

再往后一天的早晨，只有一个独生子的吉米宣布说，她不打算再要孩子了。

"我还以为这事儿已经了结了呢。"我叹了一口气说道，看着吉米的丈夫桑格拉垂头丧气地沿着小路回村子去了。

"这是因为你犯了个错误,柯里巴。"

"你为什么这样说?"

"因为你相信了错误的故事。"恩德米带着年轻人的自信说道。

"噢?"

他点点头,"你相信丑水牛的故事。"

"那我本来应该相信哪个故事?"

"蒙杜木古和蛇的故事。"

"为什么你觉得一个故事会比另一个故事值得相信?"我问他。

"蒙杜木古和蛇的故事不是告诉我们,就算我们觉得恩迦的某种造物令人生厌或焦虑,也无法消灭它吗?"

"的确。"我说。

恩德米微笑起来,举起三根手指,"舒妮,吉波,吉米。"他一个一个数过来,"已经有三条蛇回来了。还差九十七条。"

我突然有种可怕的预感:他是对的。

5

枯河之歌

（2134年6月至11月）

我要告诉你，为什么恩迦是最聪明、最强大的神。

很久很久以前，当欧洲人还很邪恶的时候，他们的神决定惩罚他们。他让雨下了四十天四十夜，大地上洪水横流——为此，欧洲人觉得他们的神比恩迦更强大。

当然了，让大地被洪水淹没的确是件壮举——但基库尤人从欧洲传教士那里听说诺亚的故事时，我们并没有就此相信欧洲人的神比恩迦更为强大。

恩迦清楚，水是生命之源。所以如果他想惩罚我们，他不会让我们的土地被水淹没。相反，他会深吸一口气，把空气和土壤中的水分吸走。我们的河流就会干涸，庄稼会枯萎，牛羊则会口渴而死。

欧洲人的神可能创造了洪水——但是恩迦创造了干旱。

关于他是我们敬畏和崇拜的神，还有什么疑问吗？

我们从肯尼亚迁徙到改造成类似地球环境的基里尼亚加,以建立一个基库尤人的乌托邦。它复制了我们所过的简单田园生活,那是在我们的文化被欧洲人破坏之前的生活。在大部分方面我们都成功了。

然而有时候,这里的情况并不尽如人意。作为蒙杜木古,我会竭尽全力确保基里尼亚加按照计划运转下去。

我把诅咒降临在我的人民身上的那天早晨,我的年轻助手恩德米又睡过了头,又一次忘了帮我喂鸡。那之后,我要踏上漫长的路途到邻村去,因为他们直接违抗了我,在已经过度耕种的田里种下了玉米。我命令过他们必须让那块地休耕到长雨季结束的。我再次向他们解释了田地需要休息,需要时间恢复地力。我离开的时候,有种很强烈的感觉,再过一周或者一个月,我还得回来再说一遍相同的话。

在回家路上,我还得解决恩戈纳和卡马基之间的纠纷。恩戈纳把一条小溪改了道,好给自己的田地灌溉。卡马基声称他的庄稼受到了影响,因为小溪不再给他的田地提供足够的水了。这是第十一次有人给小溪改道了,也是我第十一次愤怒地解释水是属于整个村子的。

还有萨贝拉。我帮他的儿子主持了婚礼,他本应该给我两头健康的肥山羊作为报酬,可送来的两只山羊却饿得皮包骨头,几乎都没了形。我一般不会生气,但我烦透了人们把最好的牲口扣下,用半死不活的牛羊打发我。于是我威胁他说,如果不把山羊换掉,我就宣布婚姻无效。

最后,恩德米的母亲告诉我,他把太多时间花在如何成为蒙杜木占的学习上了,她需要他照看家里的牛。可是他还有三个健壮的兄弟呢。

我穿过村子的时候,有些女人满怀兴趣地看着我,仿佛知道什么我不知道的秘密。待我踏上通向我居住山头的那条漫长而曲折的小路时,我已经烦透了我的人民中的每一个人。我只渴望我的博玛的清静,还有一瓢彭贝帮我洗去一天的尘土。

但我听到有人在我的山上唱歌,估计是恩德米正在干下午的活儿。可等走近一些之后,我意识到那声音是个女人。

我遮住眼前的太阳,向前方望去。半山腰上,一个满脸皱纹的老太太正在一棵刺槐树下搭建小屋,把树枝交叠做墙,同时还唱着歌。我惊奇地眨了眨眼睛,因为大家都知道,别人是不可以住在蒙杜木古的山上的。

老太太看到我,微笑起来。"占波,柯里巴。"她若无其事地向我打招呼,"天气多好啊。"

现在我看清了,她是曼比,我们村大酋长柯因纳格的母亲。

"你在这里干什么?"我走上前问道。

"你也看到了,我在盖小屋。"她说,"咱们就要做邻居啦,柯里巴。"

我摇摇头,"我不需要邻居。"我说着,把毯子往肩头拉了拉,"而且你在柯因纳格的沙姆巴不是有间小屋了吗?"

"我不想再住在那里了。"曼比说。

"你不能住在我的山上。"我说,"蒙杜木古是独居的。"

"我把门开向东边。"她说道,转向河另一边的宽广草原,没有理会我的话,"这样,早上的太阳就能照进来,很暖和。"

"这小屋甚至都不是真正的基库尤屋子。"我生气地继续说道,"一阵狂风就会把它吹倒,它也不能抵御寒冷或是鬣狗。"

"它能抵御烈日和雨水。"她答道,"下周,等我更有力气之后,我会给墙糊上泥巴。"

"下周你会和柯因纳格住在一起,你属于那里。"我说。

"我不会的。"她顽固地说,"我宁可你把我的老骨头留给鬣狗,也不会再回柯因纳格的沙姆巴去。"

这很容易办到,我恼火地想。我这一天已经受够了。但我大声说出口的是:"你为什么这么想,曼比? 柯因纳格不再尊敬你了吗?"

"他尊敬我。"她说着,试图站直一点,一只苍老的手撑着后腰。

"柯因纳格有三个妻子。"我继续说道,徒劳地轰赶着几只在我眼前飞舞的苍蝇,"如果她们有谁无视你或对你不敬,我可以和她们谈。"

她鄙夷地哼了一声,"哈!"

我没有立刻答话,凝望着草原上的一小群高角羚,判断着怎么讨论这个话题最好,"你和她们起矛盾了?"

"我不知道这山上早上这么冷。"她说着,用青筋毕露的手摸索着满是皱纹的下巴,"我得多弄点毯子来。"

"你没回答我的问题。"我说。

"还有柴火。"她继续说道,"我得捡很多柴火。"

"我听够了。"我坚决地说,"你必须回家去,曼比。"

"我不回去!"她说着,把一只手放在小屋的墙上,"这就是我的家。"

"这是蒙杜木古的山。我不允许你住在这里。"

"我烦透了别人对我说不许做什么。"她说道。她突然指了指一只鱼鹰,它正在河上乘着暖风懒洋洋地滑行,"我为什么不能像那只鸟一样自由? 我就要住在这座山上。"

"还有谁不许你做什么事了?"我问道。

"这不重要。"

"肯定很重要。"我说，"否则你也不会到这里来。"

她看了我一会儿，耸了耸肩，"万布说我不能帮她做饭，吉波也不再让我磨玉米面或是酿彭贝了。"她挑衅地瞪着我，"我是本村大酋长的母亲！我不想让别人把我当成什么都不会的婴儿。"

"她们是把你当成受尊敬的老人。"我解释道，"你再也不用干活儿了。你已经养大了你的孩子，现在到了他们照顾你的时候了。"

"我不想让人照顾！"她吼道，"我一辈子都在操持我的沙姆巴，而且我干得很好。我没打算歇下来。"

"你自己的母亲在她丈夫去世后不是也停止操持家务，搬进她儿子的沙姆巴了吗？"我问道。一只苍蝇终于停在我的脸上，我一巴掌拍了上去。

"我母亲那时候没力气再打理她的沙姆巴了。"曼比反驳道，"我可不是这样。"

"如果你不让位，柯因纳格的妻子们怎么能学会打理他的沙姆巴？"

"我可以教她们。"曼比答道，"她们还有很多要学的。万布做的香蕉泥没有我做的好吃，至于吉波嘛，嗯……"她耸耸肩，表示柯因纳格的小老婆没救了。

"但万布是三个儿子的母亲，她自己也快当祖母了。"我说，"如果她到现在都还没做好打理她丈夫沙姆巴的准备，那她永远都不会准备好了。"

曼比坚韧的脸上露出一丝满意的微笑，"所以你同意我的话了？"

"你理解错了。"我说，"老人总有一天要给年轻人让路的。"

"你可没给任何人让路。"她指责起我来了。

"我是蒙杜木古。"我答道,"我为村子提供的不是体力,而是我的智慧,智慧是随着年纪增长的。"

"我也为我的儿媳妇们提供我的智慧。"她顽固地说。

"这不是一回事。"我说。

"这就是一回事。"她答道,"我们还住在肯尼亚的时候,我和你一样为了基里尼亚加的许可证顽强斗争。我和你乘同一艘飞船来到这里,开荒种田我也出了力。现在就因为我老了,就要把我丢在一边?这不公平。"

"没有把你丢在一边。"我耐心地解释道,"你到这里来是为了按照基库尤人的传统方式生活,咱们的传统就是由年轻人照顾老人。你永远也不用为口粮或住处操心,生病的时候也不会没人管。"

"但我不觉得自己老!"她抗议道。她指指自己的织机和陶罐,这都是她从村里带来的,"我还能织布、补衣、做饭。我还没有老到不能磨玉米面和打水。如果不准我再为家人干这些活儿,那我就要住在这座山上,自己给自己干。"

"你不能这样。"我说,"你必须回你的家去。"

"它不再是我的家了。"她苦涩地说,"是万布的。"

我低头看着她弯腰驼背的佝偻身躯,"老人要给年轻人让路,这是大自然的法则。"我又说了一次。

"那你给谁让路?"她尖酸地问。

"我在训练小恩德米做下一个蒙杜木古。"我说,"等他准备好,我就让位。"

"谁来决定他什么时候准备好?"

"我。"

"那也应该由我来决定万布什么时候可以开始打理我儿子的

沙姆巴。"

"你应该做的是听你的蒙杜木古的话。"我说,"岁月的重担让你肩也歪了,背也驼了。到了让儿媳妇们照顾你的时候了。"

她挑衅地将下巴扬了起来。"我不会让万布给我做饭的。我一直都是自己做饭,从我们住在肯尼亚那条枯河边时就是自己做饭。"她顿了一下,"我那时很幸福。"她讽刺地补充道。

"也许你得学学怎么再度幸福起来。"我答道,"你挣得了休息的权利,可以让别人替你干活。你应该为此感到幸福。"

"但我没有。"

"这是因为你忘记了我们的目标。"我说,"我们离开肯尼亚,到基里尼亚加来,是要恢复我们的习俗和传统。如果我允许你无视它们,那我就必须允许每一个人都这样做,那这里就不再是基库尤人的乌托邦,而只是另一个肯尼亚了。"

"你对我们说,乌托邦里的每一个人都很幸福。"她说,"可我不幸福,所以基里尼亚加肯定有什么问题。"

"打理柯因纳格的沙姆巴就能解决这个问题?"我问道。

"是的。"

"但那样万布和吉波就会不幸福了。"

"那也许根本没有乌托邦,我们必须各自操心自己的幸福。"曼比说。

老人为什么这么自私和冷漠呢? 我心想。我在这里又热又渴又累,可她只顾着抱怨自己不幸福。

"跟我来。"我说,"咱们一起到村里去,给你的问题找个解决方案。你不能留在这里。"

她盯着我看了很久,然后耸耸肩,"我跟你去,但是不会有什么解决方案的,然后我要回到我的新家来。"

太阳低垂,我们下山,踏上蜿蜒小路。当我们抵达村子,穿过一栋栋小屋时,已是黄昏。柯因纳格的沙姆巴里聚集了不少男女,大部分人都是一副看热闹的神情,我白天就看到过。我朝柯因纳格的博玛走去,他们在后面跟着,想看我会给曼比什么样的惩罚,就好像她的逾举和我的怒气是他们晚间娱乐的亮点似的。

"柯因纳格!"我用坚定的声音高喊。

没有回答,我又叫了两遍,他这才从自己的小屋里出来,一脸局促不安。

"占波,柯里巴。"他紧张地说,"我不知道你到这里来了。"

我怒视着他,"你也不知道你母亲到这里来了吗?"

"这是她的沙姆巴,她还能去哪里?"他无辜地问。

"你很清楚她去了哪里。"我说道。晚间篝火把闪烁不定的影子投射在他脸上。"我建议你再对你的蒙杜木古撒谎之前,先好好想一想会有什么后果。"

他似乎畏缩了一会儿,然后他发现了我身后聚集的村民。

"他们在这里干什么?"他问道,"各回各家去,你们所有人都回去!"

大家退了几步,但并没离开。

柯因纳格转向曼比,"看看你在我的人民面前是怎么羞辱我的? 你为什么要这样做? 难道我不是大酋长吗?"

"我还以为大酋长能管好自己的母亲呢。"我讽刺地说。

"我试过了。"柯因纳格说,"我不知道她是怎么了。"他怒气冲冲地看着曼比,"我再次命令你回到你自己的小屋去。"

"不去。"曼比说。

"我可是酋长!"他半是发火半是呻吟地坚持道,"你必须服从我。"

曼比挑衅地瞧着他,"不去。"她又说了一遍。

他又转向我,"你也看到了。"他无助地说,"你是蒙杜木古。你必须命令她留在这里。"

"没有人可以告诉蒙杜木古他必须做什么。"我严厉地说。因为我已经知道曼比对我的命令会做何反应了,"把你的妻子们叫来。"

他对能被支使开感到如释重负,哪怕只是一小会儿。他走进厨房小屋,过了一会儿,带着万布、苏米和吉波回来了。

"你们都知道有个问题。"我说,"曼比觉得很不幸福,所以她想离开你们的沙姆巴,住到我的山上去。"

"挺好的。"吉波说,"这里太挤了。"

"一点儿也不好。"我坚决地说,"她必须和她的家人住在一起。"

"没人拦着她。"吉波没好气地说。

"她想更积极地参与到沙姆巴的日常生活中来。"我说,"肯定有什么事是她可以做的,这样你们的沙姆巴也能保持和谐。"

有好一会儿,没有人说话。后来柯因纳格的大老婆万布站了出来。

"我很抱歉你觉得不幸福,我的母亲。"她说,"你当然可以酿彭贝和织布。"

"那些是我的活儿!"吉波表示抗议。

"我们必须对婆婆表示尊重。"万布露出一丝得意的微笑。

"为什么不再尊重她一点,让她监督做饭?"吉波说。

"我是柯因纳格的大老婆。"万布坚决地说,"做饭由我负责。"

"那酿彭贝和织布是我负责的。"吉波回击道。

"捣米和打水是我负责的。"苏米补充道,"你们得给她找点别的活儿。"

曼比转向我。"我跟你说了这行不通的,柯里巴。"她说,"我把其余东西收好,搬到新家去。"

"不行。"我说,"你得和家人在一起,所有母亲一直都是这样做的。"

"我没打算像我孙子玩腻的玩具一样被丢在一边。"她说。

"我也没打算让你打破基库尤人的传统。"我严厉地说,"你要留下。"

"我不留下!"她答道。我听到有些村民发出呵呵的笑声,因为这个干巴巴的小老太太竟然胆敢违抗酋长和蒙杜木古两大权威。

"柯因纳格,"我让他和家人走到他的博玛的荆棘篱笆里,好离看热闹的人远一点,"她是你母亲。和她谈谈,说服她留下,如果她逼我采取行动,你们都会后悔的。"

"别继续在村民面前丢我的人了,母亲。"柯因纳格恳求道,"你必须留在我的沙姆巴。"

"我不。"

"你必须留下!"柯因纳格激动起来。村民们又朝博玛门口凑过来。

"要是我不肯,你能把我怎么样?"她怒气冲冲地看着他问道,"你要把我手脚捆起来,逼我待在我的小屋里不成?"

"我是大酋长,"柯因纳格明显很挫败,"我命令你留下!"

"哈!"她说。人们的低声窃笑暴发成了大笑。"就算你是酋长,你也还是我儿子。哪有母亲得听儿子命令的?"

"但所有人都必须服从蒙杜木古。"他说,"柯里巴也命令你留下。"

"我不会服从他的。"她说,"我到基里尼亚加来是为了幸福,可我在你的沙姆巴不幸福。我要住在山上,无论是你还是柯里巴都不能阻止我。"

笑声戛然而止,取而代之的是一片敬畏的寂静,因为没有人可以这样藐视蒙杜木古的权威。在其他情况下我可能会原谅她,因为她是处于愤怒中,可她是当着全村的面说这种话的,而我已经度过了漫长而恼火的一天。

我的怒火肯定都写在脸上了,因为柯因纳格突然站到他母亲和我之间来。

"求你了,柯里巴。"他的声音都颤抖起来,"她是个老太太,不知道自己在说什么。"

"我知道自己在说什么。"曼比说。她挑衅地看着我,"如果我不能按自己的心意生活,那我宁可不活了。你要把我怎么样,蒙杜木古?"

"我?"我无辜地问道,意识到很多双眼睛都在看着我,"我不会把你怎么样。就像你自己说的,我只是个老头子。"我停了一下,看着她。柯因纳格和他的妻子们恐惧地向后退着。"你说起我们小时候家乡的那条枯河时充满感情——但你忘了住在那条河边的生活是什么样子的。我会帮你回忆起来。"我提高声音,好让所有人都听见,"既然你选择无视我们的传统,而且其他人也笑了,那么今晚我要祭出一只山羊,请恩迦为基里尼亚加带来前所未有的干旱,直到这个世界和你一样枯萎,曼比。我要请恩迦不再下一滴雨,直至你回到你的沙姆巴,同意不再离开为止。"

"不要!"柯因纳格说。

"牛舌会肿大,使牛群无法呼吸。庄稼会变成尘土,河流会干涸无水。"我愤怒地看着我的人民的面孔,仿佛看他们是否胆敢再笑。谁也没有勇气迎接我的目光。

谁也没有这个勇气,除了曼比。她若有所思地看着我,有那么一会儿,我以为她要收回自己的话,同意和柯因纳格住在一起。结果她耸耸肩,"我以前也在枯河边生活过。再来一次也没什么。"她迈开步子,"我要回到我的山上去了。"

一片惊愕的寂静。

"你非要这样做吗,柯里巴?"柯因纳格最后问道。

"你听到你母亲对我说的话了,你还问我这个问题?"我说道。

"可她只是个老太太。"

"你觉得只有战士才会给我们带来毁灭吗?"我答道。

"住在山上怎么会毁灭我们?"吉波问。

"我们的社会由法律、规定和传统组成,如果我们想作为一个民族存活下去,就得遵守所有这一切。"

"那你真的要请恩迦给基里尼亚加带来干旱吗?"她说。

"我烦透了我的人民怀疑和反对我,你们都忘了我们是谁,忘了我们为什么到这里来。"我恼火地说,"我说了我会请恩迦给基里尼亚加带来干旱,言出必行。"我在双手上吐了唾沫,表示我是认真的。

"干旱要持续多久?"

"直到曼比离开我的山,回到她自己的沙姆巴上的小屋。"

"她是个很顽固的老太太。"柯因纳格绝望地说,"她可能会一直待在那里。"

"那是她的选择。"我答道。

"也许恩迦不会接受你的祈求。"吉波满怀希望地说。

"他会的。"我严厉地答道,"难道我不是蒙杜木古吗?"

我第二天早上醒来的时候,恩德米已经为我生好了火,喂完了鸡。我从屋里踏入清晨的冷空气,毯子围在肩头。

"占波,柯里巴。"恩德米说。

"占波,恩德米。"我答道。

"曼比为什么在你的山上搭了个小屋,柯里巴?"他问道。

"因为她是个顽固的老太太。"我答道。

"你不想让她住在这里?"

"不想。"

他突然笑了。

"你笑什么,恩德米?"我问道。

"她是个顽固的老太太,你是个顽固的老头子。"恩德米说,"这事儿会很有意思。"

我瞧着他,但是没有答话。最后我走进小屋,激活电脑。

"电脑,"我说,"计算一下让基里尼亚加发生干旱的轨道变化。"

"计算中……已完成。"电脑答道。

"将这一数据发给维护部,要求他们立刻使其生效。"

"发送中……已完成。"电脑安静了一会儿,"维护部发来一条视频信息。"

"播放信息。"我说。

一个中年东方女人出现在电脑的全息屏幕上。

"柯里巴,我刚刚收到了你的指示。"她说,"你知道这样的轨道调整肯定会为基里尼亚加带来严重的气候变化吗?"

"我知道。"

她皱起眉头,"可能我应该措辞更强烈一点。它会带来灾难性的变化,会造成大面积的干旱。"

"我是否有权利要求对轨道做出这样的调整?"我问道。

"是的。"她答道,"根据你们的许可证,你有这样的权利。但……"

"那就照我说的做。"

"你确定你不再考虑一下了?"

"我确定。"

她耸耸肩,"你说了算。"

我很高兴有人还记得这一点,我苦涩地想。她下线了,电脑屏幕变成一片空白。

"她话太多了,而且我不喜欢她唱的歌,但她一直看起来都是个挺好的人。"我指导恩德米如何为稻草人施咒后,他望着山下曼比的小屋,发表了评论,"柯因纳格为什么让她离开他的沙姆巴?"

"柯因纳格没有让她离开。"我答道,"是她自己要走的。"

恩德米皱起眉头,因为这种行为超出了他的经验范围,"她离开的理由是什么?"

"她的理由不重要。"我说,"重要的是,基库尤人是以家庭为单位居住在一起的,可她拒绝这样做。"

"她疯了吗?"恩德米问道。

"不,只是很顽固。"

"如果她没疯,那她肯定认为住在你的山上是有充分理由的。"他坚持道,"她的理由是什么?"

"她还想像以前一样操持家务。"我答道,"她没疯。事实上,在某种意义上这还挺值得钦佩的——但在这个社会里这种想法是错误的。"

"她真傻。"恩德米说,"等我当了蒙杜木古,我要像你一样不干活儿。"

基里尼亚加的每一个人都打算挑战我的耐心吗?我心想。我大声说:"我干了很多活儿。"

173

"你干的活儿都是魔法的事,还有求雨,给田地和牲口施咒。"恩德米让步了,"但你从来不打水、喂牲口、打扫屋子,或者照管园子。"

"蒙杜木古不做这种事。"

"所以说她傻。她可以过得像蒙杜木古一样,让人替她做所有这些事,可她却不愿意。"

我摇摇头,"她傻是因为她放弃了一切到基里尼亚加来,为了过上基库尤人的传统生活,可她现在却自己打破了这些传统。"

"你得惩罚她吧?"恩德米若有所思地说。

"是的。"

"我希望给她的惩罚不会太痛苦。"他继续说道,"因为她和你很像。我觉得惩罚也不会让她改变想法。"

我朝山下老太太的小屋看去,琢磨着他说的话是不是对的。

不到一个月,基里尼亚加就体验到了干旱的影响。白天漫长炎热干旱,穿过我们村子的河流水位很低。

每天早上,我都在曼比打完水爬山时的歌声中醒来。每天下午,我都朝她的山羊和鸡丢石头,以免它们吃草时离我的博玛太近。我心里琢磨着她还有多久才会回到她的沙姆巴去。每天晚上我都收到维护部的信息,他们会询问我是否想调整轨道,带来降雨。

柯因纳格偶尔会沿着满是尘土的小路,从村子长途跋涉而来,和曼比说说话。我从来没偷听过,所以我不知道他们彼此到底说了些什么,但每次的结果都一样:柯因纳格发起脾气,朝母亲大吼大叫,老太太则目不转睛地怒视着柯因纳格,最后他一面往村子走,一面三步一回头地咒骂着。

一天下午,恩德米的母亲施玛来到我的博玛。

"占波,施玛。"我向她问好。

"占波,柯里巴。"她说。

我耐心地等待她向我讲述此行的目的。

"恩德米给你做助手做得怎么样,柯里巴?"她问道。

"很好。"

"他学东西学得好吗?"

"也很好。"

"你从来没怀疑过他是否忠心?"

"我从来没有理由要怀疑。"我答道。

"那你为什么要让他的家人受苦?"她问道,"我们的牲口没了力气,庄稼也奄奄一息。你为什么不只让柯因纳格的田地遭受干旱?"

"曼比回到她的沙姆巴时,干旱就会停止。"我坚定地说,"她才是决定干旱何时结束的人,不是我。也许你应该去找她。"

"我去过了。"施玛说。

"然后呢?"

"她叫我来找你。"

"是她给基里尼亚加带来干旱的。"我说,"只要她愿意,她随时可以结束干旱。"

"她不是蒙杜木古。你才是。"

"我采取行动,是为了保护我们的乌托邦。"

她苦涩地笑了。"你在你的山上待得太久了,蒙杜木古。"她说,"下山到村里来看看。看看动物、庄稼和孩子们,然后再跟我说你是怎么保护我们的乌托邦的。"

没等我想出要怎样回答,她便转身下山了。

干旱开始六周后，长老会到我的博玛来了。当时，我正在和恩德米进行每日例行的学习。

"占波。"我跟他们打了招呼，"你们都还好吧？"

"我们不好，柯里巴。"老西博基说。他似乎是在代表大家发言。

"太遗憾了。"我真挚地说。

"我们必须谈谈，柯里巴。"西博基说道。

"那就谈吧。"

"我们知道曼比错了。"他说道，"一旦孩子大了，丈夫死了，女人就必须和儿子全家一起住在他的沙姆巴，让他们来照顾她。这是法律，她想住到别的地方去的想法很愚蠢。"

"我同意。"我说。

"我们都同意。"他说，"如果你为了让她守法，必须要惩罚她，那就惩罚吧。"他停了一下，"但你现在是在惩罚所有人，可只有曼比违反了法律。不应该让我们所有人一起承担她犯下的错误，这不公平。"

"我也希望事情不是这样。"我发自内心地说。

"那你不能代表我们向恩迦求求情吗？"他坚持道。

"我很怀疑他会不会听。"我说，"你去找曼比，说服她回到她的沙姆巴去，这样可能更好。"

"我们尝试过了。"西博基说。

"那你们就得再试试。"

"我们会的。"他不抱多大希望地说，"但你至少会请求恩迦结束干旱吧？你是蒙杜木古，他一定会聆听你的话。"

"我会请求他的。"我说，"但恩迦是位严厉的神。他带来干旱是因为曼比违反了法律。几乎可以肯定,只有等到她再次开始遵守法律,他才会下雨。"

"但你会请求他的?"

"我会的。"我答道。

他们没有什么别的要说的了,经过一阵尴尬的寂静,他们走了。等他们走到听不见我们说话的距离,恩德米凑了过来。

"恩迦没有带来干旱。"他说,"是你,是你对着你小屋里的那个匣子说话带来的。"

我瞧着他,没有回答。

"所以,既然是你带来了干旱,"他继续说道,"那你肯定也可以结束它。"

"是的,我可以。"

"那你为什么不这样做呢? 它已经给很多人带来痛苦了,可不只是曼比。"

"仔细听着我的话,恩德米,"我说,"还要记住它们,因为有一天你会成为蒙杜木古。这是你最重要的一课。"

"我听着呢。"他说着坐了下来,目不转睛地看着我。

"在基里尼亚加的一切事物当中,包括我们的所有法律、传统和习俗,最重要的是:蒙杜木古是我们社会中最强大的人。这不是因为他的体力,你也看到了,我是个满是皱纹的老头子;而是因为他是我们文化的诠释者。是他来裁定对错,他的权威绝不可以被质疑。"

"你的意思是,我不能问你为什么你不下雨?"恩德米有点糊涂了。

"不是。"我说,"我的意思是,蒙杜木古是基库尤人建立文化的基石,为此,他绝不能表现出一丁点儿软弱。"我停了一下,"我很希望我没有发出过干旱的威胁。那天很漫长,很让人恼火,我很累,而且那天很多人都很愚蠢——但我的确承诺过会发生干旱,如果现在我表现出软弱,如果我下雨了,那么村里所有人迟早都会挑战蒙杜木古的权威……没有了权威,我们的生活就没有了规矩。"我看着他的眼睛,"你明白我的话了吗,恩德米?"

"我想大概明白了。"他不太确定地说。

"有一天将会是你和电脑讲话,而不是我。在那天到来之前,你必须完全明白我的话。"

干旱开始三个月后的一天早晨,恩德米走进我的小屋,碰了碰我的肩膀,唤醒了我。

"什么事?"我坐起来问道。

"我今天不能给你打水了。"恩德米说,"小河干涸了。"

"那咱们就在山脚挖口井。"我说着,走出小屋,把毯子裹在肩头,以此抵御清晨的干冷空气。

曼比和往常一样一个人唱着歌,在她的小屋前点起火堆。我盯着她看了一会儿,然后转向恩德米。

"她很快就会走的。"我充满信心地说。

"你会走吗?"他问道。

我摇摇头,"这是我的家。"

"这也是她的家。"恩德米说。

"她的家是和柯因纳格在一起。"我恼火地说。

"她不这么认为。"

"她要有水才能活下去。这样她很快就得回她的沙姆巴去。"

"可能吧。"恩德米的语气中没有多少信心。

"你为什么不这么想?"

"因为我上山的时候碰到了她。"他答道。他扫了眼曼比。她现在正在做早饭。"她是个很顽固的老太太。"他又补充道,话音里充满钦佩。

我没答话。

"你的遮阴树要死了,柯里巴。"

我抬起头,看到曼比站在我的博玛旁。

"如果你不尽快给它浇水,它就会枯萎,你就会很不舒服。"她停了一下,"我有搭屋顶余下的茅草,你可以拿来摊在你的刺槐树枝上,如果你愿意的话。"

"你为什么愿意帮我? 你自己不是这场干旱的起因吗?"我狐疑地问。

"为了向你表示我是你的邻居,而不是你的敌人。"她答道。

"你违反了法律。"我说,"这使你成为我们文化的敌人。"

"这条法律是邪恶的。"她说,"我在这座山上已经住了四个多月了。每天我都捡柴火,而且我已经织了两条新毯子了,我还做饭,在河流干枯以前还打水,现在则是从我的井里汲水。既然这些事我都能干,为什么要把我丢在一边?"

"你没有被丢在一边,曼比。"我说,"正是因为这些事你已经做了这么多年,所以现在你可以休息了,让别人替你做这些事。"

"但我所有的就是这些,"她表示反对,"如果我不能做这些我知道自己能做的事,那活着还有什么用?"

"老人都是由他们的家人照料的,还有弱者和病人也是。"我说,"这是我们的习俗。"

"这个习俗很好。"她说,"但我不觉得自己老。"她顿了一下,"你知道我这一辈子只有什么时候觉得自己老吗? 那就是我在自己的沙姆巴也不被允许做任何事的时候。"她皱起眉头，"这感觉不怎么样。"

"你必须接受自己的年纪，曼比。"我说。

"我在搬到这座山来的时候就这样做了。"她答道，"现在你也必须接受你的干旱。"

第四个月间，消息开始传到我的耳朵里了。

恩乔罗宰掉了他的牛，现在在养长颈羚，它不喝水，而是舔树叶上的露水。这其实违反了我们的传统，基库尤人是不饲养野生动物的。

坎贝拉和恩乔古带着全家迁回肯尼亚去了。

住在邻村的库班杜被人发现在河流干枯之前囤了水，他的邻居们烧掉了他的小屋，杀光了他的牲口。

西部平原野火暴发，在火情得到控制之前烧掉了十一个沙姆巴。

柯因纳格来看母亲的次数更多了，动静更大，依旧徒劳。

就连之前同意蒙杜木古绝不会犯错的恩德米，也开始再次质疑干旱的必要性。

"有一天你会成为蒙杜木古。"我说，"记住我教过你的所有东西。"我停了一下，"现在，如果你也碰到这种情况，你会怎么做？"

他想了一会儿，"我可能会让她住在山上。"

"这违反了我们的传统。"

"也许吧。"他说，"但她现在已经住在山上了，而所有没住在山上的基库尤人都在受苦。"他思考了一会儿，"也许该抛弃一些传统了，而不是因为一个老太太选择无视传统就惩罚整个世界。"

"绝不！"我激动地说，"我们住在肯尼亚的时候，欧洲人来了，他们说服我们抛弃了一项传统。我们发现这很容易,于是又抛弃了另一项传统、再一项传统。最后我们抛弃了太多传统,以至于我们不再是基库尤人,而只是黑皮肤的欧洲人了。"我停了一下,把声音降下来,"所以我们才来到基里尼亚加,恩德米——为了再次成为基库尤人。过去两个月来我说的话都被你当耳旁风了吗?"

"我听了。"恩德米答道,"我只是不明白,住在这座山上怎么会让她不再是基库尤人。"

"两个月前你对于理解这一点没有什么困难。"

"两个月前我的家人没有挨饿。"

"这两件事没有关系。"我说,"她违反了法律,那就必须受到惩罚。"

恩德米停了一下,"我一直在思考这个问题。"

"然后呢?"

"违反法律难道没有轻重之分吗?"恩德米说,"她的所作所为肯定和谋杀邻居有所区别吧。如果违反法律有轻重之分,那么惩罚不是也应该有轻重之分吗?"

"我再给你解释一遍,恩德米。"我说,"到你接替我当蒙杜木古的那一天,你的权威必须是绝对的。这意味着,对于任何拒绝承认你权威的人,他们面对的惩罚也必须是绝对的。"

他盯着我看了很久。"这是错的。"他最后说道。

"什么是错的?"

"你造成干旱并不是因为她违反了法律。"他说,"你给基里尼亚加带来灾难,是因为她反抗了你!"

"这是一码事。"我说。

他深深地叹了一口气,皱起眉头,陷入沉思,"我不确定这一点。"

这时我意识到,他还要很久很久才能做好成为蒙杜木古的准备。

干旱满五个月的那一天,柯因纳格又到山上来了。这次他没有大吼大叫。他和曼比说了大概五分钟,然后,甚至没朝我这边看上一眼,便回村子去了。

二十分钟后,曼比爬上山顶,站在我的博玛的门前。

"我要回柯因纳格的沙姆巴去了。"她宣布道。

我感到如释重负。"我知道你迟早会明白你的错误。"我说。

"我要回去,不是因为我错了,"她说,"而是因为你错了,我不能让它再给基里尼亚加造成更多伤害了。"她停了一下,"吉波没有奶了,她的婴儿快死了。我的孙子们几乎没什么可以吃的了。"她怒气冲冲地瞪着我,"你最好今天就下雨,老头子。"

"你一回家,我就会请求恩迦下雨。"我向她保证道。

"你最好不只是请求他。"她说,"最好是命令他。"

"这是亵渎神灵。"

"就算是,那你要怎么惩罚我?"她说,"你要引发洪水,给我们的世界带来更多损失?"

"我没有造成任何损失。"我说,"违抗法律的是你。"

"看看那条枯河吧,柯里巴。"她说着,朝山下指去,"好好看看,这就是基里尼亚加,贫瘠,一成不变。"

我看了看山下的河床。"一成不变是它的一个优点。"我说。

"但它是一条河,"她说,"所有活物都会发生变化——就连基库尤人也是。"

"在基里尼亚加不是。"我顽固地说。

"不变就得死。"她说,"我不想死。这一仗你赢了,柯里巴,但战争还会继续的。"

还没等我回答,她便转身沿着漫长曲折的小路回村子了。

那天下午我让雨下了起来。河床里充满了水,田野重现绿色,牛羊和草原上的动物喝饱水,恢复了元气,基里尼亚加的世界重新获得了勃勃生机。

但从那天起,恩乔罗再也不称呼我为"姆吉"了,这是基库尤人尊重长者和智慧而使用的敬称。西博基建了两个储水的水缸,每一个都有一栋大屋子那么大,并威胁说,谁敢靠近水缸,他就不客气。就连之前对我教的一切都毫不犹豫地吸收的恩德米,现在在接受我说的每一句话前,似乎都要仔细考虑。

吉波的婴儿死了,曼比住进她的博玛,直到吉波康复。那之后,她在柯因纳格的沙姆巴里建起自己的小屋。因为从正式意义上讲,她仍然是住在他的土地上,我便没有再理会。她直到下一个长雨季都住在那里,但最后她太过虚弱,只好搬回她原来的小屋。现在她需要家人的帮助了,她也接受了。但后来柯因纳格告诉我,她离开我的小山之后就再也没有唱过歌。

至于我自己,我在我的山上度过了许多漫长的日子,望着河水流逝,清澈、冰凉、一成不变,不自在地琢磨着,我是否不经意间改变了另外一条河流的流向? 它要重要得多,我们每个人都必须经过其中。

6

莲花与长矛

（2135年10月）

　　很久很久以前，有一头大象爬上基里尼亚加的山坡，最后终于攀上了山顶，恩迦就坐在那里的金色宝座上。

　　"你来找我有什么事？"恩迦问道。

　　"我来请你把我变成别的东西。"大象答道。

　　"我让你成为了百兽中最强大的。"恩迦说，"你不需要害怕狮子、豹子或鬣狗。无论你去哪里，我所有其他的造物都会匆忙逃开，为你让路。你为什么还会不想当大象呢？"

　　"因为虽然我很强大，但我的同类中还有比我更强大的。"大象答道，"它们霸占雌象，我就无法传宗接代，它们还会把我从水塘和丰美的青草旁赶走。"

　　"那你想让我怎么做？"恩迦问道。

　　"我也不知道。"大象说，"我想像长颈鹿一样，有很多树都很高，这样走到哪里都不会挨饿；或者像野猪一样，无论走到哪里都可以刨出树根；还有鱼鹰，一生只有一个伴侣，如果它不够强，无法

184

保护伴侣,就会被同类夺走妻子,但它视力敏锐,从很远的地方就能看到入侵者,可以把妻子藏到安全的地方。随便你把我变成什么吧,"它最后说道,"我相信你的智慧。"

"好吧。"恩迦宣布道,"从今天起,你会有一条长鼻子,这样就能吃到刺槐树顶的美味。你还会有象牙,无论你在我的世界中走到哪里,都可以用它来挖出地里的树根和水源。鱼鹰只有视力敏锐,我则会给你敏锐的嗅觉和听觉,你的嗅觉和听觉会比我的王国里任何其他动物都更发达。"

"我要如何感谢你呢?"恩迦开始施法时,大象欢喜地问道。

"你可能不想谢我。"恩迦答道。

"为什么呢?"大象问道。

"因为这一切都发生之后,"恩迦说,"你依然是一头大象。"

在我们这个改造成类似地球环境的基里尼亚加世界中,当蒙杜木古有时很轻松。在这样的日子里,我只要给田里的稻草人施咒,向病人分发符咒和油膏,给孩子们讲故事,向长老会提供我的建议,把基库尤人的知识教给我年轻的助手恩德米——因为蒙杜木古不只负责制造护身符和诅咒,也不只是为长老会提供明智意见,他更是造就基库尤人一切传统的宝库。

但当蒙杜木古有时也很艰难。比如必须仲裁纠纷的时候,总会有一方对我表示不满。再比如有人得了我无法治愈的疾病时,我知道很快就得让他的家人把他交给鬣狗。还比如,将会成为蒙杜木古的恩德米表现出的每一点迹象都说明,尽管我已经满是皱纹的苍老身躯不久就要停止运转,他却尚未做好接替我的准备。

此外,当蒙杜木古偶尔也是极其可怕的,这种时候,在我遇到的问题面前,基库尤人积累的所有智慧也不过是风中的一根芦苇。

这样一天的开头和其他任何一天没有什么两样。我从睡梦中醒来，走出小屋，踏入博玛，毯子裹在肩头。虽然天气很快就会变暖，但这会儿，太阳还没驱走空气中的寒意。我点起火，在一旁坐下，等着几乎肯定会迟到的恩德米。有时我会惊叹于他天马行空的想象力，因为他从未给过我两次相同的借口。

随着年龄增长，我早上会嚼一片恰特草草叶，帮我促进全身的血液循环。恩德米反对我这样做，因为他已经学过恰特草的医学用途，知道它会成瘾。我得反复向他解释，如果没有恰特草，直到太阳当头我可能都会全身疼痛，等他到了我这个年纪，他的肌肉和关节就不总是听他的话了，还会让他痛得要死，这时他就会耸耸肩，点点头，直到第二天早上又把我的话抛诸脑后。

他最后总会来的，我的年轻助手，等他解释完今天为什么迟到，就会拿着我的水瓢去河边打水，然后捡柴火，再回到我的博玛来。然后我们就会开始每日例行的课程，我可能会教他如何用刺槐荚果制作油膏，他就会坐下来，尽量老实坐好，他的自控能力大概能持续十来分钟，然后他就会忍不住问我什么时候教他如何把敌人变成小虫，好一脚踩死对方。

最后我会把他带进我的小屋，教他电脑的基本操作。等我死后，联系维护部来调整轨道的就是恩德米了，这会影响时令，让干旱的平原获得降雨，让白天的长度发生变化，给人带来季节更替的错觉。

随后，如果是平常的一天，我就会在小袋里装满符咒，开始穿过田野，祛除它们受到的任何萨胡，也就是诅咒，确保它们会继续为我们提供大家赖以生存的粮食；如果刚下过雨，田野一片青翠，我可能会宰杀一只山羊感谢恩迦的慷慨。

如果不是平常的一天，我一般一开始就会有预感。我的博玛里可能会出现鬣狗粪,这是萨胡的确凿标志;还有,风可能是从西边吹来的,而所有好风都是从东边吹来的。

但在这一天,根本没有风,也没有鬣狗在前一夜潜入过我的博玛。它的开始和任何一天都一样:恩德米迟到了——这次他说,上山的路上有一条黑曼巴,他等到它完全隐入高高的草丛之后才能通过;我刚教完他在婴儿出生之际要念的祈求健康长寿的祈祷词,本村大酋长柯因纳格就上山来到了我的博玛。

"占波,柯因纳格。"我向他打了招呼。我让毯子滑落到地上,因为太阳已经高过头顶,终于暖和起来了。

"占波,柯里巴。"他答道,皱起眉头,神情很焦虑。

我期待地看着他,因为柯因纳格很少爬上山来我的博玛找我。

"又发生了。"他阴郁地说,"这是长雨季以来的第三回了。"

"发生了什么事?"我莫名其妙地问。

"恩盖拉死了。"柯因纳格说,"他一丝不挂,没带武器,离开家,走到鬣狗群中。它们杀死了他。"

"一丝不挂,没带武器?"我重复道,"你确定吗?"

"我确定。"

我在快要熄灭的火堆边坐下,陷入沉思。凯诺是第一个丧命的小伙子。当时我们以为是意外,他脚下打滑,不知怎么被自己的长矛刺中了。然后是恩鸠波,他在家时小屋起火了,他被烧死了。

凯诺和恩鸠波都和其他未婚的小伙子一起住在森林边一个聚居地,离村子有几公里远。两起死亡可能是个巧合,但现在又有了第三起,而且它给前两起死亡也带来了新的启发。现在很明显了,短短几个月内,有三个小伙子决定自杀,而不是继续在基里尼亚加生活下去。

"我们该怎么办,柯里巴?"柯因纳格问道,"我儿子也住在森林边,他没准儿就是下一个!"

我从脖子上挂着的小袋里拿出一块打磨光滑的圆石头,站起身,把石头交给他。

"把它放在你儿子睡觉的毯子下面。"我说,"它会保护他免遭这个波及我们小伙子的萨胡。"

"谢谢你,柯里巴。"他满怀感激地说,"但你不能给所有小伙子都提供护身符吗?"

"不能。"我答道,心中依然对刚听到的消息很是不安,"这块石头只对酋长的儿子管用。就像有很多种护身符一样,诅咒也有很多种。我必须判断出是谁给我们的小伙子下了这个萨胡,以及原因是什么,这样我才能创造出足够强大的魔法来对抗它。"我停了一下,"要不要恩德米给你拿点彭贝来喝?"

他摇摇头,"我得回村里去了。女人们正在唱哀歌,还有很多事要做。我们必须烧掉恩盖拉的小屋,净化那块地面,还得安排岗哨,确保轻松饱餐一顿的鬣狗不会再回来找寻人肉。"

他转身朝村子去了,没走几步又停了下来。

"为什么会发生这种事,柯里巴?"他问道,眼里充满困惑,"为什么这个萨胡只影响年轻人,还是说我们其他人也受到了这种诅咒?"

我无法回答他,于是他又沿着小路朝村子去了。

我在火堆旁坐下,静静地望向田野和草原,最后恩德米也在我身旁坐了下来。

"什么样的萨胡会让恩盖拉、凯诺和恩鸠波全都自杀呢,柯里巴?"他问道。从他的语气,我听得出他害怕了。

"我还不确定。"我答道,"凯诺和莫瓦拉正在热恋,老西博基抢在他前头去提亲的时候,他很伤心。如果只有凯诺自杀,我会说是因为他没能娶莫瓦拉。可现在还死了两个。我必须找出其中的缘由。"

"他们都住在森林边的聚居地里,年轻小伙子们都聚居在那里。"恩德米说,"可能是那地方受到诅咒了。"

我摇摇头,"并不是所有人都自杀了。"

"你知道吗?"恩德米说,"恩博卡两个雨季之前在河里淹死的时候,我们都以为那是意外。可他也住在小伙子的聚居地里,或许他也是自杀的。"

我有很久都没想到恩博卡了,但我现在想起来了,而且意识到他的确很有可能也是自杀。这听起来很合理,因为众所周知,游泳不是恩博卡的强项。

"我想你可能是对的。"我不情愿地说。

恩德米自豪地挺起胸,因为我并不经常表扬他。

"你会用什么样的魔法,柯里巴?"他问道,"如果需要灰冠鹤或秃鹳的羽毛,我可以帮你弄来。我一直在练习使用长矛。"

"我还不知道我要用什么样的魔法,恩德米。"我对他说,"但不管是什么魔法,它都需要思考,而不是长矛。"

"太糟了。"他说着,用手挡住一阵突如其来的热风朝我们吹来的尘土,"我还以为我终于能把它派上用场了呢。"

"把什么派上用场?"

"我的长矛。"他说,"我现在是你的助手,不再在我父亲的沙姆巴放牧牲口了,所以我不再需要长矛了。"他耸耸肩,"我打算以后都把它留在家里。"

"不,你必须一直带着它。"我说,"按照习俗,每个基库尤男人都得带长矛。"

他看起来非常自豪,因为我说他是个男人,可其实他只是个柯西,也就是还没受割礼的男孩。不过随后他又皱起了眉头。

"我们为什么要带长矛,柯里巴?"他问道。

"为了抵御敌人。"

"可马赛人、瓦坎巴人和其他部落,甚至欧洲人,都在肯尼亚。"他说,"我们在这里有什么敌人?"

"鬣狗、豺和鳄鱼。"我答道,心里又默默补充道:还有一个敌人,必须在失去更多年轻人之前把他找出来——没有这些小伙子就没有未来,最终也就没有基里尼亚加了。

"已经很长时间没有人需要长矛来对付鬣狗了。"恩德米继续说道,"它们已经学乖了,看到我们就会害怕地躲起来。"他指指在附近田野里吃草的家畜,"它们甚至都不再来骚扰牛羊了。"

"它们不是去骚扰恩盖拉了吗?"我问道。

"是他自己想要被鬣狗吃掉的。"恩德米说,"这不一样。"

"不管怎么说,你得随时带着你的长矛。"我说,"这是使你成为基库尤人的一部分。"

"我有个主意!"他说着,突然拿起长矛打量起来,"如果我必须带着长矛,也许我应该找个金属头的,这样它就不会弄弯或折断了。"

我摇摇头,"那是住在肯尼亚南边的祖鲁人用的。祖鲁人才带金属头的长矛,他们管它叫阿萨盖。"

恩德米看起来很沮丧,"我还以为是我自己想出来的点子呢。"他说。

"别泄气。"我说,"一个对你来说全新的点子,可能对别人来说已经很熟悉了。"

"真的吗?"

我点点头,"比如这些自杀的小伙子。自杀的点子对他们来说很新鲜,但他们不是第一个想到自杀的。我们都在某个时候想到过自杀。我必须知道的不是他们为什么想到了自杀,而是他们为什么没有抛弃这个想法,为什么他们被它吸引了。"

"然后你就用魔法让它不再吸引他们吗?"恩德米问道。

"是的。"

"你会用新杀的斑马的血和毒蛇在罐子里熬药吗?"他热切地问。

"你还真是个嗜血的孩子啊。"我说。

"能杀掉四个小伙子的萨胡需要很强大的魔法嘛。"他答道。

"有时候魔法只需要一个字或者一句话。"

"但如果你需要更多……"

我深深地叹了口气,"如果我需要更多东西,我会告诉你要帮我杀什么动物的。"

他跳了起来,拿起细长的木头长矛,在空中比划起刺穿的动作。"我会成为有史以来最有名的猎人!"他快乐地大叫着,"我的儿孙们都会为我唱起颂歌,田野里的动物们都会在我的脚步靠近时颤抖!"

"但在那欢乐的日子到来之前,"我说,"还有水要打,柴火要捡。"

"是的,柯里巴。"他说。他拿起我的水瓢,朝山下走去。我看得出,他心里仍然想象着单挑水牛,把长矛笔直地投出去、正中目标的场景。

　

我给恩德米上了上午的课——练习给死者的祈祷词正符合需求——随后下山去村子里安抚恩盖拉的父母。他的母亲莉思瓦完全沉浸在悲痛中。恩盖拉是她的第一个孩子,根本没法让她停止哀歌的哭号,我甚至无法见缝插针地表达我的哀悼之意。

恩盖拉的父亲吉班扎独自站在一边,难以置信地摇着头。

"他为什么会做出这种事,柯里巴?"我走上前时他问道。

"我不知道。"我答道。

"他是孩子们当中最勇敢的。"他继续说道,"他连你也不怕。"他突然住了嘴,怕自己冒犯了我。

"他的确很勇敢,"我表示同意,"也很聪明。"

"可不是吗?"吉班扎说,"就连其他孩子在树荫下避暑的时候,我的恩盖拉也在找新的游戏玩儿,找新的事情做。"他那饱经风霜的眼睛看着我,"可现在,我唯一的儿子死了,我甚至都不知道为什么。"

"我会查清楚的。"我对他说。

"这是错的,柯里巴。"他继续说道,"它违背了事物的本性。我本应该走在他前面,然后我的一切财产——沙姆巴、牲口——这一切都会是他的。"他想要忍住眼泪。基库尤人虽然不像马赛人那么傲慢,但我们的男人也不喜欢在公共场合流露出这种情感。可眼泪还是流了出来,顺着他满是尘土的脸颊流下来,最后落在土里。"他甚至都没等到娶妻生子。他的未来就这么没了。他犯了什么罪,要受到这么可怕的萨胡?为什么不能让我去替他死,让他活下来?"

我又陪了他几分钟,向他保证我会请恩迦迎接恩盖拉的魂魄。随后,我朝距离村子大约三公里的年轻人聚居地走去。它背靠一座浓密的森林,南邻穿过村子的那条河。河从村子流经我的小山之后就变宽了。

这片聚居地不大,只有不到二十个小伙子。他们经过割礼成年之后,就要搬出父亲的博玛,到这里和村子里的其他单身汉住在一起。这是一个过渡性的住所,因为每个成员最后都会结婚,继承家里的沙姆巴的一部分,再由新一批小伙子补上空位。

大部分人听到哀歌之后都到村里去了,但有几个人留下来,烧掉恩盖拉的小屋,以摧毁屋里驻留的恶灵。在这种气氛下,他们沉重地和我打了招呼,请我吟诵咒语净化地面,这样他们就不用一直绕开这块地了。

仪式结束之后,我在灰烬中央放好符咒,所有年轻人便散了——除了穆伦比,他是恩盖拉最好的朋友。

"关于这事,你有什么能告诉我的吗,穆伦比?"等只剩下我们两人时,我问道。

"他是个好朋友。"他答道,"我们经常整天在一起。我会怀念他的。"

"你知道他为什么自杀吗?"

"他不是自杀的。"穆伦比说,"他是被鬣狗杀死的。"

"一丝不挂又不带武器,这样走在鬣狗群里,就是自杀。"我说。

穆伦比还是盯着灰烬。"这种死法很蠢。"他苦涩地说,"什么问题也没解决。"

"你觉得他本来是想解决什么问题?"我问。

"他非常不快乐。"穆伦比说。

"凯诺和恩鸠波也不快乐吗?"

他看起来很惊讶,"你知道?"

"我难道不是蒙杜木古吗?"我答道。

"但他们死的时候你什么也没说。"

"你觉得我当时应该说些什么?"我问道。

穆伦比耸耸肩,"不知道。"他想了一下,"不,你当时也没什么可以说的。"

"那你呢,穆伦比?"我说。

"我,柯里巴?"

"你不快乐吗?"

"就像你说的,你是蒙杜木古。既然你已经知道答案,为什么还要问呢?"

"我想听你自己亲口说出来。"我答道。

"是的,我也不快乐。"

"其他小伙子呢?"我继续问道,"他们也不快乐吗?"

"大部分人很快乐。"穆伦比说,我注意到他的语气里有那么一丁点儿的蔑视。"为什么不呢? 他们现在是成年男人了。他们整天就是闲聊,在脸上身上涂油彩,晚上到村里去喝彭贝和跳舞。用不了多久,其中一些人就会结婚生子,建立自己的沙姆巴,有一天他们还能坐上长老会的位子。"他往地上吐了口唾沫,"的确,他们没什么理由不快乐,不是吗?"

"的确没有。"我表示同意。

他挑衅地看着我。

"也许你想跟我说说你为什么不快乐?"我建议道。

"你不是蒙杜木古吗?"他谨慎地说。

"不管我是什么,我都不是你的敌人。"

他深深地叹了口气,身子似乎放松下来,只剩下顺从。"我知道你不是我的敌人,柯里巴。"他说,"只是,有时候我觉得整个世界都与我为敌。"

"为什么呢?"我问,"你有饭吃,有彭贝喝,有小屋可以遮风挡雨。这里只有基库尤人。你已经受过割礼,是个成年人了。你生活在一个富足的世界……为什么你会觉得这样一个世界与你为敌?"

他指向几码开外一只正在安详吃草的母黑山羊。

"你看见那只山羊了吗,柯里巴?"他问道,"它毕生的成就比我大。"

"别说傻话。"我说。

"我是认真的。"他答道,"它每天都给村民提供羊奶,每年产下一只小羊,死了还会成为献给恩迦的祭品。它的·生是有目标的。"

"我们每个人都有。"

他摇摇头,"并非如此,柯里巴。"

"你感到厌倦?"我问。

"如果人生旅途可以比喻成在一条大河中的旅途,那我的生活就是怎么也望不到陆地的漂流。"

"但你视野范围内是有目的地的。"我说,"你会娶个老婆,建立沙姆巴。如果你努力,就会拥有许多牛羊。你会有很多子女。这有什么问题吗?"

"没有,"他说,"前提是我自己和这些事真有关系的话。负责养大孩子和耕种田地的是我的妻子,负责照料牲口的是我的儿子们,负责给我织布缝衣、帮母亲给我做饭的是我的女儿们。"他停了一下,"而我呢……我会和其他男人坐在一起,聊天,喝酒。直到有一天,如果我活得够长的话,我就会加入长老会。那样唯一的变化是,我现在是坐在自己的博玛里和朋友们聊天,到时候就是坐在柯因纳格的博玛里了。有一天我会死。这就是我必须期待的生活,柯里巴。"

他用脚踢着地面,掀起一小团一小团的尘土。"我会假装我的生活比一只母山羊更有意义。"他继续说道,"在我的妻子背柴火的时候我会走在她前面,我会告诉自己这是为了保护她免遭马赛人或瓦坎巴人的攻击。我会把我的博玛建得比人高,在屋顶铺上荆棘,告诉我自己这是为了保护我的牲口免遭狮子和豹子的袭击。我会尽量不去想基里尼亚加从来也没有什么狮子或豹子。我会保证长矛不离手,虽然它唯一能派上的用场就是在日头正毒的时候给我当拐杖用,我会告诉自己没有长矛我就可能被敌人或野兽撕成碎片。我会告诉自己所有这些事,柯里巴……但我知道这是在撒谎。"

"恩盖拉、凯诺和恩鸠波也是这么想的?"我问。

"是的。"

"他们为什么自杀呢?"我问道,"我们的许可证规定任何人如果想要离开基里尼亚加,都可以这样做。他们只要走到庇护港,维护部的飞船就会来接他们,把他们送到他们想去的任何地方。"

"你还是没明白,是吧?"他说。

"没有。"我承认道,"给我解释一下吧。"

"人类已经抵达了群星,柯里巴。"他说,"他们的医药、机械、武器远远超出我们的想象。他们的城市令我们的村庄相形见绌。"他又停了一下,"但在基里尼亚加这里,我们按照欧洲人到来并带来早先的这类发明之前的方式生活着。那么,我们怎么能回肯尼亚去呢?我们能做什么?我们怎么才能有饭吃、有地方住?欧洲人曾经把我们从基库尤人变成了肯尼亚人,但那花了许多年,经过了许多代。你和基里尼亚加的其他建立者没有恶意,你们只是做了你们认为正确的事,但你们确保了我永远无法变成肯尼亚人。我已经年纪太大了,现在开始也太迟了。"

"你们聚居地的其他小伙子呢?"我问道,"他们怎么想?"

"大部分人很知足,就像我说的。而且为什么不呢?他们被迫干过的最苦的活儿不过是吮吸母亲的乳汁罢了。"他直视着我的眼睛,"你给他们提供了一个梦想,他们也接受了。"

"那你的梦想是什么,穆伦比?"

他耸耸肩,"我已经不再做梦了。"

"我不相信。"我说,"每个人都有梦想。什么能让你感到知足?"

"说真话?"

"说真话。"

"让马赛人到基里尼亚加来,或者瓦坎巴人,或者卢奥人。"他说,"我接受的训练是为了让我成为一名战士。所以,给我理由,让我携带长矛,在我妻子身负重担时能大摇大摆地走在她前面。让我们袭击他们的沙姆巴,掠夺他们的女人和牲口,让他们也尝试以同样的手段对付我们。我们长大成人的时候,别给予我们新的农田,让我们和其他部落为了土地竞争。"

"你想要的是战争。"我说。

"不,"穆伦比答道,"我想要的是意义。你提到了我的妻子和孩子。我现在负担不起娶妻的彩礼,得等到我父亲去世,把他的牲口留给我或者让我搬回他的沙姆巴才有可能。"他用指责的目光望着我,"你没意识到吗?我只能盼着他的施舍或是离世。我宁可从马赛人那里抢妻。"

"这是不可能的。"我说,"基里尼亚加是为基库尤人而创造的,就像肯尼亚的原版基里尼亚加一样。"

"我们是这样相信的,就像马赛人相信恩迦为他们创造了乞力马扎罗一样。"穆伦比说,"但我对这件事思考了很多天,你知道我相信什么吗?我相信基库尤人和马赛人是为彼此创造的,因为我们在肯尼亚比邻而居时,我们都为对方提供了意义和目标。"

"那是因为你不了解肯尼亚的历史。"我说,"马赛人从北方过来只比欧洲人早了一个世纪。他们是游牧民族、流浪者,跟着畜群

197

从一片草原到另一片。可基库尤人是农耕民族,我们一直生活在圣山脚下。我们和马赛人比邻而居的日子并不长。"

"那就让瓦坎巴人来,或者卢奥人,或者欧洲人!"他竭力控制着自己的挫败感,"你还是没明白我的意思。我想要的不是马赛人,而是挑战!"

"凯诺、恩鸠波和恩博卡想要的也是这个?"

"是的。"

"如果没有挑战,你会像他们一样自杀吗?"

"我不知道。但我不想过这种无聊的生活。"

"聚居地还有多少人和你有一样的想法?"

"现在?"穆伦比问,"只有我自己。"他想了想,眼睛一眨不眨地盯着我,"但以前有过别人,以后也还会有的。"

"我不怀疑这一点。"我沉重地叹了口气,"现在我明白了问题所在,我要回到我的博玛去,想想怎么能妥善解决它。"

"这个问题在你的能力范围之外,蒙杜木古。"穆伦比说,"因为它就是你一直努力维护的这个社会的一部分。"

"没有问题是不能解决的。"我说。

"这个问题是。"穆伦比笃定地说。

我离开了。他继续一个人站在灰烬旁,不太相信自己错了。

我一个人在山上坐了三天。我既没有去村子,也没有和长老们讨论。老西博基需要油膏止痛的时候,我就让恩德米送去;需要给稻草人施加新的符咒时,我就叫恩德米去办,因为我正在纠结于一个严重得多的问题。

我知道在某些文化中,自杀是处理某些问题的一种很光荣的方式。但基库尤文化不在此列。

而且,我们已经在这里建立了一个乌托邦,如果时不时发生自杀,就意味着它并不是我们所有人民的乌托邦,也就意味着它根本就不是乌托邦。

但我们是根据传统基库尤社会的规矩建立的乌托邦,这个社会在欧洲人到来之前就存在于肯尼亚了。是欧洲人给这个社会强行引入了变化,而不是基库尤人,因此我也不能允许穆伦比改变我们的生活方式。

最显而易见的答案是鼓励他——以及其他像他一样的人——迁往肯尼亚,但这似乎不可行。我自己在英美都接受过高等教育,但基里尼亚加的大部分基库尤人在来到基里尼亚加之前,就在坚持着传统的生活方式(这些人被肯尼亚政府视为狂热分子,他们迁走是政府求之不得的)。这意味着,他们不仅无法使用已经全面渗透肯尼亚社会的科技,甚至都不具备学习的工具,因为他们根本不会读写。

所以穆伦比以及一定会出现的他的追随者,无法离开基里尼亚加,到肯尼亚或任何其他地方去。这就意味着他们必须留下。

如果他们要留下,那我只能想到三种方案,全都不尽如人意。

第一种方案:他们最终绝望,自杀,就像之前那四个小伙子一样。我不能允许这种事情发生。

第二种:他们适应了基库尤男人优哉游哉的生活,和村里其他人一样开始享受并狂热地维护它。我觉得这种事不太可能发生。

第三种:我接受穆伦比的建议,把北部平原开放给马赛人或瓦坎巴人。对于我们想将基里尼亚加建立成基库尤人享受和拥有的世界的一切努力来说,这是无情的嘲笑。我甚至不会考虑这种方案,因为我不能允许一场战争摧毁我们的乌托邦,建立起别人的。

我想找另外一种解决方案,想了三天三夜。

第四天早上,我从小屋里出来,把御寒的毯子紧紧裹在肩头,生起火堆。

恩德米和平常一样又迟到了。他终于出现的时候,右脚跛了。他解释说他在上山路上崴了脚——但我不出意料地注意到,他去帮我打水的时候,跛的却是左脚。

他回来之后,我看着他忙里忙外,捡柴火,扫落叶。我选他作为我的助手,也是我未来的继任者,是因为他是村里孩子中最勇敢和最聪明的。每次都是恩德米先想出新游戏跟大家一起玩儿,他自己总是带头的那一个。我和他们一起走的时候,他是第一个要我讲故事的,也是最先理解其中隐含的寓意的。

总之,他是几年后可能会自杀的完美人选,如果我没有鼓励他做我的助手从而扼杀这种可能性的话。

"坐下,恩德米。"等他捡完最后一片落叶,把它扔在火堆的余烬里之后,我说道。

他在我身边坐下来。"我们今天学什么,柯里巴?"他问道。

"今天咱们就聊聊。"我说。他的脸色沉了下来。我补充道:"有个问题,我希望你能给我提供一个答案。"

他突然警醒起来,充满热情,"你的问题是那些自杀的小伙子,是不是?"他说。

"正是。"我答道,"你觉得他们为什么会自杀?"

他耸耸瘦削的肩膀,"我不知道,柯里巴。也许他们疯了。"

"你真这么想?"

他又耸耸肩,"不是。也许有敌人诅咒了他们。"

"也许。"

"肯定是这样。"他坚定地说,"基里尼亚加不是乌托邦吗？要不是被诅咒,怎么会有人不想在这里生活呢？"

"我想让你回忆一下,恩德米,回忆一下你开始每天到我的博玛来之前的生活。"

"我能想起来。"他说,"这并不是很久以前的事。"

"很好。"我答道,"那么,你还能记得你当时想做什么吗?"

他微笑起来,"玩儿。还有打猎。"

我摇摇头,"我不是说你那时候想做什么。"我说,"你记得那时候你想过长大以后做什么吗?"

他皱起眉头,"娶个老婆吧,我想,还有建立一个沙姆巴。"

"你为什么皱眉头,恩德米?"我问道。

"因为这并不是我真的想要的。"他答道,"但这是我能想出的唯一答案。"

"再好好想想。"我说,"慢慢想,别着急。这很重要。我等你。"

我们静静地坐了很久。最后他转向我。

"我不知道,但我不想活得和我父亲还有兄弟们一样。"

"那你想怎样?"

他无助地耸耸肩,"做点不一样的事吧。"

"怎么不一样?"

"我不知道。"他又说道,"更……"他寻找着合适的词,"更刺激。"他考虑了一下这个答案,然后满意地点点头,"就连在田野里吃草的高角羚的生活都更刺激,因为它必须一直警惕鬣狗的袭击。"

"但高角羚不会更希望鬣狗不存在吗?"我问道。

"当然了,"恩德米说,"这样它就不会被捕猎了。"他又紧皱眉头,陷入沉思,"但如果没有鬣狗,它也不用敏捷地奔跑了。但如果它不敏捷地奔跑,它也就不再是高角羚了。"

说到这里,我开始看到解决方案了。

"所以是鬣狗让高角羚成为了高角羚。"我说,"因此,就算看起来很坏或危险的东西,对于高角羚来说也可能是必要的。"

他瞧着我,"我没明白,柯里巴。"

"我想我必须成为鬣狗。"我若有所思地说。

"现在吗?"恩德米兴奋地问,"我能看吗?"

我摇摇头,"不,不是现在。但很快。"

既然是鬣狗的威胁赋予了高角羚存在的意义,那我就得想法给那些不再是真正的基库尤人、却又无法离开基里尼亚加的小伙子也找到存在的意义。

"你身上会长出斑点和尾巴吗?"恩德米热切地问。

"不,"我答道,"但我还是会变成鬣狗。"

"我不明白。"恩德米说。

"我没指望你明白。"我说,"但穆伦比会明白的。"

因为我意识到了,他需要的挑战在基里尼亚加里只有一个人能提供。

那个人就是我自己。

我让恩德米去村里告诉柯因纳格,我有事要对长老会讲。那天晚些时候,我戴上重大仪式的头饰,在脸上涂上最骇人的图案,在小袋里装满各种符咒。我到村子里时,柯因纳格已经把所有长老召集到他的博玛了。我耐心地等待他宣布我有要事和他们商谈——因为就连蒙杜木古也不能在大酋长之前开口——随后我站起来,面向他们。

"我已经掷骨占卜,"我说,"也解读过羊肠,还端详了刚死的蜥蜴身上的苍蝇形成的图案。现在我知道恩盖拉为何不带武器走到鬣狗群中了,也知道了凯诺和恩鸠波的死因。"

我停了一下,为的是营造戏剧化效果,确保每个人都全神贯注听着我的话。

"告诉我们是谁下的萨胡。"柯因纳格说,"这样我们好去消灭他。"

"没那么简单。"我答道,"好好听着我的话。萨胡的携带者是穆伦比。"

"我要杀了他!"恩盖拉的父亲吉班扎吼道,"他害死了我儿子!"

"不,"我说,"你不能杀他,他并不是萨胡的源头。他只是携带者。"

"如果母牛喝了有毒的水,它也不是毒牛奶的源头,但我们还是得杀掉它。"吉班扎坚持道。

"这不是穆伦比的错。"我坚定地说,"他和你的儿子一样无辜,不能杀他。"

"那谁来对这个萨胡负责呢?"吉班扎问道,"我要为我的儿子报仇!"

"这是一个古老的萨胡,是我们还在肯尼亚时一个马赛人施加给我们的。"我说,"他现在已经死了,但他生前是个很聪明的蒙杜木古,他的萨胡在他死后很久依然具有效力。"我停了一下,"我在灵界和他进行了斗争,大部分时候我都赢了,但偶尔我的魔法也会暂时变弱,那时候,萨胡就会降临在我们的某个小伙子身上。"

"我们怎么知道哪个小伙子受到了诅咒呢?"柯因纳格问道。"我们必须等他们死了才能知道他们被诅咒了吗?"

"有一些方法,"我答道,"但只有我知道。等我讲完你们要做什么之后,我会去其他各个村子,拜访每一个单身汉聚居点,看看是否还有人受到了这个萨胡。"

"告诉我们要做什么。"老西博基说道。他虽然关节痛,但还是来听我讲话了。

"你们不能杀穆伦比。"我重复道,"携带这个萨胡也不是他的错。但我们也不希望他把它传递给其他人,所以从今天起,他要被驱逐。要把他赶出他的小屋,不准他再回来。如果你们有人给他提供食物或住所,你们自己和全家都会受到同样的萨胡。还要派人去所有邻近的村子送信,这样到明天早上他们都会知道要躲开他,再让他们派出更多的送信人,这样不出三天,基里尼亚加里就没有哪个村子欢迎他了。"

"这个惩罚太可怕了。"柯因纳格说。基库尤人是充满同情心的民族。"如果这个萨胡不是他的错,我们不能至少在村口给他放些食物吗?如果他晚上一个人过来,不和别人见面说话,萨胡也许就会停留在他自己身上。"

我摇摇头,"必须按我说的做,否则我就没法保证它不会扩散到你们所有人身上。"

"如果我们在田里看到他,是不是不能理会他?"柯因纳格还不死心。

"如果你看到他,必须用长矛威胁他,把他赶跑。"我答道。

柯因纳格深深地叹了口气,"那就按你说的做吧。我们今天会把他从小屋赶走,永远驱逐他。"

"就这么办。"说完我离开博玛,回到我的山上去了。

好吧,穆伦比,我心想。现在你得到了你想要的挑战。从小到大,你的长矛都派不上什么用场,从今往后你只能吃你的长矛捕到的猎物;从小到大,都是女人给你建造小屋,从今往后你只能靠自己亲手建造的小屋提供庇护;从小到大,你都过着无忧无虑的生活,从今往后你只能靠自己的智慧和力量了。没有人会帮你,没有人会给你提供食物或住所,我也不会撤回我的命令。这不是完美的解决方案,但在这种情况下,这是我想到的最好的办法。你需要挑战和敌人,现在我把两者都给了你。

接下来的一个月里,我走访了基里尼亚加的所有村子,和年轻人们聊了很久。我又发现了两个需要被驱逐到野外独自生活的,现在,除了我原本的职责,这种拜访也成了我日常工作的一部分。

再没有发生过自杀,小伙子当中也再没有无法解释的死亡事件。但我时不时会不禁思考,社会究竟会发展成什么样。就连基里尼亚加这样的乌托邦里,最优秀、最聪明的成员也成了被驱逐的人,剩下的不过是满足于饱食莲花果实的庸碌之辈。

7

一点知识

（2136年7月）

曾经，动物是会说话的。

狮子、斑马、大象、豹子、鸟类、人类，大家共享大地。他们肩并肩劳作，相遇，谈天说地，彼此拜访，互赠礼物。

有一天，恩迦将他的所有造物召集到一起。

"为了我创造的所有生物都能过上幸福的生活，我已经竭尽全力。"恩迦说。动物和人都开始为恩迦唱赞歌，但他举起手，大家便立刻住了嘴。

"我给你们的生活过于幸福了，"他继续说道，"过去一年来，你们当中谁也没有死去。"

"这有什么问题吗？"斑马问。

"你们都受各自的天性约束，"恩迦说，"就像大象无法飞翔，高角羚无法爬树，我也不能说谎。既然谁也没有死去，我就无法为你们感到同情；没有同情，我就不能用我的泪水浇灌草原和森林；没有水，草木就会枯萎死去。"

大家传来一片呻吟和哀号，恩迦再次让他们安静下来。

"我要给你们讲个故事。"他说，"你们要好好听着其中的道理。

"曾经有两窝蚂蚁。其中一窝很聪明，另一窝很愚蠢，它们彼此为邻。一天，它们接到消息说，食蚁兽要到它们的地盘来了。愚蠢的那一窝蚂蚁只顾自己手头的事，希望食蚁兽会无视它们，去袭击它们的邻居。聪明的那一窝蚂蚁则修了个土丘，能够抵挡哪怕是食蚁兽的袭击；它们还收集了蜜糖，储备在土丘里。

"食蚁兽一抵达蚂蚁王国，便立刻开始袭击那窝聪明的蚂蚁。但土丘阻挡了它的全力进攻，蚂蚁躲在里面，靠蜜糖储备活了下来。最后，经过多日失败，食蚁兽溜达到愚蠢蚂蚁的地盘，那天晚上美餐了一顿。"

恩迦话音停了，大家谁也不敢要他继续说下去。他们各回各家，讨论着恩迦的故事，并为即将到来的干旱做准备。

一年过去了，人类终于决定将一只无辜的山羊作为祭品，恩迦的眼泪当天就落在干裂贫瘠的土地上。第二天一早，恩迦再次将所有生物召集到圣山来。

"你们过去一年过得怎么样？"他问大家。

"非常不好。"瘦弱的大象呻吟道，"我们按照你说的，修建了土丘，收集了蜜糖——但我们在土丘里又热又不舒服，而且全世界所有的蜜糖也不够一群大象吃的。"

"我们过得更糟。"甚至更加瘦弱的狮子抱怨道，"因为狮子根本不能吃蜜糖，我们必须吃肉。"

每种动物都轮流倒了苦水。最后恩迦转向人类，问了他同样的问题。

"我们过得很好。"人类说，"我们修建了一个储水的水缸，在干旱来临之前就储满了水。我们还储备了足够的粮食，一直支撑到现在。"

"我很为你骄傲。"恩迦说,"在所有生物中,只有你理解了我的故事。"

"这不公平!"其他动物抗议道,"我们按照你说的,建了土丘,储了蜜糖!"

"我给你们讲的是个寓言,"恩迦说,"你们把故事里的事实误当成了背后的道理。我给了你们思考的能力,你们却没有好好利用。因此我现在要把它收回来。此外我还要惩罚你们,你们将不再具有说话的能力,因为不思考的生物没有什么可说的。"

从那天起,在恩迦的所有造物中,只有人类具有思考和说话的能力,因为只有人类能够看透事物表面,找到真理。

从一个人小时候起,你就和他共事,训练他,为他指点迷津,你以为你很了解他。你以为你能预料到他对各种情况的反应。你以为你知道他是如何思考的。

如果这个人是你选的,从他的诸多小伙伴中脱颖而出,将委以重任,就像小恩德米被我选中,将会成为基里尼亚加的蒙杜木古的接班人,那你最深信不疑的就是你拥有他的忠诚和感激。

但蒙杜木古也会犯错。

我不太确定它是什么时候或者如何开始的。恩德米还是柯西——也就是未受割礼的小毛孩——的时候,我选中他作为我的助手,我们一起努力,让他有一天能够接替我担任蒙杜木古。我选择他不是因为他的勇气,尽管他的确无所畏惧,也不是因为他无尽的热情,而是因为他的智慧。在基里尼亚加的所有孩子中,除了一个早已死去的小姑娘,他是迄今最聪明的孩子。既然我们迁移到这个世界是为了建立基库尤人的乌托邦,远离拙劣模仿欧洲的肯尼亚,那么蒙杜木古必须是所有人当中最有智慧的。他不仅要占卜和施咒,还是整个部落的集体智慧与文化宝库。

我每一天都为恩德米有限的知识储备添砖加瓦。我教他如何用刺槐树的树皮和豆荚制药,如何做药膏帮老人在时令变换时缓解不适,我让他背下一百个用来给稻草人施咒的咒语。我给他讲了一千个寓言,因为基库尤人在所有问题和所有场合都有相应的寓言,充满智慧的蒙杜木古要为每个场合找到合适的寓言。

他忠实地跟随了我六年,每天早上到我的山上来,帮我喂鸡喂羊,给我的博玛生火,帮我打水,然后跟我上课。六年过去了,我终于把他带进我的小屋,向他演示了如何使用我的电脑。

整个基里尼亚加只有四台电脑。其他几台分别属于我们村的大酋长柯因纳格和两个远方部落的酋长。但他们的电脑只能收发信息,只有我的电脑绑定了乌托邦议会的数据库。乌托邦议会是给基里尼亚加颁发许可的治理机构。这样做是因为只有蒙杜木古具备足够的力量和视野,在接触欧洲文化的同时能够不被其腐化。

我的电脑的首要功用之一,是计算给基里尼亚加带来季节变化的轨道调整,这样就会按时降雨,让庄稼繁茂生长,确保丰收。这可能是蒙杜木古对其人民负有的最重要的责任,因为这样才能保证他们的生存。我用了很多天才把电脑的各种复杂之处都教给恩德米,最后他终于能和我一样熟练操作,完全自如地和它交谈了。

我注意到他发生变化的那天早晨,和往常没有什么不同。我醒来,把毯子围在苍老的肩头,痛苦地走出小屋,坐在火边,直到温暖的阳光祛除空气中的寒意。和往常一样,火堆没有生起。

几分钟后,恩德米沿着小路来到我的山头。

"占波,柯里巴。"他带着一如既往的微笑和我打招呼。

"占波,恩德米。"我说,"我跟你说过多少次了？我是个老人,必须坐在火边等天气变暖。"

"对不起,柯里巴。"他说,"可我在离开我父亲的沙姆巴时,看到一只鬣狗朝我家的山羊凑了过去,我得把它赶走。"他举起长矛,好像是在证明他的话。

我实在是佩服他的机灵。他可能迟到了有一千次了,但他从来没用过相同的借口。但这事还是变得无法忍受了。等他做完杂活儿,火堆也烤暖了我的骨头,驱散了我的疼痛,我让他在我对面坐下。

"我们今天上什么课?"他坐下来问道。

"待会儿再上课。"我说着。今天的第一丝暖风把一阵尘土吹过我的脸,我终于把毯子从肩头拿下来,"我要先给你讲个故事。"

他点点头,目不转睛地看着我。我开始讲了。

"从前有个基库尤酋长,"我说,"他有很多令人钦佩的品质。他是个勇敢的战士,在长老会里他的话很有分量。但他也有一个缺点。

"有一天,他看到一个姑娘在她父亲的沙姆巴种地,他被她迷住了。他打算第二天就向她告白。但当他出发去找她的时候,一头大象挡住了他的路,他只好退到一旁,等到大象经过。等他终于抵达姑娘的博玛时,他发现一个年轻的战士正在追求她。他们目光相接时,她对他微笑起来。他没有灰心,决定第二天再去找她。这次,一条毒蛇挡住了他的路,等他抵达时,发现他的情敌又抢了先。她又一次用微笑鼓励了他,于是他决定再来一次。

"第三天早上,他躺在小屋里的毯子上,思考着他想要对她说的许多话,好用他的热情给她留下深刻印象。等到他决定怎样获得她的青睐最好时,太阳已经快要落了。他从他的博玛一路跑到姑娘那里,发现他的情敌刚刚付给她父亲五头牛和三十只山羊,定下了和她的婚约。

"他想方设法和姑娘单独见了面,终于倾吐了他的爱慕之情。

"'我也爱你。'她答道,'可尽管我每天都在等你,希望你会来,你却每天都迟到。'

"'我是有理由的。'他说,'第一天我碰到一头大象,第二天有条毒蛇挡住了我的路。'他不敢告诉她第三次迟到的真正原因,于是说:'今天我碰到了一头豹子,我必须用长矛杀掉它才能继续上路。'

"'对不起。'姑娘说,'但我已经被许给别人了。'

"'你不相信我吗?'他问。

"'你说的是不是真话并不重要。'她答道,'不管狮子、毒蛇和豹子是真的还是谎言,结果都是一样的:你迟到了,所以你失去了你的爱人。'"

我讲完了,看着恩德米。"你明白这个故事的道理吗?"我问。

他点点头,"你并不在乎鬣狗是否袭击了我父亲的山羊,重要的是我迟到了。"

"正是如此。"我说。

一般这种事就在这里结束了,然后我们会开始上课。但今天不是这样。

"这个故事很蠢。"他望向宽广的草原说道。

"噢?"我问道,"为什么?"

"因为它一开头就是谎言。"

"什么谎言?"

"基库尤人原本没有酋长,直到英国人到来才建立了这个制度。"他答道。

"谁告诉你的?"我问。

"那个会说话和发光的盒子告诉我的。"他说,终于肯与我对视了。

"我的电脑?"

他又点点头,"我和它就基库尤人开展了很多很长的讨论,我学到了很多东西。"他停了一下,"我们甚至直到茅茅时代才开始住在村子里,那时候是英国人让我们住在一起,这样就能更好地监管我们。也是英国人为我们的部落创建了酋长,这样他们就可以通过这些酋长统治我们。"

"的确如此。"我承认道,"但这对我的故事不重要。"

"但你的故事一开始就是假的。"他说,"那么其他部分又怎么会是真的呢? 你为什么不直接说:'恩德米,如果你再迟到,不管你的理由是真是假,我都要惩罚你。'"

"因为你应该理解你为什么不能迟到。"

"但这个故事是谎言。每个人都知道,追求姑娘和带彩礼提亲需要不止三天时间,所以故事的开头和结尾都是谎言。"

"你看的是事物表面。"我说着,看着一只小虫爬上我的脚,然后把它掸掉,"真相在这之下。"

"真相就是你不想让我迟到。这和大象和豹子有什么关系? 咱们到基里尼亚加来之前,它们就灭绝了。"

"听我说,恩德米。"我说,"等你成为蒙杜木古时,你要向你的人民传授一些价值、一些知识,你必须以他们能够理解的方式来传授。特别是对小孩。他们就像泥巴,你要把他们塑造成下一代基库尤人。"

恩德米有很长时间都没有说话。"我觉得你错了,柯里巴。"他最后说道,"如果你直接讲道理,人们也会听得懂;而且你刚给我讲的这种故事里充满了谎言，可就因为是蒙杜木古讲的，他们就会认为这是真的。"

"不！"我尖锐地说，"我们到基里尼亚加来，是为了以传统方式生活，就像欧洲人把我们变成没有特点的肯尼亚人之前一样。我的故事中有一种诗意，一种传统。它表现了我们的种族记忆，过去的生活，也是我们希望复兴的生活。"我停了一下，思考着应该采取哪种方式来处理，因为恩德米以前从来没有这样大胆反对过我的教导，"你自己过去总是求我讲故事，所有孩子中，你也是最快理解故事的真正意义的。"

"我那时候还小。"他说。

"你那时候还是个基库尤人。"我说。

"我仍然是个基库尤人。"

"你是个接触了欧洲人的知识和欧洲历史的基库尤人。"我说，"如果你要接替我担任蒙杜木古，这是不可避免的，因为欧洲人随时可以取消我们的许可证，你必须能够和他们对话，操作他们的机器。但你作为基库尤人和蒙杜木古的最大挑战，是避免被他们腐化。"

"我并不觉得被腐化了。"他说，"我从电脑那里学到了很多东西。"

"的确。"我表示同意。一只鱼鹰懒洋洋地在我们上空盘旋，微风送来附近一群角马的气味。"你也忘记了很多东西。"

"我忘记了什么？"他看着鱼鹰俯冲下来从河里抓走一条鱼，问道，"你可以考考我，看看我的记忆力有多好。"

"你忘记了故事的真正价值是，聆听者必须给它带来一些东西。"我说，"我本可以直接命令你不许迟到，就像你说的那样——但故事的目的是让你用大脑理解你为什么不应该迟到。"我停了一下,"你还忘了我们为什么不应该尝试成为欧洲人。我们尝试过一次,但我们只是变成了肯尼亚人。"

他有很久没有开口。最后他抬起头来看着我。

"咱们今天可以不上课吗?"他问道,"你说了很多,我要好好想一想。"

我点头表示同意,"明天再来,咱们讨论一下你思考的东西。"

他站起身,沿着曲折漫长的小路从我的小山回村子去了。

第二天,我等他等到太阳当空,但他没有来。

羽毛渐丰的小鸟应该试试翅膀,年轻人也应该通过质疑权威来试试自己的能力。我对恩德米没有恶意,只是等待着他回来的那一天,等待他变得谦卑一些,继续学习。

但我现在没有助手的事实并不能免除我的职责。我每天都下山到村里去,为稻草人施咒,和柯因纳格一起参加长老会的会议。我给老西博基拿来了治关节炎的新油膏,还向恩迦献祭了一只山羊,请他批准马鲁塔和其他部落的一个小伙子即将举行的婚礼。

和往常一样,我在村子里忙活时,无论走到何处,孩子们都跟着我,求我停下手头的事,给他们讲个故事。我忙了两天,因为蒙杜木古有很多事要做,但第三天早上我有点空闲时间,便把他们召集来,围坐在一棵刺槐树的树荫下。

"你们想听什么故事?"我问道。

"给我们讲讲过去,我们还居住在肯尼亚时的生活。"一个女孩说。

我微笑起来。他们总想听肯尼亚的故事——他们并不知道肯尼亚在哪里,也不知道它对基库尤人意味着什么。但我们住在肯尼亚的时候,狮子、犀牛和大象还没灭绝,他们很喜欢动物在故事里说话,比人还有智慧。我讲故事的时候,他们自己会模仿这种智慧。

"那好。"我说,"我给你们讲愚蠢的狮子的故事。"

他们围成一个半圆,或坐或蹲,全神贯注地看着我。我开口讲了起来:"从前,有一头愚蠢的狮子住在圣山基里尼亚加的山坡上。由于它很愚蠢,它不相信恩迦把这座山给了吉库尤,也就是第一个人类。有一天早上……"

"你讲错了,柯里巴。"一个男孩说。

我眯起眼睛看过去,是姆杜图,卡伦扎的儿子。

"你竟敢打断你的蒙杜木古?"我严厉地说,"而且甚至还反对他。为什么?"

"恩迦没有把基里尼亚加给吉库尤。"姆杜图站起来说道。

"他当然给了。"我答道,"基里尼亚加属于基库尤人。"

"不可能。"他坚持道,"基里尼亚加不是基库尤名字,而是马赛名字。'基里'在马赛语里是'山'的意思,'尼亚加'的意思是'光'。这样说来,恩迦不是更有可能把这座山给了马赛人,然后我们的战士又把它从他们手里抢过来了吗?"

"你怎么知道这些词在马赛语里是什么意思的?"我问道,"基里尼亚加里没有人会这种语言。"

"恩德米告诉我们的。"姆杜图说。

"恩德米错了!"我喊道,"吉库尤把真相传给他的九个女儿和女婿,又一直传到我这里,从来没有过别的说法。基库尤人是恩迦选中的民族。他把长矛和乞力马扎罗给了马赛人,把挖掘棒和基里尼亚加给了我们。基里尼亚加过去一直属于基库尤人,未来也会一直属于我们!"

"不,柯里巴,你错了。"一个柔和而清脆的声音说。我转过头,看到了我的新攻击者。是小个子的西米,恩乔穆的女儿,她还不到七岁,却站起来反对我。

"恩德米告诉我们,很多年以前,基库尤人把基里尼亚加以六只山羊的价格卖给了一个名叫约翰·鲍耶斯的欧洲人,是英国政府让他把基里尼亚加还给我们的。"

"你相信谁的话?"我严厉地问道,"一个只生活过十五个长雨季的毛头小子,还是你的蒙杜木古?"

"我不知道。"她一点儿也没流露出害怕的迹象,"他告诉了我们日期、地点,可你只讲聪明的大象和愚蠢的狮子。很难判断应该相信谁。"

"那么,我不讲愚蠢的狮子的故事了。"我说,"给你们讲傲慢的男孩的故事吧。"

"不,不,我们要听狮子的故事!"有些孩子叫道。

"安静!"我吼道,"我想讲什么,你们就得听什么!"

他们的抗议平息了,西米重新坐了下来。

"从前,有个聪明的小男孩。"我说。

"他的名字是恩德米吗?"姆杜图微笑着问。

"他的名字是利臻。"我答道,"不许再插嘴了,要不然我就走了,直到下一个雨季你们都没有故事听了。"

姆杜图脸上的微笑消失了,他低下了头。

"我说了,这个男孩很聪明,他在他父亲的沙姆巴放牧牛羊。因为他很聪明,所以他总是在思考。有一天他想到一个办法,可以让干活更轻松。于是他去找他父亲,说他做了一个梦,在梦里他们修建了铁丝网做的栅栏,顶端还有尖刺,这样牲口出不去,鬣狗也进不来。他想,如果修了这样的栅栏,他就不用再照管牲口,而可以做其他事了。

"'我很高兴你动了脑子,'他父亲说,'但这个点子欧洲人以前已经尝试过了。如果你不想干活,就得想想其他办法。'

"'可是为什么呢?'男孩问道,'欧洲人想到过这个点子,并不意味着它不好。不管怎么说,这个点子肯定对他们行得通,否则他们也不会采用它。'

"'的确如此。'他父亲说,'但对欧洲人行得通的点子并不一定对基库尤人行得通。现在去干活吧,还有,继续思考。如果你想得足够努力,你一定会想出一个更好的点子。'

"但这个男孩不仅聪明,也很傲慢。他没有听他父亲的话,尽管他父亲年纪更大,也更有智慧和经验。他把全部空闲时间都用来将尖锐的倒刺缠在铁丝上,他修建了栅栏,把他父亲的牲口赶了进去,确保它们跑不出来,鬣狗也没有口子可以进去。栅栏建好后,夜色降临,他去睡觉了。"

我停了一下,环顾了一下我的听众。大部分人都全神贯注地看着我,等待着故事接下来的发展。

"他被父亲的怒吼以及母亲和姐妹的痛哭声惊醒了。他跑出去看发生了什么事。他发现他父亲的所有牲口都死了。那天夜里,能咬碎骨头的鬣狗咬穿了固定铁丝网的柱子,受惊的牲口冲向铁丝网,被上面的刺弄得动弹不得,鬣狗便趁机吃掉了它们。

"傲慢的男孩迷惑地看着这幕惨状。'怎么会发生这种事呢?'他说,'欧洲人用过这种铁丝网,他们就没出事。'

"'欧洲没有鬣狗。'他父亲说,'我告诉过你,我们和欧洲人不同,对他们行得通的办法对我们行不通。但你不听我的话,现在我们只能过穷日子了。就因为你的傲慢,我们一夜之间丢失了我一辈子攒下来的牲口。'"

我讲完了,等待着回应。

"故事完了吗?"姆杜图终于开口了。

"讲完了。"

"这个故事的意义是什么?"另一个男孩问道。

"你来告诉我。"我说。

有一会儿谁也没有说话。后来,西米的姐姐巴利米站了起来。

"它的意义是,只有欧洲人可以使用带刺的铁丝网。"

"不对。"我说,"你不能只听,孩子,还要思考。"

"它的意义是欧洲人的方法并不适合基库尤人。"姆杜图说,"相信我们可以用他们的方法,这种想法是傲慢的。"

"对了。"我说。

"不对。"一个熟悉的声音在我身后响起。我转过头,看到了恩德米。"它的意义是,那个男孩很愚蠢,在柱子上围上了铁丝网。"

孩子们看着他,开始表示赞同地点着头。

"不!"我坚定地说,"它的意义是,我们必须拒绝一切欧洲人的东西,包括他们的点子,因为它们不适合基库尤人。"

"可是为什么呢,柯里巴?"姆杜图问道,"恩德米说的话有什么错?"

"恩德米只告诉了你们事实。"我说,"但因为他也很傲慢,他并没有看到真相。"

"他没看到什么真相?"姆杜图刨根问底。

"如果铁丝网有效,那么傲慢的男孩第二天又会借用欧洲人的另一个点子,再一个点子,直到最后他就再也不剩什么基库尤人的点子,而且会把自己家的沙姆巴变成一个欧洲人的农场。"

"欧洲是粮食出口地区。"恩德米说,"肯尼亚是进口地区。"

"这是什么意思?"西米问。

"意思是恩德米有了一点知识,却还不知道这很危险。"我答道。

"意思是,"恩德米答道,"欧洲农场生产的粮食供给他们的部落还有富余,而肯尼亚的农场的粮食不够。如果真是这样,那就意味着有些欧洲人的点子可能对基库尤人有好处。"

"或许你也应该像欧洲人一样穿鞋,"我生气地说,"既然你打算成为他们的一员。"

他摇摇头,"我是基库尤人,不是欧洲人。但我不想成为一个无知的基库尤人。如果你的寓言隐瞒了我们的过去,我们怎么能保持和过去一样的生活呢?"

"不。"我说,"我的故事揭示了我们的过去。"

"我很抱歉,柯里巴。"恩德米说,"你是一个伟大的蒙杜木古,我尊重你胜过任何人,但在这件事上你错了。"他停了一下,直视着我,"你为什么从来没告诉过我们,基库尤人历史上只有一次被一个国王统一过,而这个国王是个白人,名叫约翰·鲍耶斯?"

孩子们都目瞪口呆。

"如果我们不知道过去是什么样的,"恩德米继续说道,"又怎么能防止它再次发生呢? 你给我们讲了基库尤人与马赛人的战争,这些故事很精彩,展现了我们的勇气与胜利——但电脑告诉我,我们和马赛人的所有战争都输了。如果马赛人到基里尼亚加来,我们难道不应该知道这一点,以免被我们听过的故事欺骗,再次和他们开战吗?"

"柯里巴,这是真的吗?"姆杜图问道,"我们有过的唯一国王是欧洲人?"

"我们从来没打败过马赛人?"另一个孩子问道。

"让我们俩单独谈谈,"我说,"然后我再回答你们。"

孩子们不情愿地站了起来,走到听不见我们说话的距离,然后站在那里瞧着恩德米和我。

"你为什么要这样做?"我对恩德米说,"你会毁掉他们作为基库尤人的自豪感!"

"我知道了真相也并没有减少作为基库尤人的自豪感。"恩德米说,"他们为什么就会呢?"

"我给他们讲的故事,目的是让他们不要相信欧洲人的方式,让他们对于自己是基库尤人感到高兴。"我尽量控制着自己的脾气解释道,"你会破坏他们的信心,而这是基里尼亚加继续作为我们乌托邦的前提。"

"我们大部分人都没见过欧洲人。"恩德米说,"我更小的时候曾经会梦到他们,梦里他们有狮子的利爪,走路时像大象一样撼动大地。这怎么能帮我们做好与他们相见的准备呢?"

"在基里尼亚加你永远不会见到他们。"我说,"我的故事的目的是让我们留在基里尼亚加。"我停了一下,"曾经一度,我们也从未见过欧洲人,我们被他们的机器、医药和宗教征服,以至于我们自己想要成为欧洲人,最后却连基库尤人也不是了。这种事不能再发生了。"

"但你告诉孩子们真相,不是能更好地避免这种事的发生吗?"

"我告诉他们的就是真相!"我说,"是你在用事实把他们搞糊涂——你从欧洲历史学家和欧洲电脑上学来的事实。"

"这些事实错了吗?"

"问题不在这里,恩德米。"我说,"他们是孩子。他们必须以孩子的方式来学习——就像你曾经经历的一样。"

"等过了割礼,他们成人后,你会告诉他们事实吗?"

这句话几乎就是他有过的最大反抗了——说实话,是基里尼亚加里所有人有过的最大反抗。我从来没有像喜爱恩德米一样喜爱过哪个年轻人——甚至对我那选择留在肯尼亚的亲生儿子也没有。恩德米很聪明、勇敢,他这个年纪的年轻人常常会质疑权威。因此,我决定再尝试一次和他讲道理,而不是冒险让我们的关系永久破裂。

"你仍然是基里尼亚加最聪明的年轻人。"我实话实说,"那么我要问你一个问题,我希望你诚实地回答我。你在追寻历史,我在追寻真相。你觉得哪一个更重要?"

他皱起眉头。"它们是一码事。"他答道,"历史就是真相。"

"不,"我答道,"历史是一系列事实和事件的集合,这些东西始终可以重新解释。它一开始是真相,最终会演变为寓言。我的故事一开始是寓言,但最终演变为真相。"

"如果你是对的,"他若有所思地说,"那么你的故事就比历史更重要。"

"很好。"我说着,希望这件事解决了。

"可是,"他补充道,"我不确定你是对的。我得想一想。"

"那就好好想想吧。"我说,"你很聪明。你会得到正确的结论的。"

恩德米转身朝他家的沙姆巴走去。他一走出视线之外,孩子们就冲了回来,又一次围坐成一个紧密的半圆形。

"你对我的问题有答案吗,柯里巴?"姆杜图问道。

"我不记得你的问题了。"我说。

"我们唯一的国王是个白人?"

"是的。"

"怎么可能呢?"

我对于如何回答思考了很久。

"作为回答,我要给你讲一个故事,是关于一个基库尤小女孩非常短暂地成为所有大象的女王的。"我说。

"这和成为我们国王的白人有什么关系?"姆杜图又刨根问底了。

"好好听着。"我对他说,"等我讲完,我会向你提出很多关于这个故事的问题,这之后,你自己就能回答你的问题了。"

他聚精会神地向前倾着身子,我开始讲故事了。

我回到自己的博玛吃午饭。饭后,我决定在下午的暑气中睡一小觉。我是个老人了,这一天的早晨很漫长,令人疲惫。我让山羊和鸡在山坡上游荡,知道没有人会把它们偷走,因为它们都带有蒙杜木古的记号。我刚把睡觉的毯子在刺槐树下铺开,就看到山脚下有两个人。

起初,我以为是村里的两个孩子在找从牧场跑丢的牲口,但后来他们开始上山,我终于看清了。高个子是恩德米的母亲施玛,小个子是一只山羊,她用一根绳子系在它脖子上牵着。

她终于抵达了我的博玛,有点上气不接下气,因为山羊很不习惯绳子,一直想要挣脱。她打开门。

"占波,施玛。"她走进博玛时我说道,"你为什么把你的山羊带到我的山上来? 你知道只有我自己的山羊可以在这里吃草。"

"这是给你的礼物,柯里巴。"她答道。

"给我的?"我说,"但是我并没有给你帮什么忙来换取这只山羊。"

"对,但你可以。你可以让恩德米回来。他是个好孩子,柯里巴。"

"但是……"

"他再也不会迟到了。"她保证道,"他的确保护我们的山羊免遭鬣狗袭击来着。他绝不会向他的蒙杜木古撒谎的。他很年轻,但有一天他能成为一位伟大的蒙杜木古。我知道他可以的,只要你肯教他。你是个聪明人,柯里巴,你选择恩德米是明智的。我不知道你为什么驱逐他,但如果你肯让他回来,他绝不会再捣乱了。他只想成为和你一样伟大的蒙杜木古。不过,当然了,"她匆忙补充道,"他永远不可能和你一样伟大。"

"你能让我说话了吗?"我恼火地问。

"当然,柯里巴。"

"我没有驱逐恩德米。他是自己离开的。"

她瞪大了眼睛,"他离开你的?"

"他还年轻,叛逆是年轻的一部分。"

"愚蠢也是!"她愤怒地喊道,"他一直都很愚蠢,而且还总是迟到! 我怀他的时候,他就连出生都迟了两星期! 他总是在思考,不干活。我一直都以为我们是被诅咒了,但后来你让他给你当助手,我就会成为蒙杜木古的母亲了——可现在一切都被他毁了!"

她松开绳子,山羊在我的博玛四下游荡,她开始用拳头捶打着胸口。

"为什么我要受到这种诅咒?"她问道,"为什么恩迦给了我一个愚蠢的儿子,又让我心怀希望,以为他可以跟随你,然后又加倍诅咒我? 恩迦把他送了回来,这时候他都要成年了,干不了我们沙姆巴的任何活儿。他以后怎么办? 谁会接受这种蠢人的彩礼? 他播种也会迟,收获也会迟,挑妻子也会迟,下彩礼也会迟,他最后只能和其他光棍一起住在森林边,靠要饭为生。托我的福,估计他死都要死得迟!"她停下来喘了口气,然后又开始哭号,最后尖叫起来,"恩迦为什么这么恨我?"

"冷静一下,施玛。"我说。

"你倒是说得轻巧!"她抽泣着,"又不是你丧失了对未来的全部希望。"

"我的未来没有多长时间了。"我说,"我担心的是基里尼亚加的未来。"

"你看吧?"她说着,又开始捶胸顿足地哭号,"你看吧? 我儿子将要毁灭基里尼亚加了!"

"我没有这样说。"

"他做了什么,柯里巴?"她说,"你告诉我,我让他父亲和兄弟们好好揍他一顿,直到他听话为止。"

"揍他解决不了问题。"我说,"他还年轻,所以会反抗我的权威。生活就是这样。要不了多久他就会意识到自己错了。"

"我会给他解释他要失去的一切,他就会知道他从来也不该反抗你,他会回来的。"

"你可以跟他提一提。"我鼓励她道,"我是个老人了,我还有很多要教给他的。"

"我会按照你说的做,柯里巴。"她保证道。

"很好。"我说,"现在回你的沙姆巴去和恩德米谈谈吧。我还有其他事要做。"

直到我午睡醒来,回到村子里去参加长老会的会议时,我才意识到自己有多少事要做。

我们的日常工作总是下午晚些时候在大酋长柯因纳格的博玛开始的。那时候暑气已经散去,长老们一个接一个把垫子放下,摆成一个半圆形,坐在垫子上,我的位子就在柯因纳格的右手边。博玛里不能有女人、小孩和动物,我们当中的最后一位到场后,柯因纳格便开始会议。他会宣布要商议的问题,随后我请恩迦指引我们,让我们做出公正的决定。

在这一天,有两名村民请长老会裁决他们共有的母牛生的牛犊应该归谁。西巴纳希望获得许可与他最年轻的妻子离婚,她嫁过来三年了也没生孩子。还有基乔的三个儿子,他们对于父亲给他们的财产分割方式不满意。

每件事的当事人陈述完,柯因纳格都会低声和我讨论,并每次都采纳我的建议。牛犊的所有权归母牛怀孕期间饲养它的那个人,并讲好下一头牛犊归另外一方。西巴纳可以离婚,但不能收回彩礼,于是他决定不离婚了;基乔的儿子们得知他们要么接受这种财产分割方式,要么在其中两人同意的情况下,我把三块不同颜色的石头放在一个葫芦里,让他们每人抽一块,并获得石头对应的沙姆巴,由于每个人都有可能抽到最小的沙姆巴,不出我所料,只有一个兄弟同意我们的这种解决方案,于是他们的问题就这样不了了之了。

这时,柯因纳格的大老婆万布一般都会拿来一大瓢彭贝,我们就会喝起来,然后回到我们各自的博玛。但今天万布没来,柯因纳格紧张地转向我。

"还有件事,柯里巴。"他说。

"噢?"

他点点头,我看到他为了鼓足勇气挑战他的蒙杜木古,面部肌肉都紧张起来了。

"你对我们说,恩迦把燃烧的长矛交给了乔莫·肯雅塔,让他组织茅茅把欧洲人逐出肯尼亚。"

"是这样的。"我说。

"真的吗?"他问道,"我听说他自己娶了个欧洲女人,茅茅没能成功把欧洲人逐离圣山,而且乔莫·肯雅塔甚至都不是他的真名——他出生时用的是个欧洲名字,约翰斯通。"他瞧着我,半是指责,半是害怕,怕燃起我的怒火,"你对此有什么要说的,柯里巴?"

我迎着他的目光,与他对视了好一会儿,直到他最后垂下眼帘。随后,我冷冷地轮流环顾了长老会的每一个成员。

"所以,你宁可相信一个愚蠢的年轻人,而不是你自己的蒙杜木古?"我问道。

"我们相信的不是他,而是电脑。"卡伦扎说。

"你们自己和电脑对话过吗?"

"没有。"柯因纳格说,"还有一件事咱们必须谈谈。恩德米对我说你的电脑和他说话,告诉他很多东西,可我的电脑除了给其他酋长发送信息,什么也做不了。"

"它是蒙杜木古的工具,别人不能用。"我答道。

"为什么?"卡伦扎问道,"它知道很多我们不知道的东西。我们可以从它那里学到很多。"

"你们已经从它那里学到很多了。"我说,"它跟我讲话,我再讲给你们听。"

"但是它也对恩德米讲话。"卡伦扎继续说道,"如果它能跟一个刚到割礼年纪的毛孩子讲话,为什么不能直接和村里的长老讲话?"

我转向卡伦扎,把两只手举起来,手掌向上。"我的左手里是我今天杀掉的一只高角羚的肉。"我说,"右手里是我五天前杀掉的一只高角羚的肉,已经在太阳下晒了五天。它上面覆满蚂蚁,虫子在里面蠕动,还散发着臭气。"我停了一下,"你吃哪一块?"

"你左手里的肉。"他答道。

"可两块肉都来自同一群高角羚。"我说,"两只高角羚死前都很肥美健康。"

"但你右手里的肉已经腐烂了。"他说。

"的确。"我表示同意,"就像肉可以有好坏之分,事实也有好坏之分。恩德米告诉你们的事实来自欧洲人写的书,事实对于他们的意义可能跟对于我们的意义不同。"

我停了一下,让他们考虑考虑我说的话,随后又继续说了下去:"欧洲人望向草原,脑海中可能勾勒出一座城市;而基库尤人望向同样一片草原,脑海中浮现的可能是一座沙姆巴。欧洲人看到一头大象,想到的是象牙做的装饰品;而基库尤人看到同一头大象,想到的是可以供给村子的食物,或者他的庄稼可能面临的灾难。但他们看到的都是同一片土地,同一只动物。"

"听着,"我说着,再次轮流看了看每一个人,"我在欧洲和美国上过学,在基里尼亚加的所有人当中,也只有我和白人一起生活过。我告诉你们,只有我,你们的蒙杜木古,有能力将好的事实与坏的事实区分开。允许恩德米和我的电脑对话是个错误。我不会再容许这种事了,直到我把更多的智慧传授给他为止。"

我以为我的话会解决这个问题,但我环顾四周,看到的却是不自在的表情,就好像他们想和我争论,却又没有这个勇气。最后,柯因纳格倾过身子,并没有直视我,说:"你没意识到你在说什么吗,柯里巴? 如果蒙杜木古让毛孩子和他的电脑对话是犯了错误,那他不让长老和电脑对话不也有可能是犯错误吗?"

我摇摇头,"错误是允许除了蒙杜木古以外的任何一个基库尤人和电脑对话。"

"但我们可以从它那里学到很多。"柯因纳格还是没有死心。

"学到什么?"我问道。

他无助地耸耸肩,"如果我知道是什么,那我就已经学到这些东西了。"

"我还要跟你重复多少次:从欧洲人那里没有什么可学的? 你越想像他们一样,就会丢失越多基库尤人的东西。这里是我们的乌托邦,基库尤人的乌托邦。我们必须努力保护它。"

"可是，"卡伦扎说，"就连'乌托邦'这个词也是欧洲人的，不是吗？"

"你也是从恩德米那里听说的？"我毫不掩饰话音中的嫌恶。

他点点头，"是的。"

"乌托邦只不过是个词。"我说，"重要的是这个点子。"

"如果基库尤人对它没有称呼，而欧洲人有，那它可能就是欧洲人的点子。"卡伦扎说，"如果我们的世界是建立在一个欧洲人的点子上的，那也许还有其他欧洲人的点子也可以为我们所用。"

我看着他们的面孔，大概是第一次意识到，基里尼亚加的第一批长老大部分都已经去世了。还剩下老西博基，从他的脸上，我看得出他比我自己更讨厌欧洲人的点子，可能还有两三个人也是这种态度，但这是新一代长老，他们是在基里尼亚加上长大的，不记得我们为了到这里来努力奋斗的原因。

"如果你们想当黑皮肤的欧洲人，那就回肯尼亚去！"我嫌恶地吼道，"那里到处都是！"

"我们不是黑皮肤的欧洲人。"卡伦扎不肯转移话题，"我们是认为，或许不是所有欧洲人的点子都对基库尤人有害。"

"任何改变我们的点子都是有害的。"我说。

"为什么？"柯因纳格问道。他现在意识到有很多长老支持他，反对我的勇气也增加了，"哪里写着乌托邦不能发展变化？如果真是这样，从第一个婴儿出生在基里尼亚加的那一天，我们就不再是一个乌托邦了。"

"这世界上有很多民族，所以也有很多种乌托邦。"我说，"你们谁也不会认为基库尤人的乌托邦和马赛人或桑布鲁人的乌托邦一样。同理，基库尤人的乌托邦和欧洲人的乌托邦也不一样。你们越接近其中一个，就越远离另一个。"

他们对此没有回应,我站起身。

"我是你们的蒙杜木古,"我说,"我从未误导过你们。你们过去一直都信任我的判断,这次你们也必须信任我。"

我开始朝博玛外走去,这时听到卡伦扎的声音从背后传来:

"如果你明天就死了,恩德米就会成为我们的蒙杜木古。你的意思是,我们应该像相信你的判断一样相信他的吗?"

我转向他,"恩德米很年轻,没有经验。你们,作为村子的长老,得用你们自己的智慧来判断他说的是否正确。"

"一辈子关在笼子里的鸟儿是不会飞翔的。"卡伦扎说,"一直晒不到太阳的花也不会盛开。"

"你是什么意思?"我问道。

"我们不应该现在就开始运用自己的智慧吗?要不然恩德米成为蒙杜木古的时候,我们就该忘记怎么运用它了。"

这次哑口无言的是我。于是,我转身踏上了回到我的小山的漫长路途。

我自己打水生火。五天后,恩德米终于回来了,我知道他会回来的。

我坐在自己的博玛里,随意地注视着河对岸一群正在吃草的瞪羚。这时,他费力地爬上山来,看起来明显很不自在。

"占波,恩德米。"我说,"再次见到你真好。"

"占波,柯里巴。"他答道。

"你休假休得怎么样?"我问道。斯瓦西里语里没有"休假"这个词,我只好用了英语,可这样他就体会不到其中的幽默和讽刺了。

"我父亲催我回来。"他说着,弯腰抚摸我的一只山羊,我看到他背上"被催促"的鞭痕了。

"我很高兴你回来了,恩德米。"我说,"我们已经像父子一样了。和你争吵让我感到很难受,我相信你也一样。"

"它的确让我感到难受。"他承认道,"我不喜欢和你争执,柯里巴。"

"我们俩都犯了错。"我继续说道,"你和你的蒙杜木古争论了,我则让你接触了一些你还不够成熟、无法处理的信息。我们俩都很聪明,能够吸取教训。你仍然是我选中的接班人,就当是什么都没发生过一样。"

"但它的确发生了,柯里巴。"他说。

"咱们就假装它没有发生。"

"我不觉得我能做到这一点。"恩德米闷闷不乐地说,一阵风突然把尘土吹起来,他用手挡住眼睛,"我和电脑交谈的时候学了很多东西。我怎么能撤销这些东西呢?"

"如果你不能撤销它们,那你就得忽略它们,等你长大一些再说。"我说,"我是你的老师。电脑只是个工具。你会用它来降雨,偶尔给维护部发个信息,仅此而已。"

一个黑影俯冲下来,把我掉落在火堆灰烬旁的一块早餐残渣叼走了。我看着这幅景象,等待着恩德米开口。

"你看起来很烦恼。"看来他是不会先开口了,于是我说话了,"跟我说说让你烦心的是什么。"

"是你教我思考的,柯里巴。"他说着,年轻而英俊的脸上表情复杂,"就因为我和你思考有差异,你现在就要让我停止思考吗?"

"我当然不希望你停止思考,恩德米。"我说道。我对他并不是不同情,我知道他内心正在做斗争,"蒙杜木古如果不能思考,还有什么用? 但就像投掷长矛的方法有对错,思考的方法也有对错。

我只是希望你选择真正的智慧的道路。"

"如果我自己找到它,那就更好了。"他说,"我必须学习尽可能多的事实,这样我才能正确判断哪些是有益的,哪些是有害的。"

"你还太年轻。"我说,"现在你必须相信我。直到你再大一些,那时你才能更好地判断。"

"这些事实不会发生改变。"

"它们不会。但你会。"

"但我怎么才能知道是不是好的变化呢?"他问道,"如果你错了,我一直听你的,最后变得和你一样,那我不就也错了吗?"

"如果你觉得我错了,你为什么回来?"

"为了聆听和做出判断。"他说,"还有继续和电脑对话。"

"我不能允许。"我说,"你已经在部落中引起了广泛的不信任。就因为你,他们现在质疑我说的每一句话。"

"这是有原因的。"

"那你大概可以告诉我原因是什么?"我说着,试图掩饰话音中的讽刺。我真心喜爱这个男孩,希望他能回到我身边。

"我听你讲故事已经很多年了,柯里巴。"他说,"我相信我可以用你的方式告诉你原因是什么。"

我点点头,等着他继续说下去。

"这个故事应该叫做恩德米的故事,"他说,"但我是在假装柯里巴,那么我就把它叫做未出生的狮子的故事吧。"

我从脸上拂下一只小虫,把它在手指之间来回捻着,直到最后甲壳破碎。"我在听。"

"从前,有一只还未出生的狮子,热切地想要看看这个世界。"恩德米开口说道,"它常常和它未出生的兄弟们说到这件事。'世界肯定很精彩,'它向它们保证道,'太阳永远照耀,草原上满是又肥

又懒的高角羚,所有其他动物都会向我们卑躬屈膝,因为没有别的动物比我们更厉害。'

"它的兄弟们劝它留在现在待的地方。'你为什么这么急着出生呢?'它们问它,'这里又温暖又安全,我们从来也不会挨饿。谁知道外面那个世界有什么在等着我们?'

"可没出生的狮子不肯听。有一天晚上,在它母亲和兄弟们熟睡的时候,它偷偷来到了这个世界。它什么也看不见,于是它推推母亲,说:'太阳在哪里?'母亲告诉它,太阳每晚都会消失,这个世界就会变得寒冷黑暗。'至少在它明天回来的时候,它会照耀着又肥又懒的高角羚,我们就可以抓住它们饱餐一顿。'它尽力安慰着自己。

"但它母亲说:'这里没有高角羚,它们随着雨水迁移到世界另一头去了。咱们唯一剩下的食物是水牛。它们的肉很老,没有味道,而且它们杀掉的狮子数目和我们杀掉它们的数目一样多。'

"'如果我的肚子是空的,至少我的心灵是充实的。'新生的小狮子说,'因为所有其他动物都会充满畏惧和嫉妒地看待我们。'

"'就算你是新生的小狮子,你也够愚蠢的,'它母亲说,'豹子、鬣狗和老鹰可没有把你当作嫉妒的对象,而是一顿美餐。'

"'至少等我长大了,它们都会害怕我。'新生的小狮子说。

"'犀牛可以用角顶你,'它母亲说,'大象可以用鼻子把你抛到高高的树上。就连黑鳄鱼也不会给你让路,如果你想凑上前,它就会杀掉你。'

"母亲继续罗列着所有既不会害怕也不会嫉妒长大的小狮子的动物,最后它叫母亲别再说了。

"'我选择出生真是犯了个大错。'它说,'这世界并不像我想象的那样,我要回到温暖、安全、舒适的地方,去找我的兄弟们。'

"但它母亲只是对它露出微笑。'噢,不行,'她不无爱怜地说,'你一旦出生了,无论是你自己的选择还是我的,你都再也无法变回未出生的狮子了。你到了这里,就得留下来。'"

恩德米看着我,他的故事讲完了。

"这个故事很有智慧。"我说,"我自己也不能讲得更好了。我选择你做我的学生的那一天,我就知道你会成为一位出色的蒙杜木古。"

"你还是没有理解。"他闷闷不乐地说。

"我完全理解这个故事的意思。"我答道。

"但它是个谎言。"恩德米说,"我讲这个故事只是为了向你展示,编造这样的谎言有多么容易。"

"一点儿也不容易。"我纠正他道,"这是一种艺术,只有少数人才能掌握——现在我看到你已经掌握了它,失去你就会加倍痛心。"

"不管是不是艺术,它都是谎言。"他重复道,"如果一个孩子听了这个故事,相信了它,他就会相信狮子能说话,婴儿也可以自己选择出生的时刻。"他想了一下,"还不如直接告诉你,一旦我获得了知识,不管是否是自由获取的,我都不能清空大脑,把它还回去。狮子和这一点关系也没有。"他思考了很久,"而且,我也不想把我的知识还回去。我想学更多的东西,而不是忘记那些我已经知道的东西。"

"不能这么说,恩德米。"我劝他道,"特别是现在,我看到我的教导已经扎了根,你创造寓言的能力有一天将会超过我。只要你愿意让我继续教导你,你就能成为一位伟大的蒙杜木古。"

"我爱你敬你就像对我自己的父亲一样,柯里巴。"他答道,"我一直都听你的话,努力跟你学习,只要你允许,我也会继续这样做。但你不是唯一的知识来源。我也希望能学习你的电脑可以教我的东西。"

"等我决定你做好准备的时候就可以。"

"我现在就准备好了。"

"你还没有。"

他的脸上呈现出内心的激烈斗争，我只能看着，直到它平息为止。最后他深深吸了一口气，又慢慢呼了出来。

"我很抱歉，柯里巴，但在有真相需要学习的时候，我无法继续讲述谎言。"他把一只手放在我的肩头，"柯瓦西里，莫瓦里穆。"

再见，老师。

"你打算做什么？"

"我没法在我父亲的沙姆巴干活，"他说，"在我学过所有这些东西之后就不行了。我也不想和单身汉们一起孤单地住在森林边。"

"那你还剩下什么选择？"我问道。

"我要到庇护港去，等待下一班维护部的飞船。我要去肯尼亚学习读写。等我准备好，我要读大学，做一名历史学家。等我成为一个优秀的历史学家，我要回到基里尼亚加来，教授我学到的东西。"

"我无力阻止你离开，"我说，"因为根据我们的许可证，我们的所有公民都有外迁的权利。但如果你回来，你要知道，不管我们曾经是什么关系，我都会反对你。"

"我不想成为你的敌人，柯里巴。"他说。

"我也不想让你成为敌人。"我答道，"我们之间的关系本来很紧密。"

"但我学到的东西对我的人民来说太重要了。"

"他们也是我的人民。"我指出这一点,"而且我一直坚持做我认为对他们最好的选择,把他们带领到了今天这一步。"

"或许是时候让他们自己选择什么是最好的了。"

"他们没有能力做出这样的选择。"我说。

"如果他们没有这种能力,那都是因为你独占了他们本和你一样有权了解的知识。"

"在你做这件事之前,好好想想。"我说,"虽然我爱你,但如果你要做任何破坏基里尼亚加的事,我会像对待小虫一样踩死你。"

他悲伤地笑了,"六年来我一直想让你教我怎么把敌人变成虫子,这样我好踩死他们。最后我竟然要以这种方式学吗?"

我不禁回报给他一个微笑。我很想站起来,张开双臂拥抱他,但这种行为对于蒙杜木古是不可接受的。于是,我只是盯着他看了很久,最后说:"柯瓦西里,恩德米。你曾经是他们当中最优秀的。"

"因为我曾经拥有最好的老师。"他答道。

说完这句话,他转身踏上前往庇护港的漫长路途。

恩德米引起的问题并没有随着他的离去而消失。

恩乔罗在他的小屋附近挖了口井。我对他解释说,基库尤人不挖井,而是从河里打水。他却回答说,这口井应该被接受,因为这个点子不是欧洲人的,而是来自肯尼亚南面遥远的茨瓦纳人。

我下令把井填上。柯因纳格争辩说河里有鳄鱼,他不想让我们的女人冒生命危险,只是为了保持一个他觉得没什么用的传统。我只好用一个强大的萨胡威胁他——阳痿——他这才同意。

还有基多戈。他给他第一个孩子起名叫乔莫,是随了"燃烧的长矛"乔莫·肯雅塔的名字。一天他宣布说,这孩子从今以后应该叫约翰斯通,我只好威胁把他放逐到另一个村子去,他这才收敛起来。但尽管他让了步,姆布拉图把自己的名字改成了约翰斯通,还没等我下令就自动搬到一个远方的村子去了。

施玛继续逢人便说是我强迫恩德米离开了基里尼亚加,就因为他有时上课迟到。柯因纳格一直要求换一台和我的电脑功能一样的电脑。

最后,年轻的姆杜图为他父亲的牲口建起了他自己的带刺铁丝网栅栏,用的是编织稻草和荆棘,仔细地把它们包裹在栅栏柱上。我下令把它拆掉了。那以后,每当其他孩子围着我要听故事的时候,他都会走开。

我开始觉得自己就像安徒生童话里的那个荷兰男孩。每当我把手指放在堤坝上,想要堵住欧洲人的点子溜进来,它们就会从另一个口子乘虚而入。

这之后又发生了一件怪事。有些点子并不是欧洲人的,不可能是恩德米教给村里人的,却开始自己冒了出来。

柯因纳格三个妻子中最小的那一个,吉波,从一头死野猪身上取了脂肪,在夜晚用来燃烧,从而发明了基里尼亚加的第一盏灯。恩戈贝的手臂不够强壮,投掷长矛准头很差,于是他发明了简陋的弓箭,是基里尼亚加第一个使用这种武器的人。卡伦发明了木犁,让他的牛拖过地里,他的妻子们只要在旁边控制方向就行了。没过多久,其他村民都开始发明创造犁和各种奇怪的挖掘工具。自从基里尼亚加创建以来,一直处于休眠状态的各种外来创意在各个领域涌现。恩德米的话打开了潘多拉的盒子,我却不知道怎样关上它。

我有很多天都独自坐在我的山上,向下望着村子,琢磨着乌托邦是否可以在发展变化的同时仍然保持乌托邦的性质。

答案总是一样的：可以，但它就不再是同一个乌托邦了，而我的神圣职责就是让基里尼亚加始终都是基库尤人的乌托邦。

我终于相信恩德米不会回来了。于是我每天下山到村子里去，想要判断哪个孩子最聪明强壮。因为只有同时具备这两项素质，才能扭转感染了我们世界的这些奇怪点子，让它变成它本不可能成为的东西。

我只和男孩们谈话，因为女性不能成为蒙杜木古。有些孩子，比如姆杜图，已经被恩德米的话腐坏了——但没有被恩德米带坏的那些孩子甚至更没希望，因为他们的思想无法自由开合。对恩德米的话无动于衷的孩子们也不够聪明，无法担当蒙杜木古的重任。

我把我的搜寻扩大到其他村子，相信在基里尼亚加的某个地方一定会找到我想要的那个孩子。他能够区分仅仅传递信息的事实和不仅传递信息还提供教诲的寓言。我需要一个荷马，一个耶稣，一个莎士比亚，一个能够触及人们灵魂的人，温和地指引他们踏上必须踏上的道路。

但我越是搜寻，就越是意识到乌托邦不适合这种讲故事的人。基里尼亚加似乎被分割为截然对立的两派：一派满足于现状，没有思考的需求；另一派则是不断思考，但却让他们愈发远离我们努力建立起来的这个社会。没有想象力的人永远无法创造寓言。有想象力的人则会创造自己的寓言，这些寓言无法巩固对基里尼亚加的信念，也无法煽动对外来点子的不信任。

数月后，我终于不得不承认，不管出于什么原因，没有人能成为潜在的蒙杜木古。我开始思考恩德米是否真的独一无二，或者在没有电脑带来的欧洲影响的情况下，他是否也会最终拒绝我的教导。真正的乌托邦的寿命是否无法超过建立它的那一代人？人类的天性是否就是摒弃他生长的社会的价值,哪怕这些价值是神圣的?

或者,基里尼亚加是否有可能从未成为一个乌托邦?我们是否自欺欺人地以为我们能恢复一种已经永远消失的生活方式?

我对于这种可能性思考了很久,但最终放弃了它。因为,如果是真的,那唯一符合逻辑的结论就是它已经消失了,因为比起我们自己的价值观,恩迦更青睐欧洲人的。但我知道这是错的。

不,如果在宇宙中的某个地方有某种真理,那就是,基里尼亚加正是它本应成为的样子——如果恩迦觉得应该用这些异端来考验我们,那只会让我们最终战胜欧洲人的谎言时感到更加欣喜。如果思想有任何价值,那它就值得被维护。等到恩德米带着他的事实、数据和数字回来的时候,他会发现我在等着他。

这将是一场孤独的战役,我拿着空水瓢下山去河边打水时想。但恩迦给了他的人民第二次建立乌托邦的机会,就不会让我们失败。就让恩德米用他的历史和冷冰冰的数字来诱惑我们的人民吧。恩迦有他自己的武器,他所拥有的最古老和真实的武器。他用这一武器创造了基里尼亚加,尽管历经种种考验,仍然让它保持着纯洁和完整。

我朝水中望去,挑剔地打量着这一武器。它看起来年迈而脆弱,但我也看到了隐藏的力量。尽管未来看似黯淡无光,但只要它是为了恩迦而效力,就不会失败。水中的倒影也回望着我,眼睛一眨也不眨,充满勇气,因为它的事业充满正义而坚定不移。

那是柯里巴的脸,基库尤人中最后一个讲故事的人,他屹立着,准备为他的人民的灵魂而再一次战斗。

8

当旧神皆逝

（2137年5月）

恩迦创造了太阳和月亮，并宣布它们对大地应拥有同等权力。

太阳会为世界带来温暖，恩迦的一切造物都会在阳光中欣欣向荣，苗壮生长。阳光消逝，恩迦入睡，他便让月亮来照管所有生物。

但月亮这个两面派和狮子、豹子以及鬣狗缔结了秘密同盟。很多个夜晚，在恩迦熟睡时，月亮只把一部分脸对着大地。这时，捕猎者们就会出动，杀死并吃掉其他动物。

最后，一个人，一位蒙杜木古，意识到月亮欺骗了恩迦，并决心纠正这个问题。他本可以去向恩迦告状。但他是个骄傲的人，于是他决定自己动手，确保这些肉食动物和黑暗的合作瓦解。

他回到自己的博玛，不接待任何来访者。他用骨头占卜，制作符咒，熬煮药剂，忙了九天九夜。第十天早上，他走出屋子，对于必须要采取的行动做好了准备。

太阳当头，他知道只要太阳照耀着大地，就没有黑暗。他哼起一首神秘的歌，很快便升上天空，朝太阳飞去。

"停!"他说，"你的兄弟月亮充满邪恶。你必须留在原地，否则恩迦的造物就会继续死去。"

"这跟我有什么关系?"太阳答道，"不能因为我的兄弟怠工，我就也要怠工。"

蒙杜木古举起一只手，"我不能让你过去。"他说。

但太阳只是大笑起来，继续前进，等它与蒙杜木古接触时，它一口吞掉了他，吐出的已是灰烬。就连最伟大的蒙杜木古也无法阻挡太阳的轨迹。

自从恩迦创造了吉库尤——第一个人类——以来，每一位蒙杜木古都知道这个故事。在他们所有人当中，只有一位无视了它。

那位蒙杜木古就是我。

据说从出生起，甚至从受孕起，每一个生命便开始了一段无可避免的旅程，它的终点是死亡。如果这真的适用于所有生命——看来也确实如此——那么它也适用于人类。既然它适用于人类，那它也适用于创造了人类的诸神。

但知道这一点并不能减轻死亡的痛苦。我刚安慰完卡图玛，他的父亲老西博基终于死了，并不是因为伤病，而是因为年事过高。西博基是到基里尼亚加这个改造成类似地球环境的乌托邦的首批移民之一，尽管他的脑子和身体都变得虚弱，我依然知道我对他的思念鲜少有人可以匹敌。

从村子里沿着河边的那条漫长而曲折的小路往自己的博玛走时，我非常清楚我自己也已时日不多。我并不比西博基年轻多少，在我们离开肯尼亚迁到基里尼亚加来的时候，我已经是个老人了。我知道自己的死期也不远了，但我仍然希望能再多一些时间，这不是出于自私,而是因为基里尼亚加还没做好准备,它还不能没有我。蒙杜木古并不仅仅是巫医,只管念念咒语;他是基库尤人所有道德规则和民事法律、所有习俗和传统的宝库。我认为基里尼亚加还没有合格的继任者。

蒙杜木古的生活艰辛而孤独。他为之效力的人民对他的畏惧大于爱戴。这不是他的错,而是他的职位本身的特性。他必须为他的人民做出他认为正确的选择,这意味着他的决定有时不受欢迎。

让我下台的决定竟然与我的人民完全没有关系,而是因为一个陌生人,这多么奇怪啊。

不过,我本应对此有所预感的,因为没有哪次对话是完全的偶然。我在回博玛的路上穿过田野,走过一个个稻草人,遇到了恩戈贝的小儿子基曼提。他家的两只山羊上午吃完了草,他正在把它们赶回家。

"占波,柯里巴。"他用手挡着头顶的刺眼阳光,和我打招呼。

"占波,基曼提。"我说,"看来你父亲现在让你照料山羊了。过不了多久他就会让你放牛了。"

"过不了多久了。"他表示同意,并请我喝水,"今天天很热。你想喝点水吗?"

"你很慷慨。"我说着,接过葫芦送到嘴边。

"我一直都对你很慷慨,不是吗,柯里巴?"他说。

"是的。"我疑惑地答道,琢磨着他打算对我提什么要求。

"那你为什么让我父亲的右臂一直萎缩,无法干活呢?"他问道,"你为什么不施个咒语,让它变得和其他人的胳膊一样?"

"事情没有那么简单,基曼提。"我说,"让你父亲胳膊萎缩的不是我,而是恩迦。他这样做一定有他的目的。"

"让我父亲残疾的目的是什么?"基曼提问。

"如果你愿意,我可以用一只山羊作为祭品,问问他为什么这样做。"我说。

他考虑了一下我的提议,然后摇摇头,"我不想听恩迦的回答,这什么也改变不了。"他有一会儿没有说话,陷入了沉思,"你觉得恩迦当我们的神能当多久?"

"永远。"我对他的问题感到很惊讶。

"不可能。"他严肃地答道,"恩迦只是个姆托托的时候肯定不是我们的神。他肯定是在年轻力壮的时候杀掉了旧神。但他已经当了很久的神了,是别人杀掉他的时候了。也许新神会对我父亲更加怜悯。"

"恩迦创造了世界。"我说,"他创造了基库尤人、马赛人和瓦坎巴人,甚至欧洲人。他还创造了圣山基里尼亚加,也就是我们这个世界的名字的由来。他自时间之初就已经存在,还将继续存在下去,直到时间结束。"

基曼提又摇了摇头,"如果他已经存在了那么久,那他一定快要死了。唯一的问题是由谁来杀掉他。"他又陷入了思考,"也许我自己可以。等我再长大一点,变强一点。"

"也许。"我表示同意,"但在你长大之前,我想给你讲讲斑马之王的故事。"

"这个故事是关于恩迦还是斑马的?"他问道。

"你听了不就知道了吗?"我说,"等我讲完,你可以告诉我这个故事到底是关于什么的。"

我慢慢在地上坐下来,他在我旁边蹲下。

"从前,"我开口讲道,"斑马还没有条纹。它们和草原上的干草一样是棕色的,看起来和刺槐树的树干一样不起眼。由于这种保护色,它们很少会被狮子和豹子抓到。相比之下,追捕角马、狷羚和高角羚要容易得多。

"有一天,斑马之王新得了一个儿子——但这个儿子很特别,它没有鼻孔。斑马之王一开始很难过,随后愤怒起来,怎么能容许这种事发生呢?它越想就越生气。最后它攀上圣山,抵达山顶,恩迦就坐在这里的金座上统治世界。

"'你是来赞颂我的吗?'恩迦问。

"'不!'斑马之王答道,'我是来告诉你,你是个很差劲的神,我要来杀掉你。'

"'我做了什么,以至于你想要杀掉我?'恩迦问道。

"'你给了我一个没有鼻孔的儿子,这样在狮子和豹子靠近的时候,它就闻不到危险了。等它大到可以离开母亲身边时,一定会被杀掉。你当神已经太久了,忘记了怜悯之心。'

"'等等!'恩迦说。他的声音中突然充满力量,斑马之王呆住了。'既然你希望你的儿子有鼻孔,那我就给它鼻孔。'

"'那你一开始为什么那样残忍?'斑马之王的怒气还没有完全平息。

"'神的意图是神秘的。'恩迦答道,'你看似残酷的事其实可能正是怜悯。因为你是一个称职而高贵的国王,我赐给你儿子绝佳的视力,它可以看清黑暗,可以看穿灌木,甚至可以看到树后面的东西,这样它永远也不会被狮子和豹子抓住,哪怕风向有利于后者。因为它有了这种天赋,所以它不需要鼻孔。我把它的鼻孔拿走,这样在旱季时,它就不用像其他斑马一样因为吸入尘土而呛到。但现在,我把嗅觉还给了它,就得收回它的特殊视力,因为这是你要求的。'

"'那么,你确实是有理由的。'斑马之王呻吟道,'我什么时候

变得这么愚蠢了?'

"'从你认为你比我高明的那一刻起。'恩迦答道。他站了起来,显露出真正的身高。他的头顶穿破了云层。'为了惩罚你的冒失,我宣布,从此以后,你和你所有的同类将不再是干草般的棕色,而将覆满黑白相间的条纹,让狮子和豹子在几里开外就能看到。不管你们到什么地方去,都无法再躲开它们。'

"说着,恩迦挥了挥手,于是世界上所有的斑马都覆满黑白条纹,就像你如今看到的一样。"

我停了下来,看着基曼提。

"故事讲完了?"他问道。

"讲完了。"

基曼提盯着土里爬过的一条蜈蚣。

"斑马还是个新生儿,无法向它父亲解释它具有特殊视力。"他最后说道,"我父亲的手臂萎缩已经持续了很多个长雨季,他得到的唯一解释就是恩迦的意图是神秘莫测的。他也没有获得什么特殊能力作为补偿。如果有的话,他现在肯定已经发现了。"基曼提若有所思地看着我,"这个故事很有意思,柯里巴,我为斑马之王感到难过。但我认为新神肯定会很快出现,杀掉恩迦。"

我们就这样坐着,充满智慧的老蒙杜木古,对于每个问题都有一个相应的故事,还有愚蠢的年轻柯西,他对周遭世界的知识不过像一只蝌蚪。两人的立场截然对立。

只有恩迦这种具有幽默感的神会让柯西成为正确的那一方。

事情开始于那艘飞船的坠毁。

(那些充满怨恨的人会说,它开始于基里尼亚加从乌托邦议会那里获得许可证的那一天,但他们错了。)

维护部的飞船在各个乌托邦之间穿梭,给它们运送货物、邮件和服务。只有基里尼亚加和维护部之间没有交通往来。他们可以观察我们——这是我们获得许可证的条件之一——但他们不得干涉。我们是想要建立基库尤人的乌托邦,所以我们对与欧洲人做交易没有兴趣。

但是,维护部的飞船时不时也会降落在基里尼亚加。我们的许可证有一个条件:如果某位公民对我们的世界不满,他只要走到庇护港,维护部的飞船就会来接他,把他送回地球或另一个乌托邦。有一次,一艘维护部的飞船降落,带来两个移民;在基里尼亚加建立之初,维护部还曾经派代表来干涉我们的宗教行为。

我根本就不知道这艘飞船为什么要靠基里尼亚加这么近。我最近并未要求维护部进行任何轨道调整,短雨季还要再等两个月,日子一天天过去,炎热,暴晒,一成不变。据我所知,没有村民前往庇护港,所以也不应该有维护部的飞船被派到基里尼亚加来。但事实是,上一刻天空还是蔚蓝晴朗,下一刻一道闪光就划过我们的行星表面,随后便是爆炸。尽管我自己没有看到,但我听到了,也目睹了它的影响:牲口变得很紧张,成群的高角羚和斑马惊恐地四下狂奔。

大概二十分钟后,基昌塔的儿子小金扎跑上山,来到我的博玛。

"你得来一下,柯里巴!"他一边大口喘着气一边说。

"发生了什么事?"我问道。

"一艘维护部的飞船坠毁了!"他说,"飞行员还活着!"

"他伤得严重吗?"

金扎点点头,"非常严重。我觉得他可能很快就要死了。"

"我是个老人,走到飞行员那里需要很久。"我说,"你最好去村里找三个小伙子，让他们用担架把他抬过来。"

金扎匆匆走了，我走进小屋，看看有什么东西可以缓解飞行员的痛苦。有些恰特草，如果他还有力气咀嚼的话；还有点油膏，如果他没有力气拒绝就可以派上用场。我用电脑联系了维护部，告诉他们等我给飞行员做过检查之后，就把他的状况告知他们。

要是在过去几年，我就会让我的助手到河边去打水，我会把水烧开，以便用来清洗飞行员的伤口。但我已经没有助手了，蒙杜木古自己是不打水的，于是我只是坐在山上等着，视线看向坠机的方向。

草原上起火了，升起一股浓烟。我看到金扎和另外几个人抬着一副担架在草原上一路小跑。我还看到狷羚、高角羚甚至水牛从他们周围跑开。那之后，有大概十分钟我看不到他们。等他们再次出现在视野里，步子速度降了下来，担架上显然有人。

不过，在他们抵达我的博玛之前，卡伦扎沿着漫长曲折的小路从村子里过来了。

"占波，柯里巴。"他说。

"你来这里做什么？我问道。

"全村都知道维护部的飞船坠毁了。"他答道，"我从来没见过欧洲人。我是想来看看他的面孔是不是真的像牛奶一样白。"

"你肯定要失望的。"我说。"我们管他们叫白人，但其实他们比较靠近粉色和棕色。"

"就算如此，"他说着，蹲了下来，"我也从来没见过白人。"

几分钟后，金扎和其他几个年轻人抬着担架抵达了。上面躺着身体扭曲的飞行员。他的胳膊和腿都骨折了，大部分皮肤都有烧伤。他失了很多血，有些伤口仍然在流血。他昏迷了，但仍然在有规律地呼吸。

"阿桑特-萨那。"我对四个小伙子说，"谢谢。你们今天做得很好。"

我让他们其中一人帮我打了水。另外三人鞠了躬，下山去了，我挑选着各种油膏，看看哪种涂在烧伤处引起的不适最弱。

卡伦扎着迷地看着。有两次他惊奇地摸了摸飞行员的金发，我不得不斥责他的行为。随着太阳在天空中位置的改变，我让他时不时帮我把飞行员挪到影子里。

等料理完飞行员的伤口，我走进小屋，启动电脑，再次联络了维护部。我解释说飞行员还活着，但他的四肢都骨折了，身体上布满烧伤，而且他正处于昏迷，可能快要死了。

他们答复说已经派了医生，半小时之内就会抵达。他们还让我派人等在庇护港，好带医生到我的博玛来。既然卡伦扎还在看飞行员，我便让他去接机，把医生带到我这里来。

接下来的一个小时，飞行员一动不动。至少我觉得他没有动，但我背靠树干迷糊了几分钟，所以我也不能完全确定。我被一个女人的声音唤醒了，她说着我多年没有听到过的语言。我费力地站起来，刚好来得及问候维护部派来的医生。

"你一定是柯里巴了。"她用英语说道，"我想跟陪我来的那位先生讲话，但我说的他似乎一个字也听不懂。"

"我就是柯里巴。"我用英语说道。

她伸出手，"我是乔伊斯·威瑟斯彭医生。我能看看病人吗？"

我带她走到病人躺的地方。

"你知道他的名字吗？"我问道，"我们没有找到任何身份标识。"

"萨缪尔或者萨缪尔斯，我不确定。"她说着，在他身旁跪下来，"他状况不太好。"她给他做了大致检查，花了不到一分钟时间，"如果把他带回基地,我们能做的就要多得多,但他现在这种情况,我不想移动他。"

"我可以派人把他送到庇护港去,用不了一小时。"我说,"你越快把他送到你们的医院就越好。"

她摇摇头,"我想他得在这里待到恢复一点力气再说。"

"我得考虑一下。"我说。

"没什么可考虑的。"她说,"我的医学意见是他太虚弱了,不适合移动。"她指指从他腿部皮肤里戳出来的胫骨,"我得把骨折的大部分骨头复位,还得确认没有感染。"

"你可以在你们的医院做这些事。"我说。

"在这里做,就能大大减少病人剩余生命力的损耗。"她说,"有什么问题吗,柯里巴?"

"问题嘛,乔伊斯·威瑟斯彭,"我说,"就是基里尼亚加是基库尤人的乌托邦。这意味着这里拒绝一切欧洲事物,包括你的医学。"

"我并不会对任何基库尤人行医。"她说,"我是要尽力拯救一个维护部的飞行员,他碰巧坠机在你们的星球上了。"

我盯着飞行员看了很久。"好吧。"我最后说道,"这个论点很符合逻辑。你可以治疗他的伤口。"

"谢谢。"她说。

"但三天后他必须离开。"我说,"我不能冒更大的'污染'风险了。"

她看着我,似乎想要争辩,但最终没有说话,而是打开她带来的医药箱,给他的胳膊注射了什么东西——我猜是镇静剂或止痛剂,或二者的混合。

"她是个女巫!"卡伦扎说,"看啊,她用金属荆棘刺穿了他的皮肤!"他着迷地看着飞行员,"现在他肯定要死了。"

乔伊斯·威瑟斯彭一直忙到深夜,给飞行员清洗伤口、正骨、退烧。我不记得自己是什么时候睡着的,但当我发着抖,在太阳刚刚升起的清晨寒意中醒来时,她还在睡觉,卡伦扎走了。

我生起火堆,裹着毯子在旁边坐下,直到太阳把空气烤暖。乔伊斯·威瑟斯彭不久之后醒了。

"早上好。"她看到我坐在离她不远的地方,说道。

"早上好,乔伊斯·威瑟斯彭。"我答道。

"几点了?"她问道。

"现在是早上。"

"我的意思是,现在是几点几分?"

"我们在基里尼亚加没有钟点。"我告诉她,"只有日子。"

"我得去看看萨缪尔斯先生。"

"他还活着。"我说。

"他当然活着。"她答道,"但这个可怜的人需要植皮,而且可能会失去右腿。他要很久才能康复。"她话音停了,四下打量着,"呃……这附近哪里可以洗漱?"

"河从山脚下流过。"我说,"记得先敲打水面,好把鳄鱼吓走。"

"什么样的乌托邦还有鳄鱼?"她微笑着问道。

"什么样的伊甸园没有蛇呢?"我说。

她笑了,走下山去。我拿起水瓢啜了一口,然后熄灭火堆,散开灰烬。村里的一个男孩过来帮我放羊,另一个带来柴火,又帮我去打水。

乔伊斯·威瑟斯彭大概二十分钟后从河边回来了,但她不是一个人。吉波和她一起。她是本村大酋长柯因纳格的第三个妻子,也是最年轻的一个。她怀里还抱着卡塔波,她刚产下不久的儿子。他的胳膊肿成了平常的两倍大,颜色也很不对劲儿。

"我在河边碰到了这个女人,她在洗衣服。"乔伊斯·威瑟斯彭说,"我发现她的孩子的胳膊感染很严重,好像是某种昆虫叮咬所致。我用手语劝服她跟我一起上山来了。"

"你为什么不把卡塔波带来看我?"我用斯瓦西里语问吉波。

"上次你开价要两只山羊,他还是病了很多天,柯因纳格还因为浪费了山羊打了我一顿。"她说。她因为惹火了我而感到很恐慌,以至于想不出什么谎话来。

吉波说话的时候,乔伊斯·威瑟斯彭竟然拿着注射器走到她和卡塔波面前。

"这是广谱抗生素。"她对我解释道,"里面还有一种激素,在感染消退前可以止痒止痛。"

"停!"我用英语厉声喊道。

"怎么了?"

"你不能这样做。"我说,"你在这里只能治疗那个飞行员。"

"这个婴儿生病了。"她说,"我只要两秒钟就能给他打一针,治好他。"

"我不能允许。"

"你这人怎么这样?"她问道,"我读过你的简历。你虽然穿得像个野蛮人,坐在火堆边的土里,可你念过剑桥,还在耶鲁读了研究生。你肯定知道我可以轻易结束这个孩子的痛苦。"

"这不是重点。"我说。

"那什么是重点?"

"你不能治疗这个孩子。现在看起来你好像是在做好事——但我们曾经接受过欧洲人的医药,然后是他们的宗教、服装、法律、习惯,最后我们就不再是基库尤人,而成为了一个新的民族。我们成了黑皮肤的欧洲人,被称为肯尼亚人。我们到基里尼亚加来,就是为了确保这种事不再重演。"

"他不会知道他为什么痊愈了。你可以把它归功于你们的神，或者你自己，我都无所谓。"

我摇摇头，"我感谢你的想法，但我不能让你污染我们的乌托邦。"

"看看他。"她指着卡塔波浮肿的胳膊说，"基里尼亚加对他来说是乌托邦吗？哪里写着乌托邦必须有生病受苦的孩子？"

"哪里也没写。"

"所以呢？"

"哪里也没写，"我继续说道，"是因为基库尤人没有书面语言。"

"能不能至少让孩子的母亲做决定？"

"不行。"我说。

"为什么？"

"母亲只会考虑自己的孩子，"我答道，"我必须考虑一整个世界。"

"也许她的孩子对于她来说，比你的世界对你更重要。"

"她不具备做出明智决定的能力。"我说，"只有我能预见所有后果。"

一句英语不懂的吉波突然转向我。

"欧洲女巫能让我的卡塔波好起来吗？"她问道，"你们俩为什么吵起来了？"

"欧洲女巫到这里来是为了那个欧洲人。"我答道，"她没有能力帮助基库尤人。"

"她不能试一试吗？"吉波问道。

"我才是你们的蒙杜木古。"我严厉地说。

"可看看这个飞行员，"吉波指向萨缪尔斯，"他昨天马上就要死了。可今天，他的皮肤已经在愈合，四肢也恢复笔直了。"

"他的神是欧洲人的神。"我答道，"她的魔法也是欧洲人的魔法。她的符咒对基库尤人不起作用。"

吉波不作声了，把卡塔波紧紧抱在胸口。

我转向乔伊斯·威瑟斯彭，"对不起，我讲了斯瓦西里语，吉波不会其他语言。"

"没事。"她说，"我知道你在说什么。"

"我记得你对我说你只会英语。"

"有时候你不需要理解词汇才能翻译。我想你说的大概意思是'汝于吾前不可另敬他神'。"

这时飞行员呻吟起来，她的注意力突然全部集中在他身上了。他开始恢复一些意识，虽然还无法集中精力，也说不出清晰的字句，但不再是不省人事了。她开始向已经固定在他四肢上的管子注入药物。吉波惊奇地在一旁看着，没有靠近。

上午的大部分时间我都留在山上。我提议移除卡塔波胳膊收到的诅咒，给他涂些舒缓的药膏，但吉波拒绝了，说柯因纳格坚决不准再损失任何山羊。

"我这次不收费。"我说。因为我希望柯因纳格站在我这边。我对这孩子念了咒语，然后将刺槐树皮汁液做的药膏涂在他的胳膊上。我命令吉波带他回她的沙姆巴去，并告诉她孩子的胳膊五天之内就能恢复正常。

终于到了去村子的时候了，我得给稻草人施咒，还要给刚刚失去新生孩子的莱波带去油膏，帮她缓解胸部的疼痛。我还要见巴卡达，他接受了向他女儿提亲的彩礼，希望我来主持婚礼。最后，我要和柯因纳格以及长老会一起讨论当天的重大问题。

我沿着河边那条漫长而曲折的小路下山时，发现我自己在想，这个世界看起来多么像欧洲人的伊甸园。

我怎么才能知道蛇是否已经抵达了呢？

做完村里的事，我去了恩戈贝的小屋，和他一起喝了一瓢彭贝。他问起飞行员的事，现在村里所有人都听说了。我解释说，欧洲人的蒙杜木古正在治疗他，再过两天就带他回维护部总部。

"她肯定有很强大的魔法。"他说，"因为我听说那人受伤很重。"他停了一下，"太可惜了，"他渴望地补充道，"这样的魔法对基库尤人没用。"

"我的魔法就足够了。"我说。

"的确。"他不自在地说，"但我记得塔巴利的儿子被鬣狗袭击还被咬掉一条腿的那天，我们把他带了回来。你缓解了他的疼痛，但没能救活他。也许维护部的女巫就可以。"

"飞行员的腿骨折了，但没有被咬掉。"我给自己辩护道，"塔巴利的儿子被鬣狗袭击之后，谁也救不了他。"

"也许你是对的。"他说。

我的第一反应是揪住那个"也许"追究下去，但随后又觉得他并无意冒犯，于是我喝完彭贝，丢掷骨头，占卜出他的庄稼收成会不错，然后离开了他的小屋。

我在村子中央停下来，给孩子们讲了故事，然后前往柯因纳格的沙姆巴，在他的博玛里参加长老会的每日例会。他们大部分人都已经到了，一脸阴郁，默不作声。最后，柯因纳格终于从他的小屋里出来，加入了我们。

"今天我们有严肃的问题要讨论。"他宣布道，"可能是我们有史以来讨论的最严肃的问题。"他补充道，径直看着我。突然他转向他妻子们的那几间小屋。"吉波!"他喊道,"过来!"

吉波走出她的小屋,朝我们走来,怀里抱着小卡塔波。

"你们昨天都看到过我儿子的胳膊。"柯因纳格说,"肿得有平常的两倍大,而且是死亡的颜色。"他把孩子接过来,举过头顶,"现在看看他!"他喊道。

卡塔波胳膊的颜色又恢复了健康,而且浮肿几乎全部消失了。

"我的药效比我预期的要快。"我说。

"这根本不是你的药!"他话中带着指责的语气,"这是欧洲女巫的药!"

我看着吉波,"我命令你在我之前离开我的博玛的!"我严厉地说。

"你没有命令我不准回来。"她站在柯因纳格身边,神情满是挑衅,"女巫用金属荆棘刺穿了卡塔波的胳膊。还没等我走完下山的路,他的胳膊就已经消了一半的肿。"

"你违反了我的命令。"我用不祥的语气说。

"我是大酋长,我赦免她。"柯因纳格插嘴道。

"我是蒙杜木古,我不赦免她!"我说。吉波脸上的挑衅突然变成了恐惧。

"我们还有更重要的事要讨论!"柯因纳格吼道。这让我吓了一跳。我生气的时候,没人敢挑战或反对我。

我从小袋里拿出一些用萤火虫磨成的闪闪发光的粉末放在手掌上,举到嘴边,将粉末吹向吉波的方向。她害怕地尖叫起来,跌倒在地上,身子扭成一团。

"你对她做了什么?"柯因纳格问道。

我恐吓她的方法是超出你的理解能力的,她违抗了我的命令,这算是公正合宜的惩罚,我心想。但我却说:"我标记了她的灵魂,这样所有来自另一个世界的捕猎者在她夜晚入睡时都能找到她。如果她发誓再也不违抗她的蒙杜木古,如果她对于今天违抗我表现出适当的悔改之意,那我会在她今晚睡觉之前移去标记。否则……"我耸耸肩,让威胁的话悬在那里。

"也许欧洲女巫可以移去标记。"柯因纳格说。

"你觉得欧洲人的神会比恩迦更厉害吗?"我问道。

"我不知道。"柯因纳格答道,"但他一转眼就治愈了我儿子的胳膊,恩迦却要用上好几天。"

"多年来,你一直叫我们拒绝一切欧洲人的东西,"卡伦扎补充道,"但我自己亲眼见到女巫在飞行员身上用了她的魔法,我觉得它比你的魔法要厉害。"

"这魔法只对欧洲人有效。"我说。

"并非如此。"柯因纳格说,"女巫不是也对卡塔波用了魔法吗? 如果她能比恩迦更快止住我们的伤病者的痛苦,那我们必须考虑接受她的帮助。"

"如果你接受她的帮助,"我说,"过不了多久你们就会被要求接受她的神、她的科学、她的衣服和她的习俗。"

"正是她的科学创造了基里尼亚加,让我们飞到这里来的。"恩戈贝说,"是它使基里尼亚加成为了现实,它怎么会是不好的呢?"

"它对欧洲人没什么不好。"我说,"因为这是他们文化的一部分。但我们绝不能忘记我们究竟为什么来到基里尼亚加:是为了建立一个基库尤人的世界,复兴基库尤人的文化。"

"我们必须认真思考一下这个问题。"柯因纳格说,"多年来,我们一直认为欧洲文化的各个方面都是邪恶的,因为我们没有具体例子。但现在我们看到了,就连一个女人也能比恩迦更快治愈我们的疾病,是时候重新考虑一下了。"

"如果她的魔法在我小时候能治好我萎缩的胳膊,"恩戈贝补充道,"这有什么邪恶的呢?"

"这是违背恩迦的意愿的。"我说。

"恩迦不是统治着这个宇宙吗?"他问道。

"你知道是这样的。"我答道。

"那就没有什么事的发生可以违背他的意愿。如果她真能治好我,那也不会是违背恩迦意愿的。"

我摇摇头,"你不理解。"

"我们正在努力理解。"柯因纳格说,"给我们讲讲。"

"欧洲人有很多奇妙的东西,这些东西会诱惑你们,就像现在一样……但如果你接受了一样欧洲人的东西,很快他们就会要求你接受一切。柯因纳格,他们的宗教规定每个男人只能有一个妻子。你打算休掉哪两个?"

我转向其他人,"恩戈贝,他们会让基曼提到学校去学习读写。但由于我们自己没有书面语言,他就只能学习用欧洲语言书写,他读到学到的人和事都会是欧洲的。"

我在长老中间走着,给每人举了一个例子,"卡伦扎,如果你帮塔巴利一个忙,你会期待获得一只鸡、一只山羊,甚至可能是一头牛,取决于你帮的忙是什么样的。但欧洲人会让他付给你纸币,既不能吃,也不能产仔让人发家致富。"

一个又一个,我经过所有长老,向他们指出,如果他们允许欧洲人在我们的社会立足,他们会有什么样的损失。

"这些都只是一个方面。"等我说完,柯因纳格说道。他举起另一只手,手掌向上,"另一方面是终结疾病与痛苦,这本身也是很大的成果。柯里巴说如果我们让欧洲人进来,他们就会逼迫我们改变生活方式。要我说,我们有些生活方式的确需要改变。如果他们的神具有比恩迦更强的治愈能力,谁说得准他会不会也带来更好的天气、生育能力更强的牲口或是更肥沃的土地呢?"

"不行!"我喊道,"可能你们都忘了我们为什么来到这里,但我没有。我们的使命不是建立欧洲人的乌托邦,而是基库尤人的!"

"我们已经建成了吗?"卡伦扎讽刺地问。

"我们每天都在朝这个目标靠近。"我对他说,"我在使它成为现实。"

"乌托邦的孩子们会受苦吗?"卡伦扎穷追不舍,"乌托邦的人会发生胳膊萎缩吗?女人会难产而死吗?鬣狗会攻击牧羊人吗?"

"这是平衡的问题。"我说,"无尽的增长最终只会导致无尽的饥荒。你们没见过它在地球上带来的后果,但我见过。"

老詹达拉终于发话了。

"乌托邦的人思考吗?"他问我。

"当然了。"我答道。

"如果他们思考,那他们的思想就会有新的,也有旧的,对吗?"

"是的。"

"那么也许我们应该考虑让女巫照料我们的伤病者。"他说,"既然恩迦允许他的乌托邦里有新思想,他一定也意识到了这些新思想会带来变革。如果变革不是邪恶的,那么缺乏变革,比如我们这里一直努力维护的,可能就是邪恶的,或至少是错的。"他站起身,"你们可能会争论这个问题的好坏。但我自己的关节已经疼了很多年了,恩迦也没治好。我要上柯里巴的山上去,看看欧洲人的神能不能帮我止痛。"

说完,他从我身边走过,离开了博玛。

如果有必要,我可以整天整夜地为自己的观点辩护,但柯因纳格无视了我——我,他的蒙杜木古!——他把他的儿子抱起来,朝吉波的小屋走去。这一姿态表明会议结束了,长老们都站起来,不敢看我一眼,各自离去了。

我到达山脚下时,那里聚集了十几个村民。我越过他们,很快回到了我的博玛。

詹达拉还在那里。乔伊斯·威瑟斯彭已经给他打过一针,正在把一小瓶药片交给他。

"谁告诉你可以给基库尤人治病的?"我用英语问道。

"我没有主动提出要给他们看病。"她说,"但我是个医生,我不会拒绝他们的。"

"那我来。"我说。我转过身,看着山下的村民,"你们不能上来!"我严厉地说,"回到你们的沙姆巴去!"

大人们看起来都很紧张,但谁也没走。一个小孩子开始上山。

"你们的蒙杜木古禁止你们上山!"我说,"否则恩迦就会惩罚你们!"

"欧洲人的神年轻又强大,"那个孩子说,"他会保护我不受恩迦惩罚。"

我这才看出那孩子是基曼提。

"退后——我警告你!"我喊道。

基曼提举起他的木头长矛。"恩迦不会伤害我的,"他充满信心地说,"如果他想这么做,我就用这个杀掉他。"

他径直走过我身边,朝乔伊斯·威瑟斯彭走去。

"我的脚被石头划伤了。"他说,"如果你的神能把我治好,我就用一只山羊作为祭品来感谢他。"

她根本听不懂他在说什么,但他把脚给她看之后,她便开始给他治疗了。

他完好无损地下山了，恩迦没有动他一根毫毛。第二天早上他还活着，而且脚伤也治好了，消息传到了其他村子。没过多久，我的山脚下便排起了一条似乎没有尽头的伤病队伍，都等着上山来让欧洲人治疗。

我再次命令他们退散。这次他们似乎根本没听见我的话。他们只是继续排着队，不像基曼提一样反驳我，甚至根本没理会我，每个人都耐心等待着轮到自己接受欧洲女巫的治疗。

我以为等她走后，事情就会恢复原状，人们会再次畏惧恩迦，对他们的蒙杜木古表现出尊敬——但并非如此。噢，他们还是干日常的活儿，种庄稼，照料牲口……但他们不再像过去一样带着自己的问题来找我了。

起初我以为我们进入了一个少有的时期，村里没人生病或受伤，可后来有一天我看到沙纳卡穿过草原。他很少离开自己的沙姆巴，更从来没离开过村子，我很好奇他要去哪里，便决定跟踪他。他朝西走了半个多小时，终于抵达了庇护港的机场。

"怎么了？"我好不容易赶上了他，问道。

他张开嘴，露出一颗牙齿上方的严重脓肿。"很痛。"他说，"我三天都吃不了饭。"

"你为什么不来找我？"我问道。

"欧洲人的神打败了恩迦。"沙纳卡说，"他不会帮助我的。"

"他会的。"我向他保证道。

沙纳卡摇摇头，又因为这个动作痛得龇牙咧嘴。"你老了，恩迦也老了，你们都不再具有强大的力量了。"他闷闷不乐地说，"我希望不是这样，但事实如此。"

"之所以你要抛妻弃子，就因为你丧失了对恩迦的信念？"我问道。

"不，"他答道，"我是要让维护部的飞船带我去找欧洲人的蒙杜木古，等我治好了就回家。"

"我来治好你。"我说。

他盯着我看了很久。"你曾经可以治好我的。"他最后说道，"但那段时间已经过去了。我要去找欧洲人的蒙杜木古。"

"如果你这样做，"我严厉地说，"你就再也不能向我求助了。"

他耸耸肩，"我也没打算这样做。"他的语气中既没有讽刺，也没有怨恨。

沙纳卡第二天回来了，嘴巴治好了。

我到他的博玛去看他怎么样了，因为不管他是否想要我的帮助，我仍然是蒙杜木古。当我穿过他的沙姆巴的田地时，我看到他多了两个新的稻草人，是来自欧洲人的礼物。这些稻草人的机械臂一直在上下摆动，稻草人自己也在不断旋转，并不始终面对同一个方向。

"占波，柯里巴。"他向我打招呼。他看到我在打量他的稻草人，便补充道："很神奇，不是吗？"

"在看到它们能运行多久之前，我都保留我的意见。"我说，"一样东西的运动部件越多，就越容易坏。"

他看着我，我觉得我从他的表情里看出了一丝怜悯。"它们是维护部的神创造的。"他说，"它们会永远工作下去。"

"或者直到它们的电池用完。"我说，但他并不知道我是什么意思，我的讽刺意味白费了。"你的嘴怎么样了？"

"感觉好多了。"他答道，"他们用一根魔法荆棘捅了一下，我就不痛了，然后又切掉了侵入我嘴里的邪灵。"他想了一下，"他们的神很强大，柯里巴。"

"你现在已经回到基里尼亚加了。"我严厉地说,"说话注意点,不要亵渎神灵。"

"我没有亵渎神灵。"他说,"我是在说实话。"

"现在你该要让我给欧洲人的稻草人施咒了吧。"我用精心酝酿的讽刺语气说。

他耸耸肩,"如果这让你高兴的话。"他说。

"如果让我高兴的话?"我愤怒地说。

"正是如此。"他淡淡地说,"这些欧洲人的稻草人肯定不需要你施咒,但如果这样让你感觉好些的话……"

我曾经常常想,如果因为某种原因,村民们不再惧怕蒙杜木古了,然后会发生些什么。我从来也没考虑过,如果大家只是容忍他,那是什么感觉。

仍然有越来越多的村民去维护部的诊所,每个人回来的时候都带了点欧洲人的礼物:大部分都是节省时间的小家电。西方玩意儿。扼杀文化的玩意儿。

我一次又一次到村里去,向他们解释为何必须摒弃这些东西。我一天天和长老会谈,提醒他们我们为何到基里尼亚加来——但大部分首批定居者都已经去世了,现在的长老都是第二代,他们对肯尼亚毫无印象。的确,那些和维护部的工作人员有过接触的人回来之后都认为,基里尼亚加不是乌托邦,肯尼亚才是某种意义上的乌托邦,那里每个人都吃饱穿暖,也没有农场会遭受旱灾。

他们很有礼貌,很尊重地听我说,听完后,又径直重拾我抵达之前的活计或讨论。我提醒他们,我自己有多少次从他们自己犯下的错误中拯救过他们,但他们似乎并不在意。的确,有一两位长老的反应就好像我根本不是在让基里尼亚加保持纯净,而是在以某种神秘的方式妨碍它的发展。

"基里尼亚加本来就不应该发展!"我争辩道,"乌托邦实现之后,你不会把它丢到一边,说:'明天我们能有什么变化?'"

"如果不发展,就会停滞。"卡伦扎答道。

"我们可以通过扩张来发展,"我说,"我们有一整个星球需要人口。"

"那不是发展,是繁殖。"他答道,"你已经很好地完成了你的任务,柯里巴。我们一开始最需要的就是秩序和目标……但你的任务已经结束了。现在我们已经安顿下来,轮到我们选择未来如何生活了。"

"我们已经选择了如何生活!"我愤怒地说,"这就是我们到这里来的初衷。"

"那时我只是个柯西。"卡伦扎说,"谁也没征求过我的意见。我也没征求过我儿子的意见,他是在这里出生的。"

"创建基里尼亚加的目的就是要让它成为基库尤人的乌托邦。"我说,"这一目的是我们的许可证的根基。它是不容改变的。"

"谁也没说我们不想生活在乌托邦里,柯里巴。"沙纳卡插嘴道,"但现在不再该由你且只有你来决定乌托邦是什么样子的了。"

"它的定义很清楚。"

"那是你定义的。"沙纳卡说,"我们当中有些人对乌托邦有自己的定义。"

"你是基里尼亚加首批建立者中的一员。"我指责他道,"你为什么之前从来没说过?"

"有很多次我想说来着,"沙纳卡道,"但我一直都很害怕。"

"怕什么?"

"恩迦,或者说你。"

"这两者基本上就是一回事。"卡伦扎补充道。

"不过现在恩迦输给了维护部之神,我就不再害怕开口了。"沙纳卡继续说道,"我为什么要忍受牙痛? 让欧洲女巫治愈我为什么会亵渎神灵? 我的妻子和我年纪一样大,因为多年来拾柴打水背都驼了,现在可以让机器帮她做事,为什么还要她自己继续做呢?"

"如果你这样想,那你为什么还要继续住在基里尼亚加呢?"我尖酸地问。

"因为我和你一样,为了让基里尼亚加成为基库尤人的家园努力奋斗过!"他朝我吼道,"我不明白,为什么就因为我对乌托邦的定义和你的不一样,我就得离开? 你为什么不走呢,柯里巴?"

"因为我负有建立我们乌托邦的职责,而且我还没完成我的使命。"我说,"事实上,正是你们这些伪基库尤人让我的任务变得艰难了许多。"

沙纳卡站起身,环顾各位长老。

"就因为我想让我的孙子学习认字,"他问道,"或者因为我想给我的妻子减轻负担,或者因为我不愿忍受很容易就能避免的疼痛,我就是伪基库尤人了?"

"不是!"长老们齐声喊道。

"小心点,"我警告他们,"如果他不是伪基库尤人,那你们就是说我是了。"

"不,柯里巴,"柯因纳格站起身说道,"你不是伪基库尤人。"他想了想,"但你是犯了错的基库尤人。你的时代——还有我的——已经过去了。或许,有那么一瞬间,我们的确实现了乌托邦——但那个瞬间已经过去了,新的时代需要新的乌托邦。"这时,曾经无数次用畏惧的眼神看我的柯因纳格,突然用极大的同情看着我,"它曾经是我们的梦想,柯里巴,但不是他们的——就算我们今天还有些微弱的影响力,但明天一定是属于他们的。"

"不准再说这种话!"我说,"你们不能为了方便就重新定义乌托邦。我们迁到这里来是为了忠于我们的信仰和传统,为了避免那么多基库尤人在肯尼亚的境遇。我不会允许我们变成黑皮肤的欧洲人!"

"我们总是在变成某种东西的,"沙纳卡说,"也许只有一次,你曾经在某个瞬间觉得我们是完美的基库尤人——但那一刻早就过去了。为了保持原状,我们谁也不能有新思想,不能用别的眼光来看待这个世界,我们就成了你每天早上来给施咒的稻草人。"

我静静地想了很久。最后我开口说:"这个世界伤透了我的心。"我说,"我这么努力地按照原本我们所有人的愿望打造它,可看看它现在成了什么样子? 你们成了什么样子?"

"你可以领导变化,柯里巴。"沙纳卡说,"但你无法阻止它,所以基里尼亚加永远会伤透你的心。"

"我必须回我的博玛去想一想。"我说。

"柯瓦西里,柯里巴。"柯因纳格说。再见,柯里巴。这其中有种诀别的意味。

我独自在我的山上待了很多天,望着蜿蜒河流另一面的碧绿草原,思考着。我被我想要领导的人民背叛了,被我参与创建的这个世界背叛了。我觉得我一定是以某种方式惹恼了恩迦,他打算处死我。我已经做好了死的准备,甚至可以说是心甘情愿……但我没有死。神的力量来自他们的崇拜者,所以恩迦现在已经虚弱得无法杀掉我这样的衰弱老者了。

最后,我决定最后一次下山到我的人民中去,看看他们当中是否有人抵御了欧洲人的诱惑,恢复了基库尤人的生活方式。

小路两侧满是机械稻草人。真要给它们施咒的话,只能是换电池了。我看到几个女人在河边洗衣服,但她们不再用石头敲打织物,而是把衣服在某种人造板子上来回搓,板子显然就是为了洗衣服而制作的。

我突然听到身后传来一阵丁零零的声音,我惊慌失措乱了步子,重重地跌进一丛荆棘。等我回过神,发现自己差点被一辆自行车撞了。

"我很抱歉,柯里巴。"骑车人说道。他正是小基曼提。"我以为你听到我过来了。"

他小心翼翼地把我扶了起来。

"我的耳朵能听到很多东西。"我说,"鱼鹰的尖叫,山羊的叫声,鬣狗的笑声,新生儿的哭闹声。但它们不是用来听人造轮子滚下土路的声音的。"

"这比走路快得多,也轻松得多。"他说,"你要去什么地方吗?我可以带你去。"

可能正是自行车让我下定了决心。"是的,"我答道,"我要去个地方,但我不会搭自行车去的。"

"那我就陪你走过去。"他说,"你要去哪里?"

"去庇护港。"我说。

"啊,"他微笑起来,"你也有事要找维护部。你哪里不舒服?"

我摸摸我的左面胸口,"这里——我找维护部的唯一目的是要尽可能远离让我疼痛的东西。"

"你要离开基里尼亚加?"

"我要离开变成这副样子的基里尼亚加。"我答道。

"你要去哪里?"他问道,"你打算做什么?"

"我要去别的地方,做别的事情。"我模棱两可地答道。因为,一个失业的蒙杜木古能有什么地方可去呢?

"我们会想你的,柯里巴。"基曼提说。

"我怀疑。"

"真的。"他真诚地重复道,"等我们向我们的孩子讲述基里尼亚加的历史的时候,我们不会忘记你的。"他停了一下,"尽管你的确是错了,但你是必不可少的。"

"我就是这样被你们记住的?"我问道,"作为必不可少的邪恶力量?"

"我没说你是邪恶的,只是说你错了。"

我们在沉默中走了几里地,终于抵达了庇护港。

"如果你愿意,我可以陪你等。"基曼提说。

"我还是自己等吧。"我说。

他耸耸肩,"那就照你说的办。柯瓦西里,柯里巴。"

"柯瓦西里。"我答道。

他走后,我环顾四周,打量着草原、河流、角马、斑马、鱼鹰、秃鹳,想要把它们永远地记住。

"我很抱歉,恩迦。"我最后说道,"我尽了全力,但我还是辜负了你。"

要把我永远带离基里尼亚加的飞船突然映入眼帘。

"你必须用同情的态度对待他们,恩迦。"随着飞船靠近降落跑道,我说道,"在你的人民中,他们并不是第一批被欧洲人迷惑的。"

随着飞船落地,我似乎感到一个声音对着我的耳朵说:你一直都是我最忠实的仆人,柯里巴,为此我将听取你的建议。你真的希望我同情地对待他们吗?

我最后一次望向村子,这个曾经畏惧和崇拜恩迦的村子,它就像妓女一样把自己出卖给了欧洲人的神。

"不。"我坚定地说。

"你是在和我说话吗?"飞行员问道。我意识到舱门已经打开,正在等着我。

"不。"我答道。

他环顾四周,"我没看到什么人。"

"他老了,很疲倦,"我说,"但他在这里。"

我登上飞船,没有再回头。

尾 声

伊甸之东

（2137年8月–9月）

多年以前,曾经有一位基库尤战士离开了村子,一路漫游,寻找冒险。他只用一杆长矛便杀死了凶猛的狮子和狡猾的豹子。有一天,他遇到了一头大象。他意识到长矛对大象毫无用处,但他还没来得及逃跑或躲藏起来,大象便发起了进攻。

他唯一的希望是神的干预。于是他乞求恩迦找到他,将他从大象的路上移走。

但恩迦没有理会他,于是大象用鼻子举起战士,把他高高地抛向空中。他落在了远处一棵荆棘树上。他的皮肤被荆棘划伤了,伤得很严重,但至少他性命无忧了,因为他落在了一根距离地面大约二十英尺的树枝上。

战士确定大象离开这块区域后才爬下树。他回了家,攀上圣山去找恩迦。

"你找我有什么事?"战士抵达山顶时,恩迦问道。

"我想知道你为什么没有来。"战士生气地说,"我一生都崇拜你,向你献上祭品。你没有听到我向你求助吗?"

"我听到了。"恩迦答道。

"那你为什么没有来救我?"战士问道,"难道你的能力不足以找到我吗?"

"这么多年了,你还是没有明白。"恩迦严厉地说,"你必须来找我。"

午夜刚过,我儿子爱德华就到比亚沙拉街的警察局来接走了我。我上车时,流线型的英国车飘浮在距离地面几英寸的高度。随后,他的司机启动车子,把我们送回了他位于恩贡山的房子。

"我开始有点受不了了。"他说着,启动了闪闪发亮的隐私屏障,这样可以隔音。他想表现得公正冷静,但我知道,他其实气得要死。

"还以为他们会厌倦呢。"我表示同意。

"咱们得好好谈谈。"他说,"你回来才两个月,这已经是我第四次保释你了。"

"我没有违反任何基库尤法律。"我冷静地说。我们的车子飞速穿过内罗毕愁云惨淡的贫民窟,朝富人住的郊区奔驰着。

"你违反了肯尼亚法律。"他说,"不管你喜不喜欢,肯尼亚都是你现在生活的地方。我是政府官员,你不能一直这样让我难堪!"他闭上嘴,努力克制着自己的怒气,"看看你的样子! 我说了给你买点新衣服。你为什么一定要穿这件又丑又破的基科伊? 它闻着比看着还要糟糕。"

"穿基库尤传统服装现在也违法了吗?"我问他。

"不。"他说。他开启了从脚下升起的迷你酒吧,给自己倒了杯酒,"但在餐厅里引起骚动是违法的。"

"我吃饭给了钱的。"我说。我们转上兰加塔路,朝郊区驶去。"用的是你给我的肯尼亚先令。"

"那你也没有权力把食物摔到墙上,就因为它不合你的口味。"他怒视着我,怒火快要按捺不住了,"你每次违法都比上一次更严重。要不是我,你早在监狱里过夜了。我还得赔偿你造成的损失。"

"是伊兰羚羊肉。"我解释道,"基库尤人不吃野生动物。"

"那不是伊兰羚羊。"他说着,把杯子放下,点起一支无烟香烟,"你去基里尼亚加的第二年,最后一头伊兰羚羊就死在了一家德国动物园里了。这是一种转基因大豆食品,经过基因工程改造,味道像伊兰羚羊的肉而已。"他话音停了,随后深深叹了口气,"如果你觉得是伊兰羚羊肉,那你为什么要点这菜呢?"

"服务员说是肉排,我以为他指的是牛排。"

"你不能再这么干了。"爱德华说,"咱们俩都是成年人了,为什么不能达成协议呢?"他盯着我看了很久,"我可以和与我意见有分歧但能理性思考的人打交道。我在政府每天都做这个。但我没法和疯子打交道。"

"我是理性思考的人。"我说。

"真的吗?"他问道,"昨天你教我妻子的外甥怎么用吉萨尼考验测谎,结果他差点把他弟弟的舌头烤焦。"

"他弟弟在撒谎。"我冷静地说,"撒谎的人面对烧红的刀刃时都会嘴巴发干。无所畏惧的人的舌头上有足够唾液,就不会被烧伤。"

"你叫一个七岁小孩在面对挥舞着烧红的刀子的虐待狂哥哥时还要无所畏惧!"我儿子怒吼道。

一个穿着制服的保安挥手允许我们拐上通往我儿子住宅的私

家小道。我们开上私人车道，司机将英国车子停在力场边缘。我们的身份得到确认后，力场便暂时消失，容许我们通过，很快我们便抵达了大门。

爱德华下了车，朝房子走去，我跟在他后面。他紧紧攥着拳头，以此克制怒火，"我同意你和我们住在一起，因为你是个老头儿，被你自己的世界抛弃了……"

"我是自愿离开基里尼亚加的。"我冷静地打断了他。

"你为什么或者怎么离开的都无关紧要。"我儿子说道，"重要的是你现在在这里。你年事已高。距离你上次在地球生活已经过了很多年。你所有的朋友都已经去世了。我母亲也去世了。我是你儿子，我接受我对你负有的责任。但你必须和我一样，做出一定让步。"

"我在尽力这样做。"

"我表示怀疑。"

"我真的在这样做。"我重复道，"就算你不理解，但你儿子理解。"

"自从我离婚和再婚以来，我儿子已经经历得够多了。他最不需要的就是爷爷整天给他讲什么基库尤乌托邦的疯狂故事。"

"这是一个失败的乌托邦。"我纠正他道，"他们不肯听我的，所以他们注定会成为又一个肯尼亚。"

"那又怎么样？"爱德华说，"肯尼亚是我的家，我为此感到自豪。"他看着我，"现在它也再次成为了你的家。你说到它的时候最好放尊重些。"

"我在迁往基里尼亚加很多年以前就住在肯尼亚了。"我说，"我可以再次住在这里。什么也没变。"

"并非如此。"我儿子说，"我们在内罗毕地下建造了一个运输系统,现在瓦塔穆的海岸边也建起了太空港。我们关掉了核电站。现在电力都由热电供应,热力来自大裂谷地下。事实上,"他每次描述他的新妻子的成就时都是这种自豪的语气,"苏珊就参与了这场变革。"

"你误解我了,爱德华。"我答道,"肯尼亚没变的地方在于它仍然在模仿欧洲人,而非忠于它自己的传统。"

安保系统确认了我们的身份,打开房门。我们穿过门厅,通过宽敞的螺旋楼梯来到卧室一翼。仆人们正在等我们,管家接过爱德华的外套。随后,我们沿着走廊来到起居室和客厅,两个房间都布满罗马雕像和法国绘画,还有一排排装订精美的英国书籍。最后我们来到爱德华的书房。他转过身来,低声对管家说:

"我们想单独谈谈。"

佣人们就像全息图像似的消失了。

"苏珊在哪儿?"我问道,因为到处都没有见到我儿媳的身影。

"我们接到你又被逮捕的通知时,正在喀麦隆大使的新家参加一个晚会。"他答道,"你搅了一局很愉快的桥牌。我猜她正在浴缸里或者床上诅咒着你的名字。"

我本打算说,向欧洲神诅咒我的名字是无效的,但转念一想,我儿子现在可能并不想听这个,于是没有说话。我环顾四周,发现不仅爱德华的所有物品都是欧洲人的,就连他的房子也是欧式的。这房子有很多长方形的房间,而所有基库尤人都知道——至少是本应知道——魔鬼居住在角落里,住宅只应该是圆形的。

爱德华快步走向书桌,启动电脑,阅读信息,随后转向我。

"政府又发来一条信息,"他说,"他们想在下周二中午见你。"

"我已经告诉他们我不要他们的钱了。"我说,"我没有为他们服务过。"

他摆出说教的面孔。"我们不再是一个穷国了。"他说,"我们的弱者和老人不会挨饿,这是让我们感到自豪的事。"

"只要餐厅不再给我吃不洁的动物,我就不会挨饿。"

"政府只是想确保你不会在经济上给我造成负担。"爱德华拒绝让我转移话题。

"你是我儿子。"我说,"我养大了你,在你小时候让你有饭吃,有家住。现在我老了,是你以同样的方式对待我的时候了。这是我们的传统。"

"呃,我们政府的传统是为赡养老人的家庭提供一份经济保障。"他说。我看得出,他身上最后一丝基库尤人的痕迹也已经消失了,他已经成为了彻头彻尾的肯尼亚人。

"你很富有。"我说,"你不需要他们的钱。"

"我一直交税。"他说着,又点起一支无烟香烟,以此掩饰他的防卫心理,"拒绝接受我们应得的好处不是很蠢吗?你可能会活很久。我们绝对有权利拿这笔钱。"

"接受你不需要的东西是一种耻辱。"我答道,"让他们不要再来打扰我们。"

他向后半坐在书桌上,"就算我这样要求,他们也不会照办的。"

"他们肯定是瓦坎巴人或马赛人。"我毫不掩饰自己的鄙视。

"他们是肯尼亚人。"他答道,"你和我也一样。"

"对。"我说着,突然感觉到年纪的重负,"对,我一定要努力记住这一点。"

"如果你能做到的话,我就可以少跑几趟警察局了。"我儿子说。

我点点头,回自己的房间去了。他给我准备了床和床垫,但经过这么多年在基里尼亚加的小屋生活，我觉得床很不舒服，于是我每晚都把毯子拿下来，铺在地板上睡觉。

但今晚我失眠了，脑海里不断重温着过去的两个月。我看到听到的每一件事都提醒着我，我一开始为何要离开肯尼亚，我为什么那么长久而努力地为获得基里尼亚加的许可证而斗争。

我翻过身，用手支着头，朝窗外看去。数以百计的星星在晴朗无云的夜空中闪烁着。我试图想象其中哪一颗是基里尼亚加。我曾经是负责建立我们的基库尤乌托邦的蒙杜木古，也就是巫医。

"我比任何人都更无所保留地为你服务。"我凝视着一颗闪烁的绿色星星，低声说道，"但你却背叛了我。更糟的是，你背叛了恩迦。无论他还是我，都不会再寻找你了。"

我重新躺下来，视线从窗口转开，闭上眼睛，决心不再仰望天空。

早上，我儿子来到我的房间。

"你又睡在地板上了。"他说。

"现在这也违法了？"我问道。

他深深地叹了口气，"你想怎么睡都随你。"

我看着他，"你看起来很精神……"我开口说。

"谢谢。"

"穿着这身欧洲人的衣服。"我这才说完。

"我今天和财政部长有一次重要会面。"他看看手表，"事实上，我现在就得走了，否则就会迟到。"他不自在地停了一下，"你考虑过我们昨天谈的事了吗？"

"我们谈了很多事。"我说。

"我指的是去基库尤人的养老村。"

"我曾经在一个村子里住过。"我说,"你说的不是村子。只是一栋二十层高的楼,用钢铁和玻璃建成,用来囚禁老人的。"

"这些话咱们都说过了。"我儿子说,"你去那里可以结交新朋友。"

"我有一个新朋友。"我说,"我今晚去看他。"

"很好!"他说,"或许他能让你少制造点麻烦。"

我在将近午夜时,抵达了钛和玻璃建起的实验室大楼。夜晚温度降了下来,小风从南边徐徐吹来。月亮躲在云后,在夜色中找到侧门并不容易。不过我最后还是找到了它,卡茅正在等我。他暂时关掉了一小块电子屏障,让我通过。

"占波,姆吉。"他说道。你好,充满智慧的长者。

"占波,姆吉。"我答道,因为他和我几乎一样大,"我来亲眼看看你说的是否是真的。"

他点点头,转身走了,我跟着他在俯视着我们的高耸而有棱角的楼房中穿行着,它们把诡异的影子投射在狭窄的人行道上,把城市的所有噪音引向我们的方向。小路两旁布满合欢荆棘树和金鸡纳树,而非平常所见的外来欧洲灌木,是从幸存的少数几个品种克隆的。四下散布着已经消失的热带稀树草原的草丛作为装饰。

"在肯尼亚看到这么多真正的非洲植被真是罕见。"我说,"自打我从基里尼亚加回来,我就一直渴望着这样的景象。"

"你见过一整个这样的世界。"他的回答中充满毫不掩饰的羡慕。

"一个世界拥有的不仅仅是植被。"我说,"说到底,基里尼亚加和肯尼亚没有什么区别,它们都背叛了恩迦。"

卡茅停了下来,指着四周若隐若现的金属、玻璃和混凝土建筑，它们完全覆盖了凉爽的沼泽，内罗毕原本就是因此得名的[①]。"我不知道你怎么会觉得这里比基里尼亚加好。"

"我没说我觉得这里更好。"我答道，突然意识到城市中永不消逝的噪音被机器的轰鸣声掩盖了。

"那么你的确想念基里尼亚加了。"

"我想念基里尼亚加本来可能成为的样子。至于这些，"我指指那些高楼，"它们只是建筑。"

"它们是欧洲建筑。"他苦涩地说，"它们的建造者不再是基库尤人、卢奥人或恩布人，而仅仅是肯尼亚人。这些建筑里到处都是角落。"他停了一下。我赞许地想：你的观点听起来和我太像了！难怪我回到肯尼亚之后你会来找我。"内罗毕有一千一百万人口，"他继续说道，"这座城市充满污水的臭味。空气污染如此厉害，有些时候简直用肉眼都能看见。人们穿着欧洲人的衣服，崇拜欧洲人的神明。你怎么会放弃你的乌托邦，回到这里来？"

我举起双手，"我只有十根手指。"

他皱起眉头，"我没明白。"

"你记得把手指放进堤坝的荷兰小男孩的故事吗？"

卡茅摇摇头，鄙夷地往地上吐了口唾沫，"我不听欧洲人的故事。"

"也许你这样做是明智的。"我说，"不管怎么说，我用传统环绕在基里尼亚加四周的堤坝开始决口了。一开始决口很少，很容易堵上，但随着社会的变化发展，决口越来越多，没过多久，我的手指就不够把它们全部堵住了。"我耸耸肩，"所以我在自己被冲走之前离开了。"

"他们找了另外一个蒙杜木古取代你吗？"他问道。

①内罗毕在当地马赛语中意思是"冰凉的水"。

"据说他们找了个医生来给人治病,找了个基督教士来告诉他们如何崇拜欧洲人的神,还弄了台电脑来告诉他们如何应对各种状况。"我说,"他们不再需要蒙杜木古了。"

"那么恩迦已经放弃他们了。"他说。

"不。"我纠正他道,"是他们放弃了恩迦。"

"我道歉,蒙杜木古。"他满怀尊重地说,"当然,你说得对。"

他又往前走起来,没过多久,我闻到一股浓重而刺激的气味。我从未闻到过这种气味,但它唤醒了我脑海深处的某些记忆。

"咱们马上就到了。"卡茅说。

我听到一声低沉的叫声,不像肉食动物的低吼,倒像一台巨大的机器开动马力的声音。

"它很紧张。"卡茅又用轻柔的语气自语道,"不要做出很突然的动作。它已经尝试攻击两个白班的饲养员了。"

这时我们到了,月亮正好从云层中浮现出来,将月光倾泻在我们面前这头雄伟的生物身上。

"太壮观了!"我低声说道。

"完美的复制品。"卡茅表示赞同,"肩部高度十英尺八英寸,体重七吨,每根象牙恰好一百四十八磅。"

这头巨兽透过它四周的闪烁力场凝视着我们,嗅着凉爽的夜风,想要识别我的气味。

"太了不起了!"我说。

"你知道克隆的过程是怎样的吗?"卡茅问道。

"我知道克隆是什么意思。"我答道,"但我不了解具体过程。"

"这次的具体过程是:他们从它的象牙里取了些细胞——这象牙已经在博物馆展出了两个多世纪了,然后调配适当的营养液,你看到的就是结果:马萨比特的阿罕默德,有史以来唯一受到过总统令保护的大象,就这样复活了。"

"我听说,它在马萨比特山上溜达的时候,无论走到哪里都有两名守卫跟着。"我说,"他们也忘记了传统吗? 我只看到你一个。另外一个守卫呢?"

"没有什么守卫。整栋大楼都由复杂的电子安全系统保护。"

"你不是守卫?"我问道。

他的语气中掩饰着羞耻,但脸上的表情却显露无遗,即便在月光下我也看得出,"我是付费陪护。"

"陪护大象?"

"陪护阿罕默德。"

"抱歉。"我说。

"我们没法全都当上蒙杜木古。"他答道,"如果你生活在一个膜拜青春的文化中,却又到了我这个年纪,就不能挑挑拣拣。"

"的确。"我说。我回头看着大象,"我在想,它对自己的前世有印象吗? 那时候它是所有动物中最伟大的,马萨比特山就是它的王国。"

"它对马萨比特一无所知。"卡茅答道,"但它知道这里不对劲儿。它知道自己的生命不应该在一个小院子里度过,四周还围着闪闪发光的力场。"他停了一下,"有时,在深夜,它会面对北方,举起鼻子,大声喊出它的孤独和痛苦。技术人员觉得这很恼人。他们一般会叫我喂它吃的,就好像食物能缓解它的痛苦似的。那甚至都不是真正的食物,而是他们在实验室里调配的东西。"

"它不属于这里。"我表示同意。

"我知道,"卡茅说,"可是,你也不是,姆吉。你应该回到基里尼亚加,按照基库尤人本来的生活方式生活。"

我皱起眉头,"基里尼亚加没有人按照基库尤人本来的方式生活了。"我深深叹了口气,"我想,蒙杜木古的时代可能已经结束了。"

"这不可能。"他表示反对,"否则,还有谁能保存我们的传统,解释我们的法律?"

"我们的传统已经和它的一样,都死了。"我说着,指指阿罕默德。我又转向卡茅,"你介意我问你个问题吗?"

"当然不,蒙杜木古。"

"我很高兴你找到了我,也很享受回肯尼亚之后和你的这些对话。"我说,"但有件事我不明白:既然你对基库尤人这么有感情,在我们努力斗争寻找家园的时候,我为什么没有认识你呢? 我们迁往基里尼亚加的时候,你为什么没有一起来?"

我看得出他对于如何回答这个问题做着内心斗争。最后斗争结束了,他似乎变矮了一两英寸。

"我当时很害怕。"他坦白道。

"怕太空飞船?"我问道。

"不。"

"那你怕什么?"

又一次内心斗争,随后他给出了回答:"你,姆吉。"

"我?"我惊讶地重复道。

"你一直都很自信。"他说,"一直是个完美的基库尤人。你让我害怕自己不够好。"

"太荒唐了。"我坚决地说。

"真的吗?"他反问道,"我妻子是天主教徒。我的儿子和女儿都用了基督徒的名字。我自己也习惯了穿欧洲衣服,享受各种欧洲人的便利。"他停了一下,"我害怕自己会和你们一起走——而且我也确实想这样做。那之后,我一直在谴责自己的胆小怕事——

我怕我很快就会开始抱怨,怀念我抛弃的各种科技和舒适,然后你就会驱逐我。"他不肯与我对视,而是盯着地面,"我不想被基里尼亚加这个世界驱逐,它是我的人民的最后一线希望。"

你比我想的更有智慧,我心想,说出口的却是一个富有同情心的谎言:"你不会被驱逐的。"

"你确定?"

"我确定。"我说着,把一只手放在他骨瘦如柴的肩膀上,安慰着他,"事实上,我真希望最后的时刻你在那里支持我。"

"一个老头子能提供什么支持?"

"你不是随便一个老头儿。"我答道,"约翰斯通·卡茅的后代的话在长老会能有很重的分量。"

"这便是我害怕和你们一起去基里尼亚加的另一个原因。"他答道,这次回答得流畅一些了,"我怎么配得上自己的名字呢——每个人都知道约翰斯通·卡茅成为了乔莫·肯雅塔,基库尤人的伟大的燃烧长矛。我怎么可能比得上这样一个人呢?"

"你比你自己想得更出色。"我安慰他道,"我本可以用得上你忠诚的信念。"

"你在基里尼亚加肯定有支持者。"他说。

我摇摇头,"就连我自己的学徒都抛弃了我,我本打算让他接替我的位子。我猜,就在咱们说话的时候,他可能就在马路另一头的大学里。最后,人们都抛弃了我们的传统和恩迦的教诲,转投欧洲人的奇迹和舒适去了。我想我本不应该吃惊,鉴于这种事在非洲已经发生了这么多次。"我若有所思地看着那头大象,"我和阿苦默德一样与这个时代格格不入。时光已经遗忘了我们。"

"但恩迦没有。"

"恩迦也被遗忘了,我的朋友。"我说,"我们的时代已经过去了。无论是肯尼亚,还是基里尼亚加,还是任何其他地方,都没有我们的位置了。"

也许是因为我语气中的某种东西,或者以某种神秘的方式,阿罕默德听懂了我的话。不管是什么原因,它都向前走到了力场边缘,径直看着我。

"还好我们有力场作为保护。"卡茅说道。

"它不会伤害我的。"我自信地说。

"它伤害过别人,它更没有理由攻击的人。"

"但它不会伤害我的。"我说,"把力场降低五英尺。"

"可……"

"照我说的做。"我命令道。

"是的,蒙杜木古。"他不情愿地说着,走向一个小控制箱,输入了密码。

柔和的视觉扭曲突然下降到了与眼睛齐平的位置。我伸出一只安慰的手,不一会儿,阿罕默德伸出长鼻子,轻轻地拂过我的脸和身体,然后深深叹了一口气,站在原地,重心在左右脚之间来回移动,身体轻轻摇摆着。

"要不是亲眼看到,我真无法相信!"卡茅几近敬畏地说。

"难道我们不都是恩迦的造物吗?"我说。

"就连阿罕默德也是?"卡茅问道。

"你觉得是谁创造了它?"

他又耸耸肩,没有回答。

我又待了几分钟,看着这头壮观的动物,卡茅将力场恢复了。这时,夜晚的空气突然变得刺骨寒冷,在这么高的地方这并不罕见。我转向卡茅。

"我得走了。"我说,"谢谢你邀请我来这里。要不是亲眼所见,我是无法相信这个奇迹的。"

"科学家认为这是他们的奇迹。"他说。

"你和我更清楚。"我答道。

他皱起眉头,"但你认为恩迦为什么让阿罕默德在此时此地复活呢?"

我想了很久,试图找到一个答案,结果发现我也没有答案。

"我曾经一度完全确定恩迦的行为动机是什么。"我最后说道,"现在我不那么确定了。"

"蒙杜木古怎么会说出这种话呢?"卡茅问道。

"不久以前,我还会在鸟儿的歌声中醒来。"我们离开阿罕默德的地盘,朝我进来的侧门走去时,我说道,"我的视线会越过围绕基里尼亚加里我们村子的那条河,看到高角羚和斑马在草原上吃草。现在我醒来时,只会听到和闻到一个现代的内罗毕。然后我向窗外看去,看到的只是把我儿子的房子和他的邻居隔开的一堵灰墙。"我停了一下,"我想,这肯定是因为我没能将恩迦的旨意传达给我的人民而受到的惩罚。"

"我还能再见到你吗?"我们走到门边,他关掉一小块力场让我通过时问道。

"如果不麻烦你的话。"我说。

"伟大的柯里巴怎么会成为麻烦呢?"他微笑着说。

"我的儿子就这样想。"我答道,"他在他的房子里给了我一个房间,但他更希望我住在别处。他妻子对于我打赤脚、穿基科伊感到羞耻。她一直都给我买欧洲人的鞋子和衣服。"

"我儿子在实验室里工作。"卡茅说着,带着些许自豪指指他儿子在三层的办公室,"他手下有十七个人给他干活。十七个!"

我看起来肯定不是很惊叹,因为他继续讲的时候语气没那么热情了,"是他给我找的这份工作,这样我就不用跟他住在一起了。"

"付费陪护。"我说。

他的脸上闪过辛酸又幸福的神情,"我爱我的儿子,柯里巴。我知道他也爱我——但我觉得他也有点为我感到羞耻。"

"羞耻和尴尬之间的界限很模糊。"我说,"我儿子就像钟摆一样在二者之间摇摆。"

听到自己不是唯一一个,卡茅似乎有些感激,"你可以来和我一起住,蒙杜木古。"他说。我看得出他是真诚地邀请我,而不仅是希望我会拒绝的礼貌谎言。"我们会有很多共同语言。"

"谢谢你的邀请。"我说,"但我想我时不时来拜访你就够了,在我觉得肯尼亚人无法忍受、必须找另外一个基库尤人聊聊的时候。"

"你想什么时候来都行。"他说,"柯瓦西里,姆吉。"

"柯瓦西里。"我答道。再见。

我沿着自动人行道走过喧闹熙攘的街道,这里曾经是广袤的阿西平原,这里曾经充斥着另一种生活。我走到空中巴士站,几分钟后便有一辆空中巴士滑行过来,这么晚了,车上没几个人。车子开始朝北开,飘浮在距离地面大概十英尺的高度。

迁徙路线两旁的树木已经被稠密的钢铁和玻璃森林取代。我透过窗子朝夜色中望去,有那么一会儿,我感觉自己仿佛是在窥探过去。这里伫立着由钛和玻璃筑成的法院大楼,它正是"燃烧的长矛"因为鲁莽提出他的国家不属于英国人的观点而首次被逮捕的地方。那边那栋新建的八层高的邮局大楼所在的位置,就是最后一头狮子死去的地方。还有那边,回收水厂的位置上,是我的人民大概三百年前在一场光荣而惨烈的战役中战胜瓦坎巴人的地方。

"我们到了,姆吉。"司机说道,巴士飘浮在距离地面几英寸的地方,我朝车门走去。"你只穿了这么一条毯子,不冷吗?"

我不打算回答他,而是踏上人行道。郊区这里的人行道不像城市里的自动人行道会移动。我比较喜欢这种人行道,因为人就应该走路,而不是由几英里长的履带搬来运去,不费一丝力气。

我走近我儿子的宅院,和保安们打了招呼。他们都认识我,因为我晚上经常在这附近游荡。他们让我轻松通过。我边走边尝试再次回顾几百年来的历史,想要看到泥巴和茅草建造的小屋,我的人民的博玛和沙姆巴,但我的视野中满是仿都铎、维多利亚和殖民风格以及仿现代风格的大宅子,中间还散布着针一样的公寓楼,高耸入云。

我不想和爱德华或苏珊说话,因为他们肯定会无休止地盘问我去哪里了。我儿子会再次警告我内罗毕有小偷和匪徒专在天黑后对老人下手,我儿媳则会委婉地建议我穿大衣和裤子更暖和。于是我经过他们的房子,在宅院里漫无目的地转悠着,直到房子所有的灯都熄灭了。我确定他们都已入睡之后,便走到一个侧门,和许多个夜晚一样,等待安保系统确认我的视网膜和骨骼结构,然后我静静地走回自己的房间。

我通常都会梦到基里尼亚加,但今晚我的梦中却出现了阿罕默德。始终被力场囚禁着的阿罕默德,试图想象它这片小天地外面是什么样子的阿罕默德,活着未曾见过同类就要死去的阿罕默德。

渐渐地,梦境切换到了我自己。柯里巴被看不到的锁链困在一个他再也不认识的内罗毕,柯里巴徒劳地想要把基里尼亚加打造成它本可以成为的样子,柯里巴曾一度领导一批勇敢的基库尤人背井离乡,直到有一天,他环顾四周,发现自己已成了仅剩的基库尤人。

　　早上，我去基里尼亚加看望我的女儿——不是那个改造成地球环境的世界，而是真正的基里尼亚加，它现在的名字是肯尼亚山。正是在这里，恩迦把挖掘棒交给第一个人类吉库尤，并叫他耕种土地。也正是在这里，吉库尤的九个女儿成为了基库尤人的九个部落的母亲。也正是在这里，神圣的无花果树繁茂起来。千年以后，仍然是在这里，乔莫·肯雅塔，基库尤人的伟大的燃烧长矛，他借用恩迦的力量，带领茅茅将白人赶回欧洲。

　　也正是在这里，一座拥有五百万居民的钢铁与玻璃的城市在圣山上铺陈开来。内罗毕过度紧张的供排水系统已经无法再负担更多人口，于是政府以大幅减税吸引企业搬往基里尼亚加，希望居民会跟着迁移——大家也确实这么做了。

　　汽车将污染排放到空气中，运转的城市产生震耳欲聋的噪音。我走向无花果树曾经伫立的位置，现在这里是一家铅铸造厂。曾栖居着大羚羊和犀牛的山坡已被一片片住宅小区覆盖。山间的蜿蜒小溪全部被改造。英国人杀死迪丹·基马西那里的那棵树已成回忆，取而代之的是一家快餐店。山顶如今成了公园，有轨电车通向一排纪念品商店。

　　现在我才意识到，肯尼亚为什么变得让人无法忍受。恩迦不再在山顶的宝座上统治世界了，因为那里已经不再有他的位置。就跟豹子和金色太阳鸟一样，就跟多年前的我自己一样，他也在黑皮肤欧洲人的猛攻来临之前逃离了。

　　也许我的发现影响了我的心情，因此和我女儿的会面并不顺利。不过，从来也没顺利过。她和她母亲太像了。

那天傍晚，我走进我儿子的书房。

"一个佣人说你想见我。"我说。

"对。"我儿子从电脑前抬起头来说道。他身后是两位伟大领导人的画像，马丁·路德·金和朱利叶斯·尼雷尔，两人都是黑人，但都不是基库尤人。"请坐。"

我照做了。

"坐在椅子上，我的父亲。"他说。

"地板就很好。"

他沉重地叹了口气，"我太累了，不想和你吵。我在复习法语。"他做了个苦脸，"这种语言很难学。"

"你为什么要学法语？"我问道。

"喀麦隆大使在这个小区买了房子。我想，能用他的母语跟他说话会很有优势。"

"那应该学巴米累克语或艾旺多语，而不是法语。"我说。

"这两种语言他都不会讲。"爱德华答道，"他家是统治阶级。他们在家只说法语，而且他是在巴黎上的学。"

"既然他是派到我们国家来的大使，你为什么要学他的语言？"我问道，"他为什么不学斯瓦西里语？"

"斯瓦西里语是街头语言。"我儿子说，"英语和法语是外交和商业语言。他的英语不好，所以我打算改和他讲法语。"他自鸣得意地微笑起来，"这肯定会给他留下深刻的印象！"

"原来如此。"我说。

"你似乎不太赞成。"他说。

"我并不为自己是基库尤人感到羞耻。"我说，"你为什么为自己是肯尼亚人感到羞耻呢？"

"我没有为任何事感到羞耻！"他吼道，"我很自豪能用他的语言和他交谈。"

"比作为肯尼亚客人的他用你的语言和你交谈还要自豪?"我说。

"你不明白!"他说。

"显然。"我表示同意。

他盯着我看了一会儿,没有说话,然后深深地叹了口气,"你简直要让我发疯了。"他说,"我甚至都不知道咱们怎么会说到这个。我找你是有别的事。"他点起一支无烟香烟吸了一口,然后对着雾化器喷了出来,"今天早上我见了恩戈玛神父。"

"我不认识他。"

"但你认识他的教区居民。"我儿子说,"他们当中有些人来找你寻求建议。"

"有可能。"我承认道。

"老天!"爱德华说,"我还得住在这里呢,他可是这个教区的神父。他不喜欢你告诉他的教众应当如何生活,特别是你的说法有违天主教教义。"

"难道我要对他们撒谎?"我问道。

"你就不能让他们去找恩戈玛神父吗?"

"我是蒙杜木古。"我说,"为向我寻求指引的人提供建议是我的职责。"

"自从他们让你离开基里尼亚加之后,你就不再是蒙杜木古了。"他恼火地说。

"我是自愿离开的。"我冷静地答道。

"咱们又跑题了。"爱德华说,"如果你想继续干蒙杜木古这一行,我可以给你租间办公室,或者……"他鄙夷地补充道,"给你买块土地,让你坐在地上宣讲。但你不能在我家里搞这个。"

287

"恩戈玛神父的教众肯定不喜欢他讲的东西。"我说,"要不然他们也不会找别人寻求建议。"

"我不想让你再跟他们说话了。明白了吗?"

"是的,"我说,"我明白你不想让我再跟他们说话了。"

"你很清楚我是什么意思!"他爆发了,"别再玩什么文字游戏了!这一套可能在基里尼亚加管用,但在这里不行!我太了解你了!"

他又开始看自己的电脑。

"真有意思。"我说。

"什么真有意思?"他疑惑地问道,怒视着我。

"你这里堆满了英语书,学着法语,替一个意大利宗教的神父辩护。你不仅不是基库尤人,我觉得你可能甚至都不再是肯尼亚人了。"

他坐在桌子对面怒视着我,"你简直要让我发疯了。"他重复道。

我从儿子的书房出来,离开房子,搭乘空中巴士前往穆塞加区的公园,那里离我儿子和跟他同流合污的邻居们有好几里地远。这片土地上一度有狮子出没,还有豹子潜伏在高枝上,等待着作为猎物的角马、斑马、瞪羚过来吃草,时机一到便扑向猎物;长颈鹿咀嚼着刺槐树顶端的枝叶;野猪在土里刨着块茎;犀牛啃着荆棘灌木,如果有什么它不熟悉的响动或景象,就会愤怒地冲过去。

后来基库尤人来了,开垦了土地,带来他们的牛羊。他们住在泥土和茅草搭的小屋里,按照我们在基里尼亚加所向往的方式生活。

但那都是过去了。今天,公园里只有几只松鼠跑过从外国引进的肯塔基蓝草,两只犀鸟在从欧洲移植过来的树木中筑巢。基库尤老人穿着鞋子、长裤和夹克衫,坐在四周的长椅上。其中一人正在把面包屑丢给一只胆子大得出奇的八哥,但大部分人只是坐着,漫无目的地四下张望。

我找到一张空长椅,犹豫着要不要坐下。我不想和这些人一样,他们只看得到松鼠和小鸟,但我能看到狮子和高角羚,涂着打仗时的油彩的基库尤人和披着红色斗篷的马赛人,他们都曾栖息在这同一片土地上。

我继续走着,突然感到很不安。尽管天气很热,我苍老的身躯又很脆弱,我仍然一直走到暮色降临。我不想忍受同我的儿子和儿媳一起吃晚饭,听他们讲述无聊的工作,无休止地隐晦建议我去养老村,既无法理解我为何去基里尼亚加,也无法理解我为何回来——于是我没有回家,而是在熙熙攘攘的城市中漫无目的地穿行。

最后,我抬头仰望天空。恩迦,我无声地说,我仍然无法理解。我曾经是一位优秀的蒙杜木古。我遵守你的法律。我举行你的仪式。肯定有过一天、一刻、一秒,如果你当时能显露真意,我们本可以携手拯救基里尼亚加。你为何在它迫切需要你的时候抛弃它?

我对恩迦讲话,从几分钟渐渐变为几小时,但他始终没有回应。

晚上十点了,我决定开始踏上前往实验室的路途,因为到那里需要至少一个小时。卡茅十一点开始上班。

和往常一样,他关掉电子屏障让我进入,然后陪我走到阿罕默德所在的那一小片草地。

"我没想到你这么快又来了,姆吉。"他说。

"我没有其他地方可去。"我答道。他点点头,就好像这个解释对他来说完全合理。

阿罕默德看起来很紧张，直到微风把我的气味送过去它才放松下来。随后它转向北方，每过一会儿就伸出鼻子来。

"它就好像在寻求来自马萨比特山的某种信号。"我说，因为这头庞然大物曾经的家位于内罗毕以北几百英里，是沙漠中的一座绿色孤山。

"它如果真的看到了那里，肯定不会高兴的。"卡茅说。

"为什么这样说？"我问道。在我们的历史上，没有哪种动物和哪个地方之间的关系像勇猛的阿罕默德与马萨比特这般密切。

"你不看报纸或者全息电视上的新闻吗？"

我摇摇头，"黑皮肤欧洲人的事我不关心。"

"政府已经疏散了马萨比特山脚下小城里的人。他们关闭了歌唱之井，命令所有人离开当地。"

"离开马萨比特？为什么？"

"他们多年来一直在山脚下填埋核废料。"他说，"最近发现有些容器在将近六年前泄漏了。政府一直向人民隐瞒事实，但又没能妥善处理泄漏。"

"怎么会发生这种事？"我问道。不过我当然知道答案。说到底，肯尼亚的任何事不都是这样的吗？

"政治。贿赂。腐败。"

"肯尼亚有三分之一的土地是沙漠。"我说，"他们为什么不把核废料埋在无人居住甚至都无人穿行的沙漠里呢？这样，一旦发生这种灾难——而且总会有这种事——不就不会有人受害了吗？"

他耸耸肩，"政治。贿赂。腐败。"他重复道，"这就是我们的生活方式。"

"唉，反正对我没有影响。"我说，"五百里地以外的一座山发生什么事我不关心,就像我也不关心以另一座山命名的那个世界发生的事一样。"

"我关心。"卡茅说,"无辜的百姓受到了辐射。"

"住在马萨比特附近的话,那应该是波克特人和伦迪尔人。"我说,"基库尤人为什么要关心他们?"

"他们也是人,我对他们感到同情。"卡茅说。

"你是个好人,"我说,"我一见到你就看出来了。"我从脖子上挂的小袋里掏出一些花生,过去我用这个小袋装符咒和魔法用品。"我给阿罕默德带了点儿,"我说,"我可以吗?"

"当然了。"卡茅答道,"它享乐的机会并不多,就连花生也会让它很开心。丢在它脚边就行了。"

"不。"我说着,向前走了几步,"把屏障降下来。"

他将力场降低,让阿罕默德可以把鼻子从顶端伸过来。我靠得足够近的时候,这头巨兽便从我的手里轻轻地拿走了花生。

"太令人吃惊了!"我回到卡茅身边时,他说道,"就连我也不能毫发无损地靠近阿罕默德,可你却用手喂了它,就好像它是家养宠物一样。"

"我们都是自己族群的最后一个,都活在不属于我们的时代。"我说,"所以它感觉和我亲近。"

我又待了几分钟,然后回家了,又是一夜不安稳的睡眠。我感觉恩迦似乎想要对我说什么,想要通过我的梦传递某种信息。尽管我多年来都在解释别人的梦,我却解释不了自己的。

爱德华站在精心修剪的草坪上,目瞪口呆地看着我的火堆烧焦的余烬。

"我在露台上有个漂亮的火坑。"他说着,没能成功掩饰他的怒气，"你到底为什么要在花园中间生火？"

"火就应该生在这里。"我答道。

"在这栋房子里不行！"

"我会尽量记住的。"

"你知道就因为你造成的破坏，景观设计师得收我多少钱吗？"他脸上突然出现一丝担忧，"你没有献祭什么动物吧？"

"没有。"

"你确定没有哪户邻居家的猫狗不见了？"他仍不死心。

"我懂法律。"我说。的确，基库尤法律规定只能用牛羊献祭，猫狗可不行。"我在努力遵守它。"

"你简直不可理喻。"

"但你也没有遵守它，爱德华。"我说。

"你指什么？"他问道。

我看着苏珊。她正从二楼的一扇窗户盯着我们。

"你有两个妻子。"我说，"年轻的和你住在一起，但大的那个住在很远的地方，只有你周末去接孩子的时候才能见面。这是不对的：一个男人的所有妻子都应该和他住在一起，共同分担家务。"

"琳达不再是我的妻子了。"他说，"你知道这一点。我们很多年前就离婚了。"

"你负担得起两个妻子。"我说，"你应该两个都留着。"

"在这个社会里，一个男人只能娶一个妻子。"爱德华说，"咱们这是在讲什么？你在英格兰和美国都生活过，你很清楚。"

"这是他们的法律，不是我们的。"我说，"这里是肯尼亚。"

"一样的。"

"基库尤男人只要负担得起，想娶几个妻子就可以娶几个。"我说，"你显然也不是基库尤人。"

"我受够了你这自命不凡的优越感！"他爆发了，"你因为我母亲不是真正的基库尤人而抛弃了她，"他苦涩地说道，"你因为我姐姐不是真正的基库尤人就和她断绝关系。从小起，每次你对我不满的时候也说我不是真正的基库尤人。现在你甚至声称跟随你前往基里尼亚加的那几千人也都不是真正的基库尤人。"他怒视着我，"你的标准比基里尼亚加还要高！这个宇宙里难道还有真正的基库尤人吗？"

"当然了。"我答道。

"哪里能找到这么一个十全十美的人？"他问道。

"就在这里。"我说着，拍拍自己的胸脯，"你正在看着他。"

我的日子一天天过去，只有偶尔夜访实验室能打破一成不变的单调烦闷。有一天晚上，我和卡茅在大门口见面时，我发现他的行为举止大不一样了。

"有什么事不对劲儿。"我立刻说，"你生病了吗？"

"没有，姆吉，我没病。"

"那发生了什么事？"我继续问道。

"是阿罕默德。"卡茅说着，眼泪止不住地从他饱经风霜的脸颊上滚下来，"他们决定后天终止它的生命。"

"为什么？"我惊讶地问，"它又袭击了某个看护吗？"

"没有。"卡茅苦涩地说，"实验很成功。他们确定可以克隆大象了，现在既然可以把其余资金装进自己的腰包，为什么还要继续支付它的抚养费呢？"

"你不能找谁申诉吗？"我问道。

"看看我，"卡茅说，"我是个八十六岁的老头子，我的工作都是人家发善心施舍的。谁会听我的话呢？"

"我们必须做点什么。"我说。

他悲伤地摇摇头,"他们是柯西,"他说,"没受过割礼的毛孩子。他们甚至都不知道蒙杜木古是什么。不要恳求他们,那样你只会自取其辱。"

"既然我在基里尼亚加没有恳求那些基库尤人,"我答道,"你可以放心,我也不会恳求内罗毕的这些肯尼亚人。"我思考着各种可能的方案,尽量不去理会实验室机器永不停息的轰鸣声。最后,我抬头仰望夜空:月亮隔着污染,散发出淡淡的橙色光晕。"我需要你的帮助。"我终于说道。

"我一定会出力的。"

"很好。我明晚会再来。"

我转身走了,甚至没有去看阿罕默德。

那天我思考了一整夜,做着计划。早上,等我儿子和他妻子离开家,我用视频电话联系了卡茅,告诉他我的打算以及他要如何帮忙。随后,我用电脑联系银行,取出了我的钱。尽管我憎恶先令,拒绝兑现政府给我的支票,但我儿子觉得给我钱比给我尊重更容易。

我把上午的余下时间都花在汽车租赁行,直至找到我想要的东西为止。我让女接待员给我演示了如何操作它,练习到夜幕降临。我在实验室对面转悠着,直到看见卡茅进了实验室,随后我来到侧门。

"占波,蒙杜木古!"卡茅一边关掉一部分电子屏障,让我的车子正好可以通过,一边仔细地打量着它。我把车子倒到阿罕默德的小院子前,打开车子后部,放下坡道。大象紧张又好奇地看着,卡茅关掉十英尺宽的力场,使坡道底部可以放进去。

"恩卓,坦波。"我说。

过来,大象。

它朝我试探性地迈出一步,然后又一步,再一步。走到围栏边缘时它停了下来,因为它每次试图越过这里的时候都会受到电击"惩罚"。我们用花生引诱了二十分钟,它才终于跨过障碍,笨拙地爬上坡道。随后坡道收起,我把它在悬浮的车子里关好,它立刻发出恐慌的叫声。

"让它在我们离开这里之前保持安静。"我去控制台那里找卡茅时,他紧张地说,"要不然它会唤醒全城的人。"

我打开通向车子后部的隔板,用安抚的语气说话。奇怪的是,它立刻安静下来,也不再到处乱动。我继续安慰着吓坏的大象,卡茅操纵车子离开实验室。二十分钟后,我们经过了恩贡山,又用了一小时绕过锡卡镇。又过了一个半小时,我们经过了基里尼亚加——那个真正的基里尼亚加,山顶覆盖着白雪,恩迦曾在这里统治世界。我连瞟也没瞟它一眼。

在过路人看来,我们一定是颇为壮观的一伙:两个看起来像疯子的老头儿驾驶着一辆没有标记的货车飞驰在夜色中,后面还载着一头六吨的怪物,它已经灭绝了两百多年了。

"你想过辐射会对它有什么影响吗?"我们经过伊西奥洛镇,继续向北开时,卡茅问道。

"我问过我儿子,"我答道,"他听说了泄漏事故。他告诉我泄漏仅限于马萨比特山脚的部分。"我想了想,"他还告诉我很快就会清理干净,但我不太相信。"

"但阿罕默德必须穿过辐射区才能上山。"卡茅说。

我耸耸肩,"那就穿过去呗。它每活一天,都比原本在内罗毕的日子多一天。看恩迦的旨意吧。不管它还能活多久,至少它能自由自在地在山上吃青草,喝清水。"

"我希望它能活很多年，"他说，"如果我因为违法被关进监狱，我希望这事儿至少能带来一样好处。"

"谁也不会把你关进监狱的。"我安慰他道，"只是你要丢掉一份不复存在的工作而已。"

"这份工作给我提供了生活来源。"他闷闷不乐地说。燃烧的长矛指望不上你，我心想。你并未给他的名字带来荣耀。就像我一直都确定的：我是最后一个真正的基库尤人。

我把我剩下的钱从小袋里掏出来，递给他，"拿着。"我说。

"那你自己呢，姆吉？"他问道，克制着自己没有伸手。

"拿着吧，"我说，"我拿着也没用。"

"阿桑特-萨那，姆吉。"他说着，从我手里接过钱，塞进口袋里。谢谢，姆吉。

我们安静下来，各自沉浸在自己的思绪里。内罗毕在我们身后逐渐远去，我对比着自己离开肯尼亚前往基里尼亚加时和现在的心情。那时我心中充满乐观，确定我们会把我脑海中清晰勾勒出的乌托邦建立起来。

我没有意识到的是，一个社会只能在某一瞬成为乌托邦——一旦它达到完美状态，就无法在变化发展的同时继续作为乌托邦存在。而每个社会的天性都是变化和发展。我不知道基里尼亚加是在何时成为乌托邦的。那一刻转瞬即逝，我没有察觉。

现在我再次开始寻找乌托邦，但这次我要找的乌托邦更局限、也更有可能实现：这是一个人的乌托邦，他知道自己的想法，宁死也不肯妥协。过去我曾受到误导，所以这次我不再像前往基里尼亚加那天那么情绪高涨了。我老了，有了更多的智慧，这次我感到平和而宁静，没有上次那么激动和兴奋了。

日出前一个小时，我们抵达了沙漠中央一座云山雾罩的青翠高山。地平线上能看到远处有一根沙柱滚滚而来。

我们停下车,打开车子后部。我们退后几步,阿罕默德谨慎地走下坡道,每一步都充满忧虑。它走了几步,似乎在确定自己真的重新踏上了坚实的大地,随后抬起鼻子,嗅着它的新家——也是从前的家——的气味。

大象慢慢地转向马萨比特山,它的整个状态突然变了。不再谨小慎微,不再充满恐惧,它用了几乎整整一分钟急切地嗅着周遭的气味。随后,它不再回头,充满信心地朝山麓走去,消失在林木当中。过了一会儿,我们听到了它的叫声,那时它已经开始攀山,准备征服自己的领地了。

我转向卡茅,"你最好在他们开始找它之前把车开回去。"

"你不跟我走?"他惊讶地问道。

"不,"我答道,"我和阿罕默德一样,余生就在马萨比特度过了。"

"但那意味着你也得通过辐射区。"

"那又怎样?"我无所谓地耸耸肩,"我是个老头子。我还能有多少时间?几周?几个月?肯定不到一年。也许岁月的重担会在辐射之前把我带走。"

"我希望你是对的。"卡茅说,"我不想你最后的日子在痛苦中度过。"

"我见过生活在痛苦中的人。"我告诉他,"都是年迈的姆吉,每天早上聚在公园里,生活没有目标,只是等死。我不会和他们一样的。"

他皱起眉头,就像清晨的阴影。我看得出他在想什么:他得把车开回去,独自面对后果。

"我要和你一起留下。"他突然说,"我不能第二次放弃伊甸园。"

"这不是伊甸园。"我说,"只是沙漠中的一座山。"

"不管怎么说,我都要留下。咱们一起建立一个新的乌托邦。它会成为新的基里尼亚加,但这次不会再出错了。"

我有工作要做,我心想。重要的工作。而最后你会抛弃我,就像他们都抛弃了我一样。你最好现在就走。

"你不用担心政府。"我用对大象讲话的抚慰口气对他说道,"把车还给我儿子,他会料理好一切的。"

"为什么?"卡茅怀疑地问。

"因为我对他来说一直是个麻烦,如果别人知道了我从政府实验室偷走阿罕默德,我就会从麻烦变成羞辱。相信我:他不会让这种事发生的。"

"如果你儿子问起你,我应该怎么说?"

"说实话。"我答道,"他不会来找我的。"

"有什么会阻止他吗?"

"他害怕找到我之后还得把我带回去。"我说。

从卡茅脸上看得出他内心的斗争,他害怕独自回去,也害怕山上生活的艰辛。

"我儿子的确会为我担心。"他犹豫地说着,仿佛期待我反对他的话,可能甚至希望我会反对他的话,"而且我也不能再见到孙子们了。"

你是我见到的最后一个基库尤人,确切地说,也是最后一个人类,我心想。我会再说最后一次谎,以提问的方式说出来,如果你无法看透,那么你就要带着良心离开,这会是我出于同情采取的最后一次行动。

"回家吧,我的朋友。"我说,"有什么比孙子更重要呢?"

"和我一起走吧,柯里巴。"他说,"如果你解释了为什么带走阿罕默德,他们不会处罚你的。"

"我不回去。"我坚定地说,"现在不回去,以后也不会回去。阿罕默德和我都不属于这个时代。我们在这里生活是最好的,远离一个我们不再认识的世界,一个没有我们位置的世界。"

卡茅看着卡萨比特山,"你和它心灵相通。"他给出了这样的结论。

"也许吧。"我表示同意。我把手放在他肩上,"柯瓦西里,卡茅。"

"柯瓦西里,姆吉。"他郁郁寡欢地答道,"请向恩迦为我的软弱祈求宽恕。"

他似乎用了许久才发动车子,朝内罗毕开去。但最终,他消失在我的视野中了,于是我转身朝山上走去。

我在错误的山上寻找恩迦,浪费了那么多年。信仰不够坚定的人可能会认为他已经死了,或不再在乎,但我知道,既然阿罕默德在它所有的同类早已灭绝之后还能复活,那恩迦一定就在附近,注视着这个奇迹。我会用这一天的余下时间恢复力气,明天一早,我会在马萨比特重新开始寻找他。

这一次,我知道我会找到他的。

后　记

　　我承认,我不是全世界最谦虚的人,但就连我自己对书中各篇小说获得的外界反响都感到出乎意料。

1.《遇见胡狼的完美早晨》

　　按时间顺序,这是该系列中第一个发表的故事,同时也是唯一一个和其他故事格格不入的(它其实发生在肯尼亚,而非基里尼亚加,是小说的序章)。它获得了以下荣誉:

　　　　雨果奖提名

　　　　亚历山大奖提名

　　　　星云奖初选名单入选

　　　　《科幻小说编年史》杂志读者投票奖第2名

　　　　《美国年度最佳科幻小说集》(第9辑)收录

2.《基里尼亚加》

　　这篇短篇小说似乎是我的成名作(或者说是让我再次成名的作品,因为在它发表之前大家几乎只知道我的长篇小说)。它获得了以下荣誉:

雨果奖

星云奖提名

日本早川科幻入围奖

《轨迹》杂志读者投票奖第2名

《科幻小说编年史》杂志读者投票奖

《美国年度最佳科幻小说集》(第6辑)收录

3.《因为我已触碰过天空》

这是我个人最喜欢的一篇,它比《基里尼亚加》收入选集的次数还要多。它获得了以下荣誉:

雨果奖提名

星云奖提名

日本早川科幻奖

日本星云赏提名

波兰斯芬克斯奖

西班牙伊格诺特斯奖

西班牙 Xatafi-Cyberdark 奖

《科幻小说编年史》杂志读者投票奖

《美国年度最佳科幻小说集》(第11辑)收录

4.《大师》

这则故事没有获得雨果奖提名,可能是因为那年的竞争对手是我自己的《牛!》。那个故事写得更好。而且,我觉得这一章是《基里尼亚加》整个系列中最弱的一个故事,主要是因为其内容走向比其他故事更容易预测,从故事一开头就知道柯里巴是对的,你就会支持他获胜。它获得了以下荣誉:

霍默奖提名

日本星云赏提名

星云奖初选名单入选

《美国年度最佳科幻小说集》(第8辑)特别推荐

5.《玛娜穆吉》

这篇故事为我赢得了第二个雨果奖。在结尾,读者们可以看出,柯里巴的乌托邦已经开始分崩离析了。它获得了以下荣誉:

雨果奖

金塔奖

霍默奖

星云奖提名

《科幻小说编年史》杂志读者投票奖

《美国年度最佳科幻小说集》(第8辑)特别推荐

6.《枯河之歌》

这则故事没有获得雨果奖提名,不过我觉得是出于技术原因,而不是故事本身不够好。我为波士顿科幻年会(Boskone)担任嘉宾时,那次大会出版了一本硬皮精装文集,收入了我的非洲故事和文章,并问我是否愿意为这本文集写一个全新的基里尼亚加故事。于是我写了《枯河之歌》,登载在这本文集中。同一年,我又把这个故事卖给了《阿西莫夫》杂志,等到很多读者读到这个故事的时候,它已经错过了大部分重要奖项的提名时限。它获得了以下荣誉:

霍默奖

星云奖初选名单入选

日本早川科幻奖终选名单入选

《美国年度最佳科幻小说集》(第10辑)特别推荐

7.《莲花与长矛》

在这篇故事中,柯里巴的解决方案已经没有那么优雅了,他对未来的展望也不再那么鼓舞人心了。它获得过以下荣誉:

雨果奖提名

霍默奖提名

星云奖初选名单入选

《美国年度最佳科幻小说集》(第10辑)特别推荐

8.《一点知识》

此故事讲的是我最喜欢的主题之一——艺术家如何认识事实与真理之间的区别。我真心觉得它能得雨果奖。但那一年我还写了《奥杜威峡谷的七次解读》,它横扫雨果奖、星云奖以及这一领域的几乎所有其他奖项,投票者显然觉得一年拿这么多荣誉足够了。它获得过以下荣誉:

雨果奖提名

霍默奖提名

星云奖初选名单入选

《美国年度最佳科幻小说集》(第12辑)特别推荐

9.《当旧神皆逝》

该来的终于来了,柯里巴和他的乌托邦抛弃了彼此。我担心读者可能厌倦了基里尼亚加,但《当旧神皆逝》显然获得了热烈反响。它获得过以下荣誉:

轨迹奖

霍默奖

雨果奖提名

星云奖提名

波兰斯芬克斯奖

《科幻周刊》读者投票奖

《美国年度最佳科幻小说集》(第13辑)特别推荐

10.《伊甸之东》

我等了九年才动笔写《伊甸之东》,但我从1987年就开始构思这个故事了。我写这个故事花的时间比一般作品要长很多,因为基里尼亚加寓言系列已经获得了有史以来最多的科幻奖项,我知道最后一个故事,作为整个系列的尾声,就像作为序幕的《遇见胡狼的完美早晨》一样,将会发生在肯尼亚。它们为发生在基里尼亚加的八个故事开头和收尾,需要仔细斟酌。我妻子卡萝尔为我担任无名编辑已有三十多年,她认为这是基里尼亚加系列中最出色的一个故事。我自己仍然最喜欢《因为我已触碰过天空》,但柯里巴的结局实现了我想要的效果,我很满意。它获得过以下荣誉:

雨果奖提名

霍默奖提名

星云奖初选名单入选

《科幻小说编年史》杂志读者投票奖第2名

《美国年度最佳科幻小说集》(第14辑)收录

迈克·雷斯尼克

1997年6月